新潮文庫

二都物語

上巻

ディケンズ
中野好夫訳

新潮社版

1735

二都物語

上巻

はしがき

ウィルキー・コリンズ君の劇『凍れる海』に、わたしの子供たちや友人たちといっしょに共演していたとき、はじめてわたしはこの物語の着想をつかんだ。当時はこれを、わたし自身が主役をやって、演じてみたいという気持が非常に強かった。そんなわけで、いずれは炯《けい》眼《がん》な観客の前で演じて見せなければならないと思ったこの心理状況を、特に注意深く、強い関心をもって、空想の中で追究していた。

そんなふうで、この着想がいよいよ親しいものになるにつれ、漸次いまのこの形になってきたのである。書いている間も、それは終始完全にわたしの心をつかんでいた。したがって、この物語に現われるすべての行為、苦悩は、あたかもわたし自身それを体験したと同じように、確証されているはずだ。

なお革命前、また革命中におけるフランス国民の状態に関して言及した個所《かしょ》は、すべて(どんな小さい言及にいたるまで)信頼するにたる証言にもとづいてなされたものであり、かのカーライル君の傑作(訳注 トマス・カーライルの「フランス革命」)が提出する哲学に、いまさらなにかを加えるなどとは、もちろん望みえないが、あの怖《おそ》るべき時代についての一般的、物語的理解において、もし何ものかを加えることができればというのが、著者の希望の一つである。

第一巻　よみがえった

第一章　時　代

それはおよそ善き時代でもあれば、およそ悪《あ》しき時代でもあった。知恵の時代であるとともに、愚痴の時代でもあった。信念の時代でもあれば、不信の時代でもあった。光明の時でもあれば、暗黒の時でもあった。希望の春でもあれば、絶望の冬でもあった。前途はすべて洋々たる希望にあふれているようでもあれば、また前途はいっさい暗黒、虚無とも見えた。人々は真一文字に天国を指しているかのようでもあれば、また一路その逆を歩んでいるかのようにも見えた——要するに、すべてはあまりにも現代に似ていたのだ。すなわち、最も口やかましい権威者のある者によれば、善きにせよ、悪しきにせよ、とにかく最大級の形容詞においてのみ理解さるべき時代だというのだった。

イギリスの王座には、大きな顎《あご》をした王（訳注 ジョージ三世、一七三八—一八二〇）と、あまり美貌《びぼう》ならざる王妃（訳注 シャーロット・ソフィア、一七四四—一八一七）とがいた。フランスの王座には、これも大きな顎をした王（訳注 ルイ十六世、一七五四—九三）と、これはまた容色うるわしい王妃（訳注 マリー・アントワネット、一七五五—九三）とがいた。どちらの国においても、パンと魚、国家お仕着せの食い扶持《ぶち》を保障された貴族どもにとっては、世の相《さま》は万事永久に解決ずみで、もはや事もなしということは、ほとんど自明であるかのように見えていた。

西暦一七七五年であった。現代同様、この恵まれた時代にも、イギリスではいろいろ心霊的啓示はすでに与えられていた。たとえば例のミセス・サウスコット（訳注　女中あがりの女。十八世紀末から十九世紀初めにかけ新興宗教の教祖になって、信徒を集めた）は、まだやっと二十五歳の誕生日を迎えたばかりだったが、霊験あらたかな彼女の出現については、予言の異能をもったという近衛《このえ》騎兵連隊のさる一兵卒が、いち早く予言ずみのものであり、彼は、彼女がロンドン、ウェストミンスターをくるめて一呑《ひとの》みにするという、その手はずまでちゃんとできていると言いふらした。そういえば例のコックレインの精霊（どうやら精霊も、心霊的にはあまり独創性はないとみえ、つい去年のそれも、相変らず机の上をコツコツとやってご託宣を伝えたが）、これもまたしきりにコツコツやったあと、ついに調伏にあってしまったが、それはつい十二年前の出来事だった（訳注　コックレインの精霊とは、一七六二年、ロンドンのスミスフィールド、コックレインのある家に現われると騒がれた幽霊のこと。結局、家主のトリックと分かり、家主は処罰された）。ところが、それと違って俗界のほうのただのご託宣は、はからずもこれまたつい最近、アメリカ植民地の英国民議会から、イギリス王ならびに国民あてに届いていた（訳注　一七七五年七月アメリカ英領植民地は、本国からの課税に対し強硬な反対抗議をした）。もっとも奇妙なことに、人類にとっては、コックレイン種の雛《ひよ》っ子どものしたどの通信啓示よりも、このほうがはるかに重要なものになるのである（訳注　やがてそれがアメリカの独立にまで発展したこと）。

心霊的現象に関しては、楯《たて》と三叉戟《みつまたぼこ》のその姉妹国（訳注　イギリスのこと。楯と三叉戟は海神ネプチューンの表章で、イギリスの紋章に使われていた。海上権を表わす）ほど恵まれることのなかったフランスは、紙幣を乱発し、それを浪費し、いわば一路下り坂を転落して行った。おまけにまたキリスト教司祭たちの導きの下に、たとえばある青年が、雨の中、五、六十ヤードばかり先を行く薄ぎたない修道士たちの行列に対し、拝跪《はいき》して敬意を表さなかったという理由だけで、両腕を斬《き》り取り、舌を抜き、生きながら焚殺《ふんさつ》するという、まさに大慈大悲の善行を楽しんでいたのである。おそらくこの青年が処刑の死を遂げた日、すでにフランスやノルウェーの森林には、やがて「フェイト（運命）」という樵夫《きこり》が訪れて、それを伐《き》り倒して板に挽《ひ》き、嚢《ふくろ》と刃のついたあの史上にも恐ろしい、可動枠組《わくぐみ》（訳注　ギロチンのこと。嚢は断たれた首がころげ落ちるようになっていた）を作るための材料として、ちゃんと標識《しるし》をつけた木まですでに茂っていたことであろう。いや、またその同じ日、パリ近郊のどこか農家のむさくるしい納屋《なや》の奥には、これもすでに「死」という農夫が、あの大革命時の死刑囚護送車としてわざわざ取りのけていた粗末な荷車が、泥《どろ》にまみれ、豚に嗅《か》ぎまわされ、家禽《かきん》の塒《ねぐら》になりながら、雨露をしのいでしまわれていたかもしれぬ。だが、それにしてもこの樵夫、この農夫の働きは、一瞬の休止もなかったにかかわらず、およそ物音一つ立てるでなく、そのひそやかな足音を耳にした者は、だれひとりなかった。というのは、彼らが起きているという気配ひとつ察することでさえ、それは無神論であり、反逆であるというのだったから、なおさらである。

イギリスにもまた、あまり国民として自慢できるような秩序や保安は、ほとんどなかった。凶器所持の押込み強盗や公道追剝《おいはぎ》が、首都ロンドンでさえ、毎晩のように行なわれた。良民たちには、まず家財を家具屋の倉庫にでも預けてからでなければ、市外への他出は無用という警告が、公然と出ていた。夜の追剝が、昼間は歴《れっき》としたシティー（旧市街）の商人だった。しかもいつか「キャプテン（首領）」の名において「止まれ！」と命じたことのある仲間商人から、その後正体を知られて詰《なじ》られると、逆に勇ましくも相手の頭を射《う》ち抜いて、そのまま馬で逃げてしまった。ある時は駅伝馬車が、七人組の追剝に待ち伏せられた。車掌は三人を射ちとめたが、あとは自分が残りの四人に射ち殺され、馬車は至って静かに略奪された。あの偉大なるロンドン市長閣下でさえが、ターナム・グリーン（訳注　ロンドンの西郊）で一人の追剝に襲われたことがあり、あわれ、この貴顕紳士殿も、随員一同の目の前で、見事に身ぐるみ剝《は》がれたのだった。ロンドン監獄の囚人どもが、獄吏相手に一戦をやり、こともあろうにラッパ銃何十発かを、国法の威厳にかけて、囚徒たちのまっただ中に射ち込んだこともあれば、場所もあろうに宮中引見式場で、盗賊どもが、貴族たちの頸《くび》からダイアモンドの十字架を、さっさともぎ取って行ったこともある。またセント・ジャイルズ（訳注　ロンドンの一部、貧民街として悪名高かった）では、銃兵たちが密輸品捜索に出向いて行くと、暴民どもがまず発砲、ついで銃兵たちもこれに応射するというありさまだったが、特にそれを珍しい事件だなどと考えた者は、一人もいない。こうした事態の中にあって、常に多忙で、無用というよりは、むしろ有害だった絞刑吏《こうけいり》は、たえず需要に追われて、いまズラリと並べたおびただしい罪人どもを、片っ端から絞め上げたかと思うと、たちまち一方では、火曜日に捕えた押込み強盗を、土曜日にはもう絞首刑にしている。ニューゲイト（訳注　十三世紀ごろから今世紀初めまであったロンドンの監獄）へ行って、十人一束で手に烙印《らくいん》を焼き込むかと思えば、たちまちウェストミンスター・ホール（訳注　同名の宮殿の一部、国事犯を裁いた）の入口でパンフレット類を焼却する。今日恐るべき凶悪殺人犯の生命を奪ったかと思うと、明日は百姓の子どもからたった六ペンス銀貨一枚を奪ったばかりのコソ泥の首を絞める。

すべてこうしたこと、そしてまたそれに似た事件が、この一七七五年を前後して、相次いで起っていた。例の樵夫と農夫の働きには、まだ何人《なんぴと》も気づいていなかった。そしてこうした一連の事件に囲まれながら、大きな顎をもった二人の男、そしてまた美人と不美人の二人の女は、行くところ、まだその威厳も赫々《かくかく》と輝き、いわゆる神授の王権を昂然《こうぜん》としてふりかざしていた。こうして一七七五年という年は、これらの偉大な王侯たち、そしてまた何百万という名もなき民たち——その中には、もちろんこの物語の人々も含まれている——を、ひたすら未来に向って急がせていたのだった。

第二章　駅伝馬車

十一月も押詰った金曜日の晩、この物語に現われる人物群の、まずその最初の一人の前に遠く延びているのは、ドーバー街道であった。街道は、彼の目の前に遠く続いていたように、いまやシューターズ・ヒルをガタガタと登り詰めて行く一台のドーバー行駅伝馬車の前にも、長く延びていた。ほかの相客たちもみんなそうだったが、彼もまた駅伝馬車と並んで、泥濘道《ぬかるみ》をせっせと登っていた。今の場合、もちろんだれも歩くのが好きで歩いているのでは毛頭ない。ただ丘が、馬具が、泥濘が、そして車体が、いずれもすっかり重荷で、すでに馬たちは三度までも立往生したし、一度などは逆にブラックヒースへ引返す魂胆ででもあったか、むくれて馬車を道路わきまでひきずりこんでしまったくらいだった。

もしこれがそのままいけば、動物にも理性ありという例の説を大いに有力ならしめるところだったろうが、そこは手綱と鞭《むち》と御者と車掌との連合軍が、そうはさせじと、さっそく軍禁令を読み聞かせ、これには馬どももカブトを脱いで、またしても軍務に返ったのであった。

頭をうなだれ、尾を震わせ、彼らは深い泥濘の中をあえいでいた。あがく、つまずく。ときどきは、肩、腰の関節などがはずれて、今にもバラバラになるのではないかとさえ思えた。「おおッ！　とっ、とっ、とっと！」と御者が声をかけて、馬たちを止めて休ませると、そのたびに左側の首領《かしら》らしい馬は、頭と頭に付いた物を、いっせいに激しく振る――いかにも利《き》かん気の馬らしく、こんな丘を、どうして馬車など引っぱり上げられるものか、とでも言わんばかりだった。馬がこのガタガタをやるたびに、もちろん神経質な客なら誰《だれ》でもすることだろうが、例の乗客はハッとなって、心が乱れるのだった。

谷間という谷間は、霧がもうもうと立ちこめており、まるで憩《いこ》いを求めて得られない悪霊《あくりょう》ででもあるかのように、ひっそりと丘べを匍《は》い上がってくる。ねっとりした、ひどく冷たい霧が、次々と寄せては、お互いに重なり合う荒海の波頭のように、夜目にもしるく、さざなみ模様を描いて、ゆっくりと上がってくる。濃い深い霧で、馬車ランプの灯《あか》りにも、ただその燃えているのと、ほんの数ヤード足らずの路面が照らし出されるだけで、あとはいっさい何も見えなかった。そしてあえぎながら上る馬の鼻息が、その中に激しく吹き込んでくるのだが、まるでそれは霧のすべてが、そのまま馬の吐く息のようにさえ見えた。

ほかの二人の乗客たちも、馬車と並んで丘を登っていた。三人ともみんな、ほお骨のあたりから耳の上まで、すっぽりと包み、脚には大長靴《おおながぐつ》をはいている。お互いに見たばかりでは、相手がどんな男だか、とてもわかりようはなかった。いわば三人とも、それぞれ相客からは、肉眼ばかりでなく、心の目という点でもまた、幾重にもすっかり外衣に身をかくしているという形だった。当時の旅行者たちは、ちょっとした知合いくらいでは、容易に打解けるものでなかった。というのは、道中誰が追剝だったり、追剝とグルだったりするか、知れたものでなかったからだ。事実グルということにまでなると、宿駅という宿駅、居酒屋という居酒屋に、上は亭主《おやじ》から下は廐舎係《きゆうしやがかり》の下働きにいたるまで、誰か一人くらいは、きっと「キャプテン」からのお手当をもらっているのがいるに決っているありさまだったから、これはもう十分ありうることだった。一七七五年十一月のその金曜日の夜、ドーバー行駅伝馬車の車掌は、シューターズ・ヒルを登りながら、ふとそんなことを考えていた。彼は馬車の後部にある持場の台に立って、足をバタバタとたたき、目と手は、絶えず前にある武器箱から放さずにいた。箱の中には、いちばん底に短剣が一《ひと》ふり、その上には装塡《そうてん》ずみのホース（大型）ピストルが七、八丁、そしていちばん上にはこれも装塡したラッパ銃が一丁はいっていた。

さてドーバー行駅伝馬車は、車掌は客を疑い、客は客でお互いを、そしてまた車掌までを、疑いの目で見、いわばみんながみんなで疑い合っており、ただ御者としても安心しておれるのは馬だけという、いつものとおりの快い気分をのせて駆けていた。しかもその馬というのがまた、およそこの種の旅には不向きな馬であることは、彼が安心して新旧約両聖書にかけ、誓言してもよいほどの代物《しろもの》だったのだ。

「どうどう！　そうれ、もう一つ！」と御者は叫んだ。「それ、もう一息で頂上なんだが、畜生、いまいましい野郎だ！　なんて骨を折らしやがるんだろうなァ！――おい、ジョー！」

「おーい、なんだ？」と車掌が答えた。

「何時だな、ジョー？」

「ええと、十一時、たっぷり十分過ぎだな」

「なんだって！」おこったように御者が叫ぶ。「それでまだてっぺんじゃねえのかよ！　チェッ！　そうれ！　ほら、行けっ！」

　例の悍馬《かんば》は、てこでも動いてやるものかと腹を決めたばかりのところを、いきなり一鞭ぴしゃりと食らったもので、こんどは敢然としてかきのぼりだした。他の三頭もそれに続いた。おかげで、再び駅伝馬車は進み出し、客たちの大長靴もふたたび並んで歩き出した。車が止まれば、彼らも止まり、絶えず仲よくいっしょになって進むのだった。三人のうち、もし一人でもが、あの霧と闇《やみ》の中へ少し先に行こうなどと、誰かに言い出そうものなら、それこそ追剝にちがいあるまいと、まずはその場で射ち殺されること必定だったろう。

　最後の一踏んばりで、やっと馬車は頂上に達した。馬は再び休んで息を入れ、車掌は車を下りると、下りに備えて車輪に歯止めをかけ、客を乗せるために車の扉《とびら》をあけた。

「シッ！　ジョー！」と御者が、御者台から見おろしながら、なにか警告でもするかのように叫んだ。

「なんだい、トム?」

二人とも耳をすました。

「一頭、緩駆《ゆるが》けでくるようだぜ、ジョー」

「いんや、速駆けだ、トム」言うなり、車掌は扉をつかんでいた手を放すと、すばやく彼の席へ飛び乗った。「お客さま! みんな、いるだかね?」

大急ぎでそう言うと、ラッパ銃の撃鉄を起して、射撃の身構えになった。

ところで、すでに紹介した例の客は、ちょうど踏台に足をかけて乗りかけたところであり、他の二人もまた、すぐ背後から続くところだったが、そのまま彼は、半身は車内、半身は車外というままの姿勢で、踏台に残り、二人もまた彼のすぐ下、路上にそのまま立ちすくんだ。三人とも御者から車掌へ、車掌から御者へと、視線を往復させながら、じっと耳をすました。御者も、車掌も、背後を振り返っている。例の悍馬までがいとも従順に、耳をピンと立てて振り返っていた。

そうでなくとも静かな夜に、馬車の轍《わだち》の音までぴたりと止まってしまったのだから、あたりの静けさはいよいよ深まって、そよとの音もしなかった。馬のあえぎが馬車にまで伝わって、まるで車そのものが、なにか胸騒ぎにおののいているかのようだった。客たちの心臓は激しく高鳴って、おそらくはっきり聞き取れるくらいだった。いずれにせよ、静まり返ったこの小休止は、呼吸《いき》をつめ、固唾《かたず》をのみ、何かしらぬ不安な期待に、ただ胸の鼓動だけを高ぶらせている人々の気配を、耳にもしるく示していた。

速駆けでくる蹄《ひづめ》の音は、たちまち激しい勢いで丘を登ってきた。

「おおい！　だめだ！」と車掌が、割れるような大声で叫んだ。「止まれっ！　撃つぞ！」

蹄の音はぴたりとやんだ。しばらく泥のはねる音、蹄の足掻《あが》きが聞えていたが、同時に霧の中から男の声があって、「ドーバー行駅伝馬車かね、それは？」

「よけえなお世話だよ、なんだろうと。それよりか、てめえこそなんだ？」車掌の声が返って行った。

「ドーバー行の馬車かって聞いてるんだ」

「そんなこと、なんで聞きてえんだ？」

「もしそうなら、お客さまに用があるんだよ」

「誰だい、お客さまってのは？」

「ジャービス・ロリーさんだよ」

前述の例の客が、すぐにそれは自分の名前だと名乗って出た。車掌も、御者も、そして二人の相客たちも、ひどく胡散《うさんくさ》臭げに彼を見た。

「いいか、動くな」と、また車掌が、霧の中の男に声をかけた。「というのはな、もしおれがまちがって一発お見舞でもしてみろ、てめえ、一生かかっても取りけえしつかねえことになるからな。さ、ロリーさんとやらいうお客さま、じかに返事してやってくだせえましよ」

言われてその客は、「おい、どうしたんだ？」と、いくぶん震え声にきいた。「だれだね、おまえは？　ジェリーかい？」

(「ジェリーかなんか知らねえが、どうもあの声は好かんな」車掌はうめくようにつぶやいた。「第一おれァ、あのしゃがれ声が気に食わねえよ」)

「そうですよ、ロリーさん」

「どうしたんだね？」

「ほら、あのあそこ、銀行のほうからね、なんだか急に書類をお届けしてほしいというんでね」

「車掌君、あの使いの者は知ってますよ」言いながら、彼は街道へ下り立った——相客の二人は、すぐ背後から、いたわるというよりは、むしろ急き立《せ》てるように、助けおろしたうえ、こんどはさっさと自分たちが乗り込んで、扉を閉め、窓を上げてしまった。「ここへ呼んでもだいじょうぶ。なにもしやしないから」

「そりゃ、そうかもしれねえがね、あんまりそうも安心できねえんだよ、ね」と車掌は、ぶつくさ独り言をいった。「おおい、よーお！」

「よーお！　おおい！」ジェリーの声は、いよいよしゃがれていた。

「さ、いいか、ゆっくり来るんだぜ！　それから、その腰んとこにピストル袋でも下げてようってんなら、あんまり近くへ手をやらんこったぜ。とにかくおれァ、とんでもねえ早合点するくせがあっからな。しかも、まちがいするとなりゃ、それがまた鉛弾丸《だま》ってことに決ってるんだよ、ね。さあ、そろそろ顔を出さねえかよ」

渦巻《うずま》いて流れる霧の中から、馬と騎手《のりて》の姿が現われて、例の客が立っている馬車の脇《わき》まできた。騎手は身をかがめると、ちらりと車掌の顔を上目に仰ぎながら、小さくたたんだ紙片をすばやく客に渡した。馬は息を切らしており、馬も騎手も、蹄から帽子まで、すっかり泥まみれになっていた。

「車掌君」と客は、おだやかな、むしろ事務的といっていいほど、打解けた調子で言った。

それでも用心深い車掌は、右手は構えたラッパ銃の台じりに、左手は銃身に、あてがったまま、そして目はきっと騎手をにらみながら、木で鼻くくったように答えた――「へえ」。

「なにも心配することはない。わたしはね、テルソン銀行のものだよ。ロンドンのテルソン銀行は、おまえさんもご存じだろう。わたしはね、銀行の用でパリへ行くところなんだが。ほら、一クラウン（訳注 五シリング銀貨）、酒代《さかて》だ。これを読んでもいいだろう？」

「時間さえかからなきゃァね」

彼は、手前側の馬車ランプの明りで、紙片を開き、――初めは口の中で、次には声に出して、読みあげた。「『ドーバーでマドモアゼル（お嬢さん）を待て』どうだ、短いもんだろう、車掌君。ところで、ジェリー、わたしの返事はな、『よみがえった』と、そう言ってくれ」

ジェリーは、馬の上で、ハッとなったようだった。「これはまた奇妙奇天烈《きてれつ》なお返事ですねえ」と、例によってひどいしゃがれ声。

「帰ってそう言うんだ。そう言えば、ちゃんとこの伝言、受取ったことはわかるはずだ。返事を書いたのも同じことさ。さあ、できるだけ急いで行け。おやすみ」

そう言い捨てると、客は馬車の扉をあけて乗り込んだ。今度は相客の二人とも、助けようともしなかった。それどころか、時計や財布は大急ぎで長靴の中へ隠してしまっており、今はすっかりたぬき寝入りをしていた。もちろん別に他意あってのことではない。ただうっかりして、何かほかのことが持ち上がったりしてはたまらない、その危険を避けるための魂胆でしかなかったのではあるが。

馬車は再びガラガラと動き出した。下りにかかると、霧はいっそう濃い渦を巻いて、四方から迫ってくる。やがて車掌は、ラッパ銃を武器箱に返し、ついでに同じ箱のほかの武器や、腰に帯びている補助用のピストルまで点検したうえで、さらに席の下にある小さな箱まで調べていた。中には鍛冶《かじ》道具が二、三と、たいまつが二本ばかり、それに火口《ほくち》箱が一つはいっている。というのは、よくあることなのだが、馬車ランプが風に吹き消されたときなど、これさえあれば馬車の中へはいり、火打石と鉄とで火花をきり、適当な距離に藁《わら》をおけば、(うまくさえいけばだが)せいぜい五分間もあれば、安全、容易に火を得ることができる。だからこそ、こうした完全装備もしているのだった。

「トム!」と屋根越しに小声で呼んだ。

「よお、ジョー」

「あの返事っての、聞いたかい?」

「聞いたよ、ジョー」

「どうだ、わかったかい?」

「全然わかんねえ」

「じゃ、すっかり同じじゃねえか」考え込むように車掌がいう。「おれもまったくその通りだかんな」

一方、霧と闇の中に残されたジェリーは、一応馬から下りた。疲れた馬を休ませるためもあったが、それよりもまず自分の顔の泥《どろ》を落し、半ガロンもたまりそうな大きな帽子の鍔《つば》から、水を振り切るためだった。すっかり泥水のはね上がった腕に、ゆっくり手綱をかけたまま、しばらく立っていたが、そのうちに馬車の車輪《くるま》の音は聞えなくなり、夜も再び静寂に返ったので、彼は踵《くびす》を返すと、今度は歩いて丘を下り出した。

「なあ、ばあさん、とにかくテンプル・バー（訳注　ストランド街から旧市街西端に入る入口に設けられた門。現在は撤去されているが、フランス革命当時もこの小説が書かれた当時も存在していた。この傍にテルソン銀行がある）から、ずっと速駆けで来たんだからなァ。平地へ出るまで、とてもおめえのその前脚がもつとは思えねえからな」しゃがれ声のこの使いは、彼の牝馬《めうま》にちらりと目をくれながら、つぶやいた。「『よみがえった』だと。とにかくへんちくりんな返事だよ。なあ、ジェリー、おめえにはあんまりよくねえ辻占《つじうら》だぜ。なあ、ジェリー！　よみがえるなんてことがよ、当世流行《はやり》にでもなってみな、おめえ、こいつはとんでもねえことだぜ、な！」

第三章　夜の影

人間という人間が、みんなそれぞれお互い同士に対して、そんなにも深い神秘であり、秘密であるようにできているということは、考えてみれば実に驚くべきことである。たとえば夜、大きな都会に歩み入るとき、その真っ暗な闇の中にひしめき合っている家々の一つ一つが、それぞれ自分だけの秘密を隠している。そしてまたそれら一つ一つの家の、一つ一つの部屋が、これまた自分だけの秘密を秘めている。しかもそこに住む何十万という人の胸に脈打つ一つ一つの心が、これまたその中に描き出す思いの像《すがた》については、最も近しいものにさえ測り知れぬ秘密だということ——考えてみれば、実に恐ろしいことではあるまいか。死の恐怖と呼ばれるものさえ、その恐ろしさの幾分かは、まさにこのことに基因するのではなかろうか。もはやわたしは、愛するこのなつかしい本を開いて、（しょせん及ばぬ望みとはいえ）その終りまで読み通すすべもないのだ。またこの測り知れぬ深い淵《ふち》——かつては射《さ》し入るたまゆらの光の中に、底深く沈んでいる宝や、その他の影を、ちらりと垣間《かいま》見たこともあるのだが、いまはもうその深淵《しんえん》をうかがい見るすべもない。結局はあの本も、たった一ページ読んだだけで、そのまま永遠にパタンと閉じられてしまう運命《さだめ》にあったのだ。またあの深淵も、その水面に光が戯《たわむ》れ、わたしはただ何も知らずに岸に立ってながめているうちに、たちまちそれは永遠の氷に鎖《と》ざされてしまう運命にあったのだ。友も死んだ。隣人も死んだ。心の恋人、いとしい愛人も死んだ。いわばそれは、その個性の中に常に秘められていた秘密、そしてまたわたし自身の中にもあって、この生の終りまで持って行くに違いないだろう秘密、それの仮借ない凝結、永遠化ということなのではなかろうか。わたしが足を運ぶ大都会の数多い墓場、そこに眠る人たちのことも測り難《がた》かろうが、さらにそれにも増して、うかがい知ることのできないものは、忙《せわ》しくこの市に立ち働いている人々とわたし、そしてまたわたしと彼ら、お互いのその心の奥処《おくが》なのではあるまいか。

この心の聖所、それは人みなが生れながらにして享《う》け、何人《なんぴと》もこれを奪うことのできない資産ともいうべきものであろうが、したがってその点では、この馬上の使者も、国王も、宰相も、はたまたロンドン一の富商も、なんの変りはなかったし、いまあの古ぼけた駅伝馬車の狭苦しい中に、閉じこめられて、ガタガタ揺られている三人の乗客とても、少しも例外ではなかった。お互い同士完全な神秘であったことは、あたかも彼らが、それぞれ六頭立ての馬車、六十頭立ての馬車を駆り、しかもその間、一郡ほどの距離を隔てて旅しているのも同じだった。

使いの男は、ゆっくり馬をうたせながら、帰路についた。もっとも途中居酒屋があると、たびたび馬をとめて一杯やったが、ただほとんど口は利《き》かず、帽子も目の上まで深々とかぶっていた。しかもその目がまた、そうしたつくりにまことにふさわしいものだった。うすく黒味がかった目、色にも形にも深みというものはぜんぜんない。おまけに両眼の間隔が猛烈に迫っていて——まるで遠く離れていたのでは、いつ別々バラバラになってしまうかしれない、それをひたすら恐れてでもいるかのようだった。加えて、表情がまたひどく陰険なのだ。そしてそれが、あの古ぼけた三角痰壺《たんつぼ》のような三角帽と、膝《ひざ》のあたりまで下がっている大襟《えり》巻《まき》との間から、ギョロリと光っていた。馬を止めて一杯やるにしても、ただ右手で酒を口に注ぐとき、ちょいと左手で襟巻を除《の》けるだけで、飲み終るとまた、すばやく顔を包んでしまうのだった。

「だめだぞ、ジェリー」馬をうたせて行く間も、男は絶えず同じことばかり繰返している。「どうやらおめえにはよくねえ辻占だぜ。とにかく、ジェリー、おめえのようなまっとう正直な商売にゃ、よくねえ辻占だぜ！『よみがえ――』そうだ、あの旦那《だんな》、酔っ払ってやがったにちげえねえ！」

いずれにしてもこの返事は、よほど頭痛の種だったとみえる。彼は幾度か帽子をとって、頭をガリガリかいた。天辺《てっぺん》こそモジャモジャと薄はげになっていたが、あとは一面まっ黒な剛毛《こわげ》が、針でも植えたように生えており、大きな団子鼻のあたりまで長く伸びている。まるで鍛冶屋の細工とでもいうか、人間の頭というよりは、丈夫な忍返《しのびがえ》しをいっぱいに植えた石《いし》塀《べい》の天辺と言ったほうがよかった。これではどんな馬とびの名人でも、こんな危険な相手はまっぴらごめんだと、まずは早々に断わったことだろう。

いずれこの返事、帰れば、あのテンプル・バー傍《わき》テルソン銀行の戸口にいる番小屋の夜警に伝えることになろうし、それはまた夜警の口から、さらに中の上役たちに伝わることになる――と、そんなことを考えながら、彼は帰りの馬をうたせていたのだが、その間にも彼を包む夜の影は、その返事からくるさまざまの幻覚を、彼の目の前に描かせた。いや、牝馬までが、これはおそらく彼女だけにしかわからない不安の種であったかもしれぬが、やはり、それから連想される幻影に悩まされてでもいたらしい。次々と起る幻らしく、路上に見るあらゆる幻の影におびえていた。

この間一方、駅伝馬車も、お互い気心の知れぬ三人の男を乗せたまま、ガタガタ、ゴトゴトとゆっくり長い道を進んでいた。彼らにもまた夜の影は、その寝ぼけ眼《まなこ》と取りとめもない妄想《もうそう》が生み出すさまざまの幻になって、襲いかかっていた。

馬車の中で、テルソン銀行はとんだ取付け騒ぎを起していた。例の銀行員だという客は、吊革《つりかわ》に片腕を通したまま——というのは、こうしていれば、どんなに馬車が揺れても、隣の客にぶつかって、相手を隅《すみ》っこに押しやる心配はない——目は半ば閉じるともなく、うたた寝を続けていたが、馬車の小窓、窓から射し入る馬車ランプのかすかな光、さてはまた正面に寝ている大きな相客の図体《ずうたい》が、たちまち銀行の建物に見えてきて、盛んな支払いをやっているのだ。馬具の触れ合う音が、たちまち貨幣の音になる。そしてアッという五分間のうちに、あの国内、国外と、ひろい取引をもつテルソン銀行でさえが、かつてその三倍の時間をかけても引受けたことのないほど莫大《ばくだい》な為替手形を、またたく間に払い出しているのだった。次は、彼もよく知っているあの高価な秘密の準備金を蔵した銀行の地下金庫だ（その辺のことは、彼もよく知っている）。その扉《とびら》が彼の目の前で静かに開き、彼は大きな鍵《かぎ》とかすかなろうそくの火を手にしてはいって行く。何事もない。この前見た時と全く同じ、無事安全だった。

銀行の幻は、ほとんど絶えず目の前にあった。そして馬車の存在も（この辺、アヘン飲用の苦痛に似て、ひどく混乱した意識ではあったが）確かにある。だが、それらとともに、もう一つ、ほとんど夜通し憑《つ》きもののように離れなかった幻想がある。彼は一人の男をその墓穴から掘り出しに行くところだったのだ。

だが、さて目の前に去来するおびただしい顔の中で、果たしてどれが埋められたその男のほんとうの顔なのか、そればかりは夜の影も教えてくれなかった。現われる顔という顔は、すべて四十五歳ばかりの男の顔だった。ただ主として異なっている点といえば、それらの顔が表わしている感情、そしてそのおそろしいまでに衰えやつれた表情だけだった。自負、軽《けい》蔑《べつ》、反抗、強情、忍従、悲嘆、それらの表情が次々と表われ、そしてまたこけた頰《ほお》、あおざめた顔色、糸のような手、指等々のさまざまな姿が、これまた次々と現われては消える。そのくせどれも結局は同じ顔であり、ただ頭髪だけが、いつもひどい若白髪《わかしらが》になっている。例の客は、半睡の中にも幾十度となくこの幻影に問いかけた。

「埋められて何年です？」

答えはいつも同じだった。「かれこれ十八年にもなるかねえ」

「もう掘り出されることには、絶望しておられたんですね？」

「そう、とっくの昔にだ」

「でも、今じゃもう生き返ってらっしゃること、ご存じなんでしょう！」

「みんながそう言ってくれるからね」

「もう一度生きたいんでしょう？」

「さあ、どうだかねえ」

「あの女《ひと》にお会わせしましょうか？　いらっしゃいます、会いに？」

ところが、その答えになると、実にさまざまであり、正反対のことさえあった。とぎれとぎれに、「ま、待ってくれ！ いまそんなに急に会えば、わたしは死ぬかもしれない」と言うこともあれば、またにわかに、しくしく泣き出して、「そう、連れて行ってくれたまえ」と言うこともある。そうかと思えばまた、急にびっくりしたような顔になって、怪訝《けげん》そうに、「そんな女、わたしは知らん。わからんねえ」と言ったりもする。

こうした想像の対話が続いたあとは、いつも彼は掘り続けている——あるときは鋤《すき》で、あるときは大きな鍵で、またあるときは両手で。この哀れな男を掘り出そうというのだ。だが、顔も頭髪も泥まみれのまま、やっと掘り出してやると、たちまちパラパラと土になってしまう。そのたびに、客はハッと我に返って、窓をおろし、現実の霧と雨を頰のあたりに感じるのだった。

だが、彼が目をあけて、霧と雨、たえず揺れ動くランプの光の影、あるいはまたぐんぐん置き去られて行く路傍の生垣《いけがき》などをながめている間にも、外の闇《やみ》はいつのまにか忍び寄って、車の中の闇に溶けこんでいるのだった。テンプル・バー傍のテルソン銀行、昨日処理してきた銀行業務、あの地下金庫、そしてまた送り届けられてきた書面も、ことづけ返したあの返事も、すべて現実そのままにそこにあった。そしてその中から、またしても例のあおざめた顔が現われてくる。と、また彼は話しかけるのだった。

「埋められてもう何年ですかね？」

「かれこれ十八年かな」

「でも、もう一度生きたいんでしょう？」

「さあ、どうだかねえ」

　またしてもせっせと掘り続ける。だが、そこで、隣の相客がいらだたしそうに大きく動いたので、彼もハッとなって窓を上げ、しっかり吊革に腕を通して、じっと二人の寝姿をながめながら、思いにふけった。が、それもいつのまにか忘れてしまうと、再び彼らの寝姿は、銀行と墓穴の中に消えてしまうのだった。

「埋められて、もう何年です？」

「かれこれ十八年かな」

「でも、もう掘り出されることには、絶望しておられたんじゃありません？」

「そう、とっくの昔にね」

　これらの言葉は、まるで今聞いたばかりのように、いや、生れてこのかた耳にしたどの言葉よりもあざやかに、彼の耳に残っていた——が、その時、はっと気がついてみると、夜はすっかり明け放れており、夜の闇はもはやあとかたもなかった。

　彼は窓をおろして、朝日を仰いだ。耕地が一条《ひとすじ》伸びており、昨夜馬耕の馬を解いたときに置き忘れたものであろう、からすきが一本ポツンところがっていた。その向こうは静かな雑木になっており、燃えるように紅葉した葉がまだいっぱいに残っていた。大地はじめじめと冷たかったが、空はカラリと晴れて、明るい太陽が、静かに、目もさめるようにのぼっていた。

「十八年！」太陽を仰ぎながら、例の客はつぶやいた。「なんというおそろしいことだ！十八年も生埋めにあっているとは！」

第四章　準　備

朝のうちに、駅伝馬車がドーバーに無事到着すると、いつものように、ロイヤル・ジョージ・ホテルのボーイ頭が、車の扉をあけた。彼はいちだんと威儀を正してそれをした。というのは、冬ロンドンからの駅伝の旅というのはたいへんなことで、これをしとげた冒険旅行者たちは、十分祝福を受けてしかるべき理由があったのだ。

もっともこの時は、もう祝福を受けるべき旅行者は一人しかいなかった。ほかの二人は、それぞれ途中で別の目的地で降りてしまったからである。黴《かび》くさい馬車の中、たまらない悪臭、そして薄暗さは、むしろ犬小屋を大きくしたと言ったほうがよかった。そしてその中から藁《わら》しべだらけ、ボサボサの肩掛け、鍔広《つばびろ》帽子、どろまみれの脚をして現われ出た客のミスター・ロリーもまた、さしずめ大きな犬といってよかった。

「ボーイ、明日カレー行きの船は出るだろうね？」

「はい、さようでございます、もしこのままお天気がもちまして、風さえ順当でございますればね。潮のぐあいは、午後二時ごろからちょうどよくなりますそうで。お客さま、お寝《やす》みのほうは？」

「いや、昼間は寝ない。だが、もちろん寝室は頼むよ、それから床屋と」

「それから、お客さま、お朝食はいかがで？　はいはい、かしこまりました。どうぞこちらへ。おい、コンコード（和合）の間《ま》へご案内！　お客さまの鞄《かばん》と熱いお湯を、コンコードへな。お客さまのお靴《くつ》はな、コンコードでお脱がせ申すんだ。（お部屋のほうは、上等の石炭でお暖めいたしてございますから、はい。）それから床屋もお部屋のほうへな。さあさあ、早く、コンコードへご案内だ！」

コンコードの間には、いつも駅伝馬車の客を入れることになっていた。駅伝馬車の客というのは、決って頭の天辺から足の先まで深々と身を包んでおり、したがって部屋へはいるときは、みんな同じ人間と決っているのに、出てくるときは千差万別の人間になっているという、その意味でこの部屋は、ロイヤル・ジョージというこのホテルでも、一種特別の興味がもたれていた。そんなわけで、この朝だいぶくたびれてはいるが、よく手入れができ、角ばった大きなカフスと大きなポケット垂覆《たれぶた》のついた茶色の服を、きちんと着込んだ六十がらみの老紳士が、コンコードの間からコーヒー・ルームへと朝食をとりに行ったとき、途中廊下のあちこちには、ボーイが一人、ポーターが二人、さらには幾人かのメイドと女主人までが、いかにも偶然居合わせたかのように、ブラブラ歩き回っていた。

その朝食堂には、この茶色服の紳士のほかに、客は一人もなかった。食卓は炉の前にしつらえられ、炉の火に照らされながら、じっとすわって朝食を待っている彼の姿は、まるで肖像画のモデルにでもなっているかのようだった。

両膝にきちんと手を置いて、いかにもきちょうめんそうな男に見える。そして垂布《たれぬの》つきチョッキの下から音高く時を刻んでいる懐中時計が、まるでその荘重さ、寿命の長さを、これはまた炉の火の軽薄さ、はかなさに引きくらべて、誇るかのように、朗々たる説教をたれていた。彼は形のよい脚をしており、いくらかそれは自慢でもあるらしかった。というのは、これもなめらかな茶色の長靴下が、ぴったりと脚に合い、生地《きじ》もまたなかなか上等らしかった。そして緊金《しめがね》つきの靴も、地味ではあるが、なかなか気が利《き》いていた。奇妙な格好をした、小さな、つやつやした亜麻色のちぢれ毛仮髪《かずら》も、じつにぴったり頭にはまって、もちろんそれは髪の毛でできたものにちがいないが、見たところは、むしろ絹かガラスの細い糸ででも紡《つむ》いだように見えた。シャツ、下着なども、長靴下ほどは上質でないにしても、それらは、すぐ近くの渚《なぎさ》に砕ける波頭《なみがしら》か、遠く沖合に陽《ひ》を受けて輝く白帆の影のように、まっ白だった。いつもは静かに感情をおさえている顔が、そのぬれたように美しいひとみのために、奇妙な仮髪の下で、たえず明るく輝いて見える。テルソン銀行での静かで、控えめがちな表情にまでなるためには、過ぎ去った何十年間かに、さぞかし苦しい努力をその持主に強《し》いてきたことであろう。頬には健康そうな血色がみなぎり、顔には皺《しわ》こそ多いが、憂苦のそれらしいものはほとんど見られなかった。だが、もともとテルソン銀行の機密を扱う独身書記たちというものは、もっぱら他人の苦労ばかり面倒を見てきているわけ。おそらく他人のお古の苦労などというものは、古着と同様、ごく簡単に着たり脱いだりできるものに違いない。モデルにすわったようなその姿勢を、さらに完璧《かんぺき》にでもするかのように、彼はやがてうとうとと眠りに落ちた。朝食がくると、目をさましたが、椅子《いす》をぐっとそのほうへ近づけると、給仕をつかまえて言った。

「いまに若いご婦人が一人みえると思うんだが、部屋を一つ用意しておいてもらいたいんだがね。ジャービス・ロリーさんは、と言ってくるかもしれないし、それともただテルソン銀行の方とだけ言うかもしれない。だが、とにかく見えたら知らせてもらいたいね」

「はい、かしこまりました。ロンドンのテルソン銀行でございますね？」

「そうだ」

「かしこまりました。テルソン銀行の方とおっしゃいますと、ロンドン、パリと往復のご旅行に、てまえどももよくご贔屓《ひいき》にあずかっておりますんですが。お客さま、お宅のほうではずいぶんご旅行をなさいますようで」

「そうとも。うちはイギリスの銀行でもあるが、同時にフランスの銀行と言ってもいいくらいだからね」

「なるほど。でも、お客さまは、あんまりそうしたご旅行はなさいませんのじゃございませんか？」

「そう、ここんところ近年はね。この前わたしたち、――いや、わたしだがね――フランスから帰ったのは、十五年前だったな」

「へえ、さようで？　それじゃ、もちろん、てまえなどまだここへまいりません前で。いや、いまのこの主人たちさえ、まだ参りませんまえでございますな。こちらもその時分は、ほかの人間が経営しておりましたもんで」

「なるほど、そうだろう」

「でも、お宅さまの銀行のようになりますと、もちろん十五年はおろか、五十年前だって商売ご繁盛だったんでございましょうねえ。そうでござんしょう？」

「まあ、ざっとその三倍だな。百五十年といってもそうウソではない」

「へえ、さようでございますか？」

給仕人は、口と両の目をまるくしながら、食卓から後退《あとずさ》ると、右腕にかけていたナプキンを左腕にかけかえて、ずっと楽な姿勢になった。そして客の飲み食いするのを、物見台か監視塔からでも望見するように、ずっと立ってながめていた。太古以来変らない給仕人という人種の癖なのだ。

朝食を終えると、ミスター・ロリーは海岸へ散歩に出た。曲りくねった狭いドーバーの町は、浜辺から身を隠して、まるで駝鳥《だちょう》のように、頭を白堊《はくあ》の断崖《だんがい》に突っ込んでいる。渚は山なす波と、あたり一面ごろごろところがった石ころとがもみ合っており、海はほしいままにその勢威を振るっていた。そして海の勢威とは、つまり破壊なのだ。それは町を襲い、断崖を襲い、そして狂ったように海岸を突きくずす。家々の間をたゆとう空気は、すっかり魚臭く、あたかも病人がよく海に浸りに行くように、これはまた病んだ魚が、空気に浸りに上陸してきたかのようにさえ思える。港では多少漁業も行なわれているが、それよりも夜、海岸をうろついて、海のほうばかりながめている者のほうが、はるかに多かった（訳注　密輪が多く行なわれたこと）。なんにも商売などしているらしくもない小商人《こあきんど》が、ときどき不可解な大金もうけをしていることがある。そしてきわめておもしろいことには、このあたりの人間はというと、なぜか一人として例外なく、およそ世の中にあの点燈夫《てんとうふ》（訳注　当時は夕方になると、点燈夫が街燈に火を入れて歩いた。56ページ参照）というものほどがまんのならぬ人間はない、と言うのだった。

やがて午後になり、日が傾いて、さっきまではときどきフランスの対岸まで見えたほど澄んでいた大気が、ようやくまた煙霧に曇りはじめると、ミスター・ロリーの心にもまた雲がかかってきたようだった。暗くなり、またコーヒー・ルームの炉の火の前に、ちょうど今朝朝食を待ったように、夕食を待っていると、彼の心は、再び真っ赤な炉の石炭の中を、しきりに忙《せわ》しく掘っていた。

食後、上等のクラレットを一びんあけたが、それはこの炉の火の掘り手に、やがていつのまにか仕事の手を忘れさせただけで、ほかには別に害をするはずもない。ミスター・ロリーは、もう長い間陶然と無為にすわっていたが、そのうち血色のよい中年男が、快く一びんを傾けつくしたときに示す、あのいわば最高の満足感を見せて、最後の一杯を注《つ》ぎ終ったとき、ふと狭い通りを車輪の音が近づいてくると、そのままホテルの庭へはいってきた。

彼はグラスには口をつけず、そのまま下に置いた。「ふむ、お嬢さんだな！」

しばらくすると、給仕がはいってきて、ミス・マネットという方がロンドンからお着きになって、テルソン銀行の方にお目にかかりたいとおっしゃっていますが、と告げた。

「いますぐにか?」

お客さまは、途中で軽い食事をお済ませになったそうで、今は何もほしくない、とにかくできることなら、一刻も早くテルソン銀行の方にお目にかかりたいとおっしゃっていますので、と給仕は言う。

そう言われると、彼としては、がっかりした様子で、不承不承だが、最後のグラスをぐっと飲み干し、例の奇妙な仮髪《かずら》を耳のところでしっかり締め直し、給仕について、ミス・マネットの部屋へ出かけて行くよりほかなかった。暗い大きな部屋だった。黒い馬尾《ばす》毛織のカーテンが、まるで葬《とむら》いの部屋のように、張りめぐらしてあり、これもどっしりとした薄黒いテーブルが二、三卓、はいっている。どれもすっかり油で拭《ふ》き込んであり、部屋のまん中のテーブルに立てられた二本のろうそくが、ぼんやりとだが、一枚一枚の板に映っているくらいだった。まるでそれは、二本のろうそくがそのまま黒マホガニーの深い墓穴に埋められて、なんとか掘り出さぬ限りは、これといった輝きは出そうにない、とでもいった趣だった。

ほとんど見透《みとお》しもきかぬほどの暗さの中で、ミスター・ロリーは、ひどくすり切れたトルコ絨毯《じゅうたん》の上を探り足に進んで行ったが、一時はミス・マネットのいるのは、どこか隣の部屋ではないかとさえ思った。だが、例の二本のろうそくの傍《わき》を通り過ぎると、ろうそくと暖炉の間にあるテーブルのすぐそばに、齢《とし》はまだ十七にも足りないだろうか、乗馬服を着て、まだ旅行用麦稈帽《むぎわらぼう》のリボンを持ってぶら下げたまま、立って彼を迎えているうら若い女性の姿を見た。瞬間彼の目に映ったものは、美しいきゃしゃで小柄《こがら》なからだ、そしてふさふさと豊かな金髪、なにか問いかけたそうにこちらを見つめている青い二つの目、ふと眉《まゆ》を上げたり、ひそめたりして、困惑とも、驚きとも、恐れとも、また単に明るい集中の凝視とも、そのどれをも含みながら、しかも容易にいずれともつかぬ複雑な表情を、見事につくりだす不思議な能力をもった額（まだ若い、皺一つない額を考えると、たしかに、それは特異能力と言ってよい）――そうした特徴が彼の目に映った瞬間、突然まざまざとあざやかに浮んだ一つの顔があった。それはあの寒い冬のある日、霰《あられ》が激しく吹きすさび、波の高いイギリス海峡を、彼自身がしっかり抱いて渡ったことのある幼児の面影《おもかげ》だった。一瞬にして幻は消えた。彼女の背後に立つ不気味な大姿見の面に吹きかけた、あたかも一抹《いちまつ》の息のように。そしてあとには、ただ姿見の縁枠《ふちわく》に刻まれた、あるものは首が飛び、あるものは脚が千切れてしまった、まっ黒なキューピッドたちが、外科病院の患者行列よろしくの態《てい》で、これもまっ黒い女神たちに死海の果物かごをささげている漆黒の彫刻映像だけが残っていた――彼は、改めてうやうやしく女の前に頭を下げた。

「どうかお掛けくださいません？」よく澄んだ、若い美しい声だった。いくらか外国なまりがあるようだったが、もちろん言うほどのものではない。

「では、どうかお手を」と彼は、もう一度頭を下げながら、接吻《せっぷん》を求めるひどく古風な挨拶《あいさつ》をして、席についた。

「昨日銀行からお手紙をいただきましてね、何か新しい情報――いえ、なにか見つかったものがありましたとかで――」

「いや、お嬢さん、言葉はどうでもよろしい。どちらでもお好きなように」

「なんでも少しばかり、父の遺産だとかおっしゃいまして。——もちろんとっくに亡《な》くなって——会ったこともございませんのですが——」

ミスター・ロリーは、ちょっと椅子のまま身動《みじろ》ぎしながら、ちらと当惑したような視線を、例の真っ黒なキューピッド群像のほうへ投げた。まるで彼らが、あの奇妙な果物かごの中に、万能の助言でも持ち合わせているかのように！

「それで、とにかくパリへ行くようにという文面なのでございます。あちらへ着いたら、銀行のほうからも、わざわざそのために人を一人やるはずだから、さっそくその方に連絡をとるようにという——」

「わたしですよ、それは」

「多分、そうだろうと存じておりましたが」

言いながら、彼女は脚を深く引いて礼をした（当時は、まだ若い淑女たちが、そうした礼のしかたをしていたのだ）。自分などよりは、はるかに齢も上だし、知恵もあるあなただから、という気持を示したかったからだ。彼ももう一度頭を下げた。

「そんなわけで、銀行のほうへは、こんなふうにお返事申上げたのでございます。とにかくわたしのことをよくご存じで、いろいろご親切におっしゃってくださいます方々が、ぜひフランスへ行けとおっしゃることでございますし、そうなりますと、わたしとしましては、まったくの孤児《みなしご》で、誰《だれ》一人いっしょに行っていただけるような身内もいませんわけでございまして、それならば、いっそ途中、そのお使いの方とやらのお伴《とも》をさせていただけますことにでもなれば、どんなにうれしいことか。そう申上げたのでございますが、その時は、もうその方はおたちになってしまったあとでしたそうで。でも、多分すぐあとを追っかけて、使いの方をお出し下さって、なんとかこちらでわたしを待っていただけますよう、お願いして下さったんではございませんでしょうか？」

「そういうお役目なら、たいへんな光栄です。喜んでお役に立たせていただきましょう」

「ありがとうございます。ほんとうにありがとうございますわ。銀行の方のお話では、その方にさえお目にかかれば、すべて詳しい話をしていただけますそうで、それに事はひどくびっくりなさるようなことだから、よく覚悟をしていらっしゃるようにと、そうおっしゃるんでございます。わたくしとしましては、十分覚悟はして参ったつもりでございますし、当然少しでも早くうかがわせていただきたいと存じますの」

「もちろん、そうでしょうね。よろしい、——わたしは——」

言いかけて、彼はちょっと言葉を切った。そして例の縮れ毛の仮髪《かずら》の耳のあたりを、また直しながら、

「どうもキッカケがむずかしいんでしてね」

結局は、それきり口をつぐんだが、決心のつかぬままに、思わず彼女の視線とぶつかった。若々しい額がつと上がったかと思うと、たちまち例のあの奇妙な表情——もっともただ奇妙というだけでなく、かわいい特有の表情でもあった——に変った。そして、まるでなにか通

り過ぎる幻影でもつかんで、引止めるかのように、無心に片手をあげた。

「あの、わたくし、お目にかかりますのは、初めてでございましょうか？」

「もちろんそうでしょうよ」ミスター・ロリーは、両手を開き、まるで議論でもいどむように大きくひろげた。

彼女は、いままで立っていたすぐかたわらの椅子に、じっとなにか考え込むように腰をおろしたが、両眉毛の間、そしてまたあのふるいつきたくなるほど典雅な鼻筋をした、かわいい鼻のすぐ上に、例の表情はいちだんと深まった。思いに沈んでいるらしい彼女を、じっと彼は見つめていたが、やがてまた、つと女の視線が上がった瞬間、彼は再び口を切った。

「ミス・マネット、あなたも帰化なすった以上は、この国ではやはりイギリス人のお嬢さんとしてお話し申上げるのが、いちばんいいでしょうねえ」

「ええ、どうか」

「ミス・マネット、わたしはただの銀行員でしてね。ただ与えられた事務を処理するだけなんですよ。あなたのほうでも、それをお受取りになるについては、ただ物言う機械を相手にしておられるようなおつもりで結構です――ほんとの話、ただそれだけのわたしなんですからね。では、いいですか、お嬢さん、これから申上げるのは、わたしたち銀行のあるお得意さまのいわばお話なんですがね」

「お話ですって？」

が、急いでそれに答えた彼の言葉は、どうやら彼女がオウム返しに繰返した言葉を、わざと聞き違えたかのようにごまかしたらしかった。「そうです、お得意さまのですね。われわれ銀行のほうじゃ、取引関係のある方のことを、普通お得意さまと呼んでるわけですよ。ところで、そのお得意さまというのはフランス人で、博士とでもいうんですか——科学者で、たいへんな学識の持主だったようですね」

「ボーベーの出身じゃございません？」

「ああ、そうでした、ボーベーの出でした。あなたのお父さまのムシュー・マネットと同様、その方もボーベーの出でしたねえ。それからこれもお父さま同様、パリじゃたいへん有名な方でしてね。わたしもパリでお近づきをいただいてましたが、もちろん仕事の上の関係ではありましたが、同時にたいへん親しくしていただきましてね。ええ、そのころわたしも、パリの支店勤めでしてね。もうその前から——そう、二十年ばかりもいましたからねえ！」

「そのころとおっしゃいますと——あのう、いつごろでございましょうかしら？」

「だから、その二十年前の話なんですよ、お嬢さん。そこで、その方はですね、イギリス人の奥さまをお迎えになりました——それでわたしも、まあ、管財人のひとりだったわけですね。ほかにもフランスの方やお家《うち》で、そうなすってらした方はたくさんございますが、その方もやはり財産のことは、すっかりテルソン銀行にお任せになっていたというわけですよ。同じようなやりかたで、何かと財産上のことは、すべてわたしがお引受けしていますお得意さまは、今もむかしも、いくらでもありますようなわけでしてね。もっともこれは、もちろん商売上の関係だけでしてね、べつに友情だとか、特別の利害関係だとか、感情だとか、そんなもののはいり込む余地は毛頭ありません。ただ一人の銀行員生活という中で、いろいろ次々とおつきあいを願っただけの話で、毎日の銀行業務の上で、次々といろんなお客さまに接して行くのと、なんの変りもないわけですね。つまり、わたしにはなんの感情もない。まったくの機械だということですよ。そこで、先へ進みますが——」

「でも、それはわたしの父の話じゃございません？」妙にけわしくなった額が、一心に彼の上に釘付《くぎづ》けにされている。「それで、何か気になってきましたのは、父が亡くなり、二年してまた母が亡くなり、わたくしが孤児になりましたとき、わたくしをイギリスへ連れてきて下さいましたのが、あなたさまではございませんでしたでしょうか？　どうもあなたさまのような気がいたしますわ」

ミスター・ロリーは、急に心がほぐれたか、彼の手を取りたげに、オドオドと差出された彼女の手を取って、ちょっと気取って唇《くちびる》にあてた。それから今度は彼女を、まっすぐにまた彼女の椅子《いす》のところへ連れて行き、椅子の背を左手で押え、右手はかわるがわる顎《あご》をなでたり、仮髪《かずら》の耳のところをひっぱったり、さては自分の言葉に勢いをつけたりしながら、腰掛けて彼を見上げている彼女の顔を、立ったまま見おろしていた。

「ミス・マネット、いかにもわたしでした。ところが、その後は一度もお目にかかっていないのですから、それだけを考えて下すっても、さっきからわたし自身について申上げたことが、決してウソでなかったことは、よくおわかりになるはずです。わたしが感情を持たない人間だということ、そしてまた、わたしと他の人間との関係は、すべて仕事の上の関係だけだということもですね。そうです、その後ずっとあなたのことは、テルソン銀行のほうでめんどうを見て差上げていましたにもかかわらず、わたしは同じ銀行でも、ほかの仕事にばかり追われていたものですからねえ。感情なんて！　そんなものにかかわる時間もなければ、機会もなかったわけですね。要するに、わたしは、大きな紙幣の皺伸機《しわのしき》を回すだけで、一生を終えるんですからね」

決った毎日の仕事について、彼は、こんな奇妙な言い方をしたあと、亜麻色の仮髪《かずら》の天辺《てっぺん》を両手でつるりとなでて（もっともそれは、およそよけいなことだった。というのは、ピカピカ光るその表面ほど、つるりとなめらかなものはなかったからだ）、またもとの姿勢に返った。

「あなたもおっしゃったように、お気の毒なお父さまの話というのは、まあ、以上のようなわけです。ところが、ここからが違うんですねえ。つまり、もしあの時お父さまがお亡くなりになったのではないとしますとね――いや、びっくりなすっちゃいけません！　ほら、ずいぶんびっくりなすったようだが――」

実際驚いたようだった。彼女は、両手で彼の手首をつかんだ。

「まあ、そう興奮なさらないで――」と彼は、椅子の背を押えた左手を離して、哀願でもするかのように、激しくぶるぶる震えながら彼の手をつかんでいる女の指を軽く押えると、やさしくあやすように言った。「ほんのこれは事務的な話なんですから。で、今も言いかけたようにですね――」

だが、彼女の様子を見ると、彼は不安になり、言葉を切って、ちょっとためらっていたが、またふたたび話を続けた。

「そこで、いまも言いかけたようにですね、かりに仮定を幾つか出しますよ。たとえばお父さまは亡くなったんじゃなくて、突然誰にも言わずに姿を消された、つまり、神隠しにでもあったというわけですね。それで、どんなおそろしいところへ連れて行かれたか、もちろん尋ねて行くわけにはいきませんが、たいていどこだか推測はつくとしますね。言いかえれば、お父さまには同胞の中に一人敵がいて、その男がある特権を持っているとしますよ。しかもこれは、わたしも若いころよく知ってるんですが、たいへんな特権で、海峡の向こうじゃ、どんな大胆不敵な男でも、ちょっと低声《こごえ》で話題にするのだって、びくびくものでした。つまり、たとえばですよ、ここに白紙の書式があって、これに誰でも目ざす人間の名まえを書き入れさえすれば、たちまちその人間は、いつまででも好きなだけ監獄送りになるという、そういった特権なのです。せめて消息なりと知りたいと思って、いくら奥さまが、王や王妃や、廷臣や司祭たちに嘆願したところで、みんなむだなんです――というようなわけで、もしこの仮定がすべて事実だとしますとね、この不幸なボーベーの博士の運命は、あるいはそのまお父さまの運命だったかもしれませんね」

「ねえ、どうかもっと伺わせていただきたいわ」

「よろしいとも。お話ししますよ。でも、だいじょうぶですか？」

「ええ、いまのこんな生殺しの気持で置かれるくらいなら、どんなお話だってだいじょうぶですわ」

「だいぶおっしゃることが落着いてこられた、いや、たしかに――落着きましたね。それなら大丈夫!」(といって、言葉ほどには安心した様子も見えなかったが)「まったくの事務的な話なんですからね。ただそれだけの話――いわば、いやでもやらなければならない事務上の話と、そんなふうに考えていただきたいものですねえ。ところで、話に戻《もど》りますが、その博士の奥さまがですね、これはもうたいへん心のしっかりしたご婦人ではありましたがね、なにしろこの事件のために、たとえようもなく心痛された、そこへ赤ちゃんのお誕生ということになったんですねえ――」

「赤ちゃんて、それ、女の子だったんでしょう?」

「そうです、お嬢さんでした。ああ――ただこれは――事務上の話なんですからね。どうかあんまりご心配なさらないように。ところで、お嬢さん、これもただ仮定ですがね、お気の毒にそのお母さまがですよ、赤ちゃんのお誕生を前にして、あまりにも心配なすったものだから、とうとうこんなふうな決心をなすったわけですね。つまり、せめてこの子だけには、自分が味わってきたような苦しみを絶対なめさせたくない。それには父親は死んでしまったということで育てるよりほかにない――あッ、そんなに、ひざまずいたりなすっちゃいけませんねえ! なんでまた、わたしにひざまずいたりなさるんです?」

「どうかほんとうのことを! ねえ、お慈悲ですから、ほんとうのことを!」

「いや――ただ事務上の話だと申上げてるんですよ。困りますねえ。そんなふうにわたしを困らせちゃ、事務の処理もできんじゃありませんか？　さあ、頭をしっかり落着けて！　たとえば、どうです？　九ペンスの九倍はいくら？　二十ギニーじゃ何シリングになります？　一つ言ってみてごらんなさい。言えれば、わたしもほんとに自信が出るんですが。つまり、あなたの心の状態についても、大いに安心できるわけなんですがね」

それには直接なにも答えなかったが、彼がやさしくたすけ起してやると、女は静かに椅子に掛けた。それに、さっきからずっと彼の手首を握り締めていた両の手も、前よりはずっとしっかりしてきたようだったので、彼も幾分は安心ができた。

「それでいいんです、いいんです。さあ、しっかりして！　仕事ですよ！　あなたには、まだこれから仕事がある。しかも大事な仕事がね。お嬢さん、とにかくお母さまはそんなふうにされたんですよ。で、いよいよお亡くなりになるときにも――もちろん心痛のあまりでしょうね――なにしろお母さまは、いくらむだだとはわかっていても、最後までお父さまの行方は探しておられたんですからね――で、お亡くなりになる時にですよ、あなたはまだたった二つだったが、せめてあなただけは、お父さまは監獄の中で間もなく憔悴《しょうすい》の果て亡くなられたのか、それとも長い間衰え果てたままで生き存《なが》らえておられるのか、それさえわからず、暗雲のような不安の中で暮すのではなく、生き生きと、美しく、幸福に、成人されるようにと手を打たれたのです」

言いながら彼は、あふれるように豊かな女の金髪を、哀れをこめてほれぼれとながめおろしていた。一つまちがえば、いまごろはもう まっ白になってしまっていたかもしれないのにと、ひとりそんな想像を描いているかのようでさえあった。

「ご承知のように、ご両親には大した財産はありませんでした。が、ただあったものだけは、ちゃんとお母さまとあなたのものになっていました。そしてその後は、お金にしても、ほかの財産にしても、新しく見つかった物はなんにもありませんが、ただ――」

彼は、握られている手首がいっそう強くなったのに気がついて、言葉を切った。特別に彼の注意をひいていた額の表情は、今や全くこわばってしまい、深い恐怖と苦痛の色に変っていた。

「ところが、そのお父さまがですね――今度見つかったのです。生きておられるのです。そりゃもうすっかり変り果てておられるでしょう。廃人になっておられるかもしれませんね。まあ、なんとかそんなことのないようにとは、お祈りしてるんですが。が、とにかく生きてはいられる。で、お父さまはパリで、むかしの召使だった人の家に引取られておいでになる。わたしたちは、いまそこへ行くところなんです。わたしは、ほんとうであるかどうか、確かめるためにですね。そしてあなたは、お父さまを再び生命と、愛と、義務と、安息とに返してお上げになるためにですね」

彼女は全身がわなわなと震えていた。そしてそれは、彼女から彼の体へも伝わった。女は、おそれに押しつぶされたような、低いが、はっきりした声で、まるで夢の中ででも話しているように答えた。

「それじゃ、お父さまの亡霊に会いに行くんですわ！　ええ、きっと亡霊ですわ、――ほんとのお父さまじゃなくて!」

ミスター・ロリーは、彼の腕をつかんでいる女の両手を、静かになでた。「さあ、そこだ、そこだ、そこですよ! いいですか、いいですか。いいことも悪いことも、みんなあなたに話してしまった。いまあなたは、そのお気の毒な方に会うために、もうここまで来ておられるのです。海の旅も無事でしょう、陸の旅も無事でしょう。そうすれば、もうそのなつかしい方のそばへいらっしゃれるのです」

彼女は同じ調子で、だが、ささやくような低声《こごえ》になって言った。「わたくし、これまで自由でしたわ。幸福でしたわ。でも、そのお父さまの亡霊には、夢の中でだって、まだ一度もお目にかかってませんわ!」

「ところで、最後にもう一言《ひとこと》だけですがね」とミスター・ロリーは、特にそこに力を入れて言った。彼女の注意を促すのに、いちばん穏やかなやり方だと思ったからだ。「見つかった時、お父さまの名まえは違っていたのです。ほんとうの名まえは、さあ、長い間に忘れてしまわれたものか、それとも長い間隠しておられたせいか。もっとも、今そんなことを詮索《せんさく》するのは、有害無益なだけです。また、お父さまが長年つい見落されてしまっていたものか、それとも故意に監禁を引延されていたものか、それもいま詮索することは有害無益です。とにかく今は、どんな詮索をすることもよくありません。危険ですからね。どこにせよ、またどんなふうにもせよ、このことはいっさい口にしないほうがいい、そしてとにかくフランスから——たとえしばらくにもせよ——脱出させて上げることですね。わたしなどは、イギリス人として安全なわけであり、またテルソン銀行も、フランスの信用にとってはずいぶん重要なはずですが、それでもこのことは、いっさい明らかにすることを避けているのです。現に今もわたしは、この問題にはっきり関係した書類などは、一枚も身につけていません。まったくの秘密任務なのです。信任状も、入国手続も、送り状も、すべて『よみがえった』という一行の中に含まれているのです。これなら、どんな意味にでもなりますからね。あッ、どうなすったんです？　ちっとも聞いてないじゃありませんか！　ミス・マネット」

全く無言で、といって椅子に倒れてしまうでもなく、彼の手に押えられたまま、意識を失ってしまっているのだった。目は開いたまま、じっと彼を見つめており、額にはあの最後の表情が、まるで刻んだか、烙印《らくいん》でも押されたかのように浮んだままだった。あまりにもしっかと彼の腕をつかんでいるので、うっかり身をひくと、けがをさせるおそれもあった。しかたなしに、そのまま、大声をあげて助けを呼んだ。

と、たちまちおそろしくたくましい女丈夫――それは、すっかり度を失っていたミスター・ロリーにもはっきりわかったが、真っ赤な顔、真っ赤な髪をしており、何かひどくぴったり締った服を着、頭にはこれはまた異様な、まるで近衛《このえ》歩兵のかぶる桝形帽《ますがたぼう》か（それも相当たっぷりはいる）（訳注　より精確には近衛歩兵第一連隊。彼らは大きなバケツのような皮帽をかぶっている。桝に似ているとユーモラスに言ったもの）、それともスティルトン・チーズ（訳注　イギリスの特産チーズ。もとハンチントン州のこの村の名産だったから）そっくりのボンネットをかぶった女が、召使たちよりも先に飛び込んできて、女からの解放という懸案は、あっというまに解決してくれた。いきなり丸太のような手を彼の胸にかけたかと思うと、たちまち彼のからだは、近くの壁へと吹っ飛んでいた。

(「なんとしても、これは男にちがいない!」からだごと壁にぶつかったとき、息も止まりそうになりながら、彼が考えたことは、これだった)

「ねえ、なんて態《ざま》なんだねえ、みんな!」召使たちをながめながら、女が言った。「ぼんやりわたしの顔なんぞ見てないで、なんでさっさと薬でも取りに行かないんだね? そんなに見ばえのする顔だっていうのかい? なぜ薬を取りに行かないんだねえ? 嗅《か》ぎ塩と、お冷《ひや》と、お酢と、早く持ってくるんだよ。ぐずぐずしてると承知しないよ」

さっそくみんな、薬を取りに飛んで行った。女は静かに病人を長椅子に寝かせると、介抱にかかったが、それがまたまことに手に入った優しさだった。「さ、いい子だから」とか、「ねえ、赤ちゃん」とか声をかけながら、彼女の金髪を念入りに、またいかにも得意そうに、両肩のほうへ振り分けている。

「ああ、その茶色の洋服さん!」ミスター・ロリーのほうへ向き直ると、かんで吐き出すように言った。「なんの話だかしらないが、なんとかおびえ死にさせないような話し方くらい、できないもんかねえ? まあ、ごらんよ、このあおい顔、そして氷のような手。これが、おまえさん、銀行家ってもんなのかねえ?」

これはむずかしい質問だった。さすがの彼も返答に窮して、ただ遠くから小さくなって、気の毒そうにながめているだけだった。一方、女は、ぼんやりしてると「承知しないよ」と言う。どうするつもりかは言わなかったが、とにかく無気味なおどし文句の一言で、召使たちを追っぱらってしまうと、こんどは一つ一つ正しい順序を踏んで、病人の息を吹き返させ、優しく頭を自分の肩に載せるように言った。

「さあ、もういいでしょうなあ」とミスター・ロリーが言った。

「洋服さん、おあいにくさま、何もよくなったからって、おまえさんのお世話になんぞならないよ。ねえ、お嬢さま！」

「じゃ、このお嬢さんは」もう一度小さくなって、ちょっと気の毒そうにながめていたが、改めて口を切った。「あなたがフランスへ連れてってくださいますね？」

「まあ、そういうことになるのかねえ！」と相手は答えた。「でも、わたしにね、そんなわざわざ海を渡らなくちゃならないなんて、前世の約束があるというんならね、神さまもまた、なんでこのわたしを島国なんぞに生みつけたもんだろうねえ、おまえさん？」

　これもまたむずかしい質問だった。ミスター・ロリーは、早々に旗を巻いて、考え直してみることにした。

第五章　酒　店

　大きな酒樽《さかだる》が道路に落ちて、こわれた。椿事《ちんじ》は、樽を車から下ろしていたときに起ったのだった。樽はコロコロところがって、たがはじけ、酒店のすぐ店先の石畳に止まって、そのまま胡桃《くるみ》の殻《から》のように、木っ端《こば》みじんにこわれてしまった。

近くに居合せた人たちは、さっそく仕事の手をおき、無為の閑居を打切って、駆け寄って来るなり、こぼれた酒を飲みはじめた。四方八方に伸びて、まるで通りかかる生き物たちを、すべてことごとくびっこにしてしまうために、わざとそんなふうに設計したのではないかとさえ思えるようなひどいでこぼこ道の石畳は、たちまち無数の小さな酒だまりをつくった。そしてそれら酒だまりは、それぞれ大きさに応じて、大小さまざまの弥次馬《やじうま》たちを、その周囲に集めた。すわり込むと、さっそく両手ですくって、せめて指の間から流れてしまわない間にと、あわてすする者、また肩越しにのぞきこむ女たちにすすらせている者もあれば、こわれた瀬戸物酌器《ジョッキ》のかけらですくって飲んでいる者、はてには女の頭を包んでいたハンカチを浸して、幼児の口にしぼって飲ませてやっている者もある。すばやく泥《どろ》で小さな堤防をつくって、澱《よど》みをこしらえている者、そうかと思うと、二階の窓から見物している連中のさしずに従って、あちこち駆けまわっては、新しい方向に流れ出す小さな酒の流れを、あわてさえぎり止めている者もいる。もっとひどいのは、たっぷり酒かすのしみこんだ樽の破片を、一心不乱になめている。いや、酒で腐って柔らかくなった破片を、ムシャムシャかじっている者さえある。とにかく下水へ流れ落ちる酒などは一滴もなかった。一滴残らず飲み干されたばかりでなく、ついでに相当量の土までいっしょに胃の腑《ふ》の中に送り込まれた。もちろん少しでもこの界隈《かいわい》を知っている者なら、まさかそんな奇跡がここで起ろうなどとは、どうころんでも信じまいが、とにかくまるで市街掃除夫でも来て、すっかりきれいに掃除して行ったかと思うほどだった。

酒がまだ残っている間は、男、女、そして子どもたちの楽しそうな笑い声が、街じゅうに鳴り渡っていた。笑いふざけこそしきりだったが、別に手荒なことはほとんど見られなかった。むしろ一種特別の親しみがわいて、誰《だれ》もみんな目に見えてお互い仲好《なかよ》しになりたがり、とりわけ酒運のよかったもの、気さくな連中などは、たちまち楽しげに抱き合って、乾杯し合う、握手をする、さては十人あまりも輪になって踊り出す始末だった。だが、そのうち酒もなくなり、いちばんたっぷり流れていたところまで、すっかり焼き網模様のように指で引っかいた跡がつくようになると、すべてこうした騒ぎも、それが始まった時と同じように、急にぱったり静まってしまった。挽《ひ》きかけていた薪《まき》に、そのまま鋸《のこぎり》を残して駆け出してきていた男も、再び仕事を始め、凍傷《しもやけ》にかかった手の指や足指を和らげるために熱砂を入れた壺《つぼ》を、戸口の石段に置いたまま忘れていた女たちも、また壺のところへ戻《もど》って行った。地下倉から寒い冬の陽《ひ》の中へ飛び出してきていた、髪はぼうぼう、腕まくりして、死人のような顔色をした男たちも、再びコソコソと降りて行った。そして日の光よりはもっとこの街にはふさわしい暗い空気が、再び静かに濃くなって行った。

酒は赤ぶどう酒だった。そしてそれがこぼれて、ときならぬ紅を染めたのは、パリ、サン・タントアーヌ（訳注　パリの東方城外、バスティーユ監獄とセーヌ河にはさまれた貧民街）であった。それは多くの人の手を染め、顔を染め、素足を染め、木靴を染めた。薪を挽いていた男の手は、その薪片に赤い痕《あと》を残し、赤ん坊の守《も》りをしていた女の前額は、再び頭に巻いたボロきれによって赤く染められた。樽の破片をガツガツかじっていた男たちは、口のまわりを、まるでとらの縞《しま》模様のように染め出していた。中でも、この最後の仲間の一人だが、薄ぎたない、まるで長い袋のようなナイトキャップを、かぶるというよりは、むしろその中から突き出しているといったほうがいいような、ひどく背の高いひょうきん者が、いきなり泥まじりの酒おりに指を浸したかと見ると、大きく壁に「血」と書いた。

そして血というそのぶどう酒もまたこの街に流され、それによって多くの市民たちが真っ赤に染められる日が、やがて来るのであった。

かすかな光が、ほんの一瞬間サン・タントアーヌの尊像（訳注 サン・タントアーヌは聖アントニーにちなんだ地名。その縁で言ったもの）から暗雲を払いのけたが、やがてまた雲に閉ざされると、暗さはいっそうその影を濃くした。——寒さと疾病《しっぺい》と無知と窮乏とだけが、聖者に侍立している王侯であり——彼らはいずれも強大な王侯であったが——とりわけ、威をふるったのが窮乏だった。老人を入れて碾《ひ》けば、みんな青年になるというあのお伽噺《とぎばなし》の碾臼《ひきうす》とはこと変り、これは恐るべき碾臼に碾きつぶされた人間の見本が、いたるところの街角に震えており、また窓という窓から顔を出し、戸口という戸口を出入りしていた。そしてボロきれ同然の服を風にヒラヒラさせながら、うろついている連中もまた同類だった。彼らを碾きつぶす臼は、たちまち若者も老人に化してしまう。子どもたちまでが老人じみた顔、妙に大人っぽい声を出し、そして子どもの顔にも、大人の顔にも、「飢え」という烙印が、一筋一筋、老いの皺《しわ》に鋤《す》き込まれては、寂しく芽を吹き出している。いたるところ「飢え」がわが世を誇っていた。高い家々から突き出されて、物干しの柱と綱にひるがえっているみじめな衣類の中にも、それがのぞいていたし、藁《わら》で、ボロで、木片で、紙で、思い思いつくろった家々の中にも、刻み込まれていた。「飢え」は、さきの男が挽いていた薪、そのどんな小さな一本一本にも深く潜み、煙のとだえた煙突の上からもじっとながめ下ろし、もはや塵芥《ごみ》の中の残りくずにさえ、口にできる物など何一つないという不潔な道路からも、もうもうとして立ちのぼっていた。パン屋の棚《たな》の、どんな乏しい安パンの一きれ一きれにも、また腸詰屋のひどい死んだ犬肉のソーセージにも、書かれてある文字は、すべて「飢え」であった。ぐるぐる回る丸缶《かん》の中で焼けている焼き栗《ぐり》、そこでは「飢え」が枯れ骨をカラカラ鳴らしていたし、不承不承、それでも申しわけほどの油だけは滴《た》らして揚げた一文皿《ざら》のポテト・チップスも、そのままそれは「飢え」のコマぎれといってよかった。

「飢え」は、それにふさわしいところなら、いたるところ、どこにでも住んでいる。ひどい悪臭のする曲りくねった狭い通り、それからまた幾つも分かれ出る、やはり狭い、曲りくねった横丁、すべてそこに住む者は、ボロとナイトキャップばかりであり、そして悪臭もまたそれだった。そしてありとあらゆる者が、険しい顔つきをして、不景気にじっと思い沈んでいる。だが、その追いつめられたような人々の姿の中にも、野獣のように、まだ何か一つまちがえば、窮鼠《きゅうそ》かえって猫《ねこ》をかみかねない気配だけはどこか残っていた。悄然《しょうぜん》とうなだれて、コソコソ歩いてはいるが、まだ何か燃えるような目の光、何か深く押しこらえるように、キッと強く結んだ血の気のない唇《くちびる》、首つり縄《なわ》（それは自分の首にかかるか、それとも誰かの首にかけてやるつもりか、絶えず彼らの思いの中にあったに違いない）のように深い皺の刻み込まれた前額、——それらのものは、まだアリアリと残っていた。店の看板という看板、それは店の数とほとんど変らず多種多様だったが、すべてそれらに描《か》かれているものは、暗澹《あんたん》とした「困窮」の図だった。肉屋の看板にあるものは、ほとんど筋ばかりといってもいいようなくず肉の絵であり、パン屋のそれは、およそひどい安パンの絵だった。酒店のへボ絵看板に描かれた飲酒中の男たちまでが、まるでそれは、水増しのうえ量までごまかされたぶどう酒やビールをぶつぶつこぼしながら、お互い険悪な顔をして、何か密談をでもかわしているかのようだった。とにかく刃物凶器類のほかは、何一つ景気よく描かれているものはなかった。ただ刃物屋の小刀や斧《おの》だけが、いたずらにピカピカと光り、鍛冶《かじ》屋の鉄槌《かなづち》がずっしりと重く、鉄砲屋の台じりがさも凶器らしく見えるだけだった。いたるところ小さい泥水のたまりがあり、今にも足をさらいそうな石畳の道は、歩道などというものはもちろんなく、戸口の前で突然切れ、かわりに下水溝《げすいこう》が（それも流れるときだけだが）、道のド真ん中を流れるのだ。そして一たび大雨にでもなれば、まるで突然気でも狂ったように、家々の中へ流れ込む。道の向こうには、忘れたほど遠い間隔をおいて、ところどころ思い出したように、不細工な街燈《がいとう》がポツンと綱と滑車でぶら下がっている。日が暮れて、それらを点燈夫が引下ろし、火を入れて、またつり上げると、鈍い光を放って燃える燈心が、陰気に頭上で揺れ続ける。まるで大海原ででも揺られているかのようだった。いや、事実彼らは海上を漂っているのだった。そして船も船員たちも、今や嵐《あらし》にもまれているのだった。

というのは、時はようやく迫っていたのだ。ただ無為と飢えの中に、いたずらに点燈夫の姿をながめ続けていたあの着たきりすずめたちも、やがてはそれに工夫を加えて、かわりに人間を同じ綱、同じ滑車でつるし上げ、いわばそれによって彼らの生活そのものの暗さに、光を投げることに思い及ぶはずだったのだ。だが、もちろんまだその時は来ていなかった。そしてフランスを吹いて渡るすべての風は、いたずらにそれら着たきりすずめどものボロ着を、はためかして過ぎるのだった。というのは、かんじんの歌声も羽根も美しい鳥ども(訳注　貴族たちのこと)も、いっこうにこの警告には耳を傾けなかったからである。

さて、さきの酒店は角店《かどみせ》で、見たところも格式も、他の店よりはたちまさって見えた。主人は、黄色いチョッキを着、緑色のズボンをはいて店の外に立ち、例の先を争ってこぼれた酒を飲もうという騒ぎを、じっと横からながめていた。「おれの知ったこっちゃねえや」と彼は、最後に一つ肩をぴくりとすくめて言った。「市場の野郎どもがやったこった。代りを持ってこさせるだけよ」

ちょうどその時、例のノッポのひょうきん者が、あの落書きを書きつけているところだったが、見ると、たちまち通りのこちらから声をかけた。

「おい、ギャスパール、てめえそこでなにをしてやがんだい？」

相手は例の落書きを、よく道化者などのやるように、さももったいそうに指さして見せた。だが、これも彼ら道化者の宿命《さだめ》みたいなもので、せっかくのねらいもいっこうに相手には通ぜず、すっかり当てはずれの形だった。

「どうしたってんだ、それが？　気ちがい病院へでも行きてえのか？」言いながら、主人は、どんどん通りを横切って行くと、わざわざ泥を一握りすくい上げて、いきなり落書きの上から塗りつぶしてしまった。「なんで大通りに落書きなんかしやがるんだ？　よう、おい、こんなことが書きてえんなら、もっとほかに書くとこはねえのかい？」

そうきめつけながら、彼は、きれいなほうの手で（偶然か、それともわざとか）、ひょうきん者の胸を押えた。ひょうきん者は、その手を上からポンとたたいたかと思うと、ヒラリと身軽く飛び上がった。そしてまるでダンスでも踊るみたいなおどけた格好で降り立ちながら、その拍子に、片足、酒でよごれた靴をポイと飛ばすと、すかさず片手で受止めて差出した。こんなところから見ても、強欲非道とはいわないまでも、よほど悪ふざけ好きのひょうきん者らしい。

「さあ、穿《は》いた、穿いた。酒なら酒と、ただそれだけ言え、いいか」言い聞かせて、主人は、よごれた手を相手の服（服と言ってよければだが）で拭《ふ》いた——きさまのせいでこんな汚い手になったんだぞとでも言わんばかり、わざとそうした形だった。そしてまた通りを引返すと、そのまま店の中へ消えて行った。

主人というのは、まるで兵隊上がりとでもいった、太い猪頸《いくび》の三十男だった。よほど血の気の多い男らしい。この寒い日だというのに、上着を脱いで、肩へヒョイと投げかけている。シャツの袖《そで》はまくり上げて、日にやけた腕は、肘《ひじ》のあたりまでむき出しだ。頭もなんにもかぶらない。ただ短く刈り込んだ、黒い縮れ毛の髪をのせているだけだった。体じゅうが浅黒い肌《はだ》で、ただ目がいい目をしており、その間がまた思い切って開いている。総体にいって、なかなかおもしろそうな男だが、またひどくえこじらしいところもある。強い意志の男、思い立ったらいっかな曲げない頑固者《がんこもの》ということは、一目でわかったが、とにかく両側とも深い谷になったような狭い峠道などでは、あまり出会《でく》わしたくない人物だった。まずどんなことがあっても、あと戻りするような男ではなかったからである。

彼がはいって行ったとき、細君のマダム・ドファルジュは、勘定台の奥にすわっていた。年ごろは亭主《ていしゅ》と同じくらい、これも頑丈そうな女だった。別に何を見るともないような目つきをしながら、何一つ見のがさない目、指輪だらけの大きな手、しっかり者らしい顔、きつい目鼻だち、そしてまた態度は、まことに落着きはらったものだった。一目見ただけでもこの細君、自分の受持ちの銭勘定は、めったにまちがいなどやるはずがないと、りっぱに太鼓判押して保証できそうなところがあった。もっとも寒さには弱いとみえ、毛皮の外套《がいとう》にくるまって、その上首には、ただ大きな耳輪が隠れてしまわないだけに、はでな肩掛けを巻きつけている。彼女の前に編物があったが、それを下に置いたまま、しきりに爪楊枝《つまようじ》で歯をほじくっている。彼がはいってきた時も、彼女は、左手で右肘を支えながら、そして歯をほじくりほじくり、一言も言わず、ただ軽いせき払いを一つした。それと、この爪楊枝をひねくりながら、濃い黒い眉毛《まゆげ》をほんの心もち上げたのとが、いわば亭主に、店を留守にして向い側まで行っている間に、誰か新しいお客がはいって来てはいないか、一度店の中を見まわしてみるがよい、という一種の合図だったのだ。

そこで主人は、目をぎょろぎょろさせて、店じゅうをながめまわしてみたが、そういえば一人初老の紳士と若い女とが、隅《すみ》のほうにすわっている。もちろんほかにも客はおり、二人はトランプ、別の二人はドミノをやっており、また三人は、勘定台のそばに立って、わずかな酒をチビリチビリひどく時間をかけて飲んでいる。勘定台の奥へはいって行くとき、彼は、その初老の紳士が、ふと若い女に目くばせして、何か「これがその男ですよ」とでも言ったような気がした。

「ちきしょう、なにしてやがんだい、そんな隅っこで?」と彼は心の中で言った。「てめえたちなんぞ知らねえよ」

だが、彼は、わざとその二人に気がつかないようなふうをした。そして勘定台のところで飲んでいる三人の客と話しはじめた。

「どうだね、ジャック?」と三人の中の一人が言った。「こぼれた酒は、みんな飲んじまったかい?」

「一滴残さずよ、ジャック」とムシュー・ドファルジュは答えた。

こうしたお互い同じ洗礼名(訳注 秘密結社の仲間たちの合言葉になっていた呼び名)での話が行なわれると、今度はまた細君のほうが、例によって爪楊枝を使いながら、軽くせき払いをして、心もち眉を上げた。

「まあ、あのみじめな野郎どももな」と三人の中のもう一人が言った。「このところぶどう酒にありつくなんて、いや、それどころか、あの黒パンと死神の味のほかは、まずめったにありつくことはねえんだからな。そうじゃねえか、な、ジャック」

「そうよ、ジャック」と主人のほうも答えた。

こうしてまた例の洗礼名が双方から出ると、またしても細君が、依然としてゆっくり爪楊枝を使いながら、例のせき払いをして、チラリと眉を上げる。

すると、こんどは三人目の男が、これも飲み干した酎器《ジョッキ》を下に置いて、舌なめずりすると、やおら口を開いた。

「ああ、だから、よけいいけねえんだよ！　かわいそうに、野郎どもときた日にゃ、一生苦しみのなめ続けなんだからな。ひどい暮しだぜ、な、ジャック！　そうだろう、ジャック？」

「そりゃ、そのとおりだ、ジャック」と主人のドファルジュは答えた。

洗礼名の呼びかわしは、この三度目でおしまいになった。というのは、ちょうどその時、マダム・ドファルジュが、例の爪楊枝を置いて、眉毛をつり上げると、ちょっと衣《きぬ》ずれの音を立てて、椅子《いす》の中で身じろいだからである。

「ちょっと待った！　なるほど！」と主人がつぶやくように言って、「ねえ、みなさん――あっしの家内です！」

三人の客は帽子を取ると、めいめい大きく振りながら、マダム・ドファルジュに敬意を表した。彼女も、軽くうなずいておうようにそれを受け、すばやくみんなの様子を見まわした。そして次には、何気なく店の中を見渡すと、さて静かに悠然《ゆうぜん》と前の編物を取上げて、一心に編針を動かしだした。

「じゃ、みなさん、ごきげんよう」と主人は、じっと目を光らせて、細君の様子を見ながら言った。「あんた方がごらんになりたいと言ってた、例の独身者向きの部屋だがね、今もあっしが外へ出てた時、おたずねになってたそうだが、すぐこの六階ですよ。あっしの店の窓のほう、このすぐ左へ行ったところにね、小さな中庭から階段の入口がついてますからね。そう、いや、確かどなたかお一人は、もうごらんになったんでしょう？　だから、道はわかっておいでになるはずだ。じゃ、みなさん、失礼しますよ」

三人は酒代を払うと、出て行った。主人の目は、なおも編物を続けている細君の様子をじっと見ていたが、その時例の初老の男が、つと隅のほうから進み出たと見ると、ちょっとお伺いしたいことがあるのだが、と声をかけた。

「よがすとも、旦那《だんな》」言いながら、主人は、静かに紳士と入口のほうへ行った。

話はたちまちすんだが、効果は何か決定的なものがあったようだ。ほとんどキッカケの言葉を聞くか聞かないかに、ムシュー・ドファルジュは、なにかハッとなったような面持《おももち》で、一心に耳を傾け出した。そして一分間も続いたかと思うと、彼は深くうなずいて、店を出て行った。と、紳士は、これも若い女のほうを手招いて、あとから続いた。マダム・ドファルジュは、相変らず編針を動かすのに忙しく、眉毛もじっとそのまま、いっこう何も見ていない様子だった。

こうしてミスター・ジャービス・ロリーとミス・マネットは、その酒店を出ると、ついさっき主人が三人の客に教えたのと同じ階段のぼり口のところで、彼に追いついた。それは、悪臭のつんとくる小さな暗い中庭に開いていて、階上に住むおびただしい住民たちの共同入口になっていた。昼なお暗いようなタイル張り階段の、これも薄暗いタイル張りの入口で、ムシュー・ドファルジュは、つと片膝《かたひざ》ついて旧主の娘に挨拶《あいさつ》したかと思うと、すばやくその手を取って、彼の唇にあてた。まことに優雅な挨拶ではあったが、といってやり方が優雅だったとは、お世辞にも言えなかった。だが、とにかくほんの数秒間に、彼の様子はすっかり変っていた。もはやあの陽気で、あけっ放しなところなどはちっともなく、なにか秘密でも隠したみたいに、妙におこったような、近寄り難《がた》い人間になっていた。

「なにしろだいぶ高いですからね。ちょっとたいへんですよ。初めはゆっくりがいい」階段を上りかける時、おこったような声でドファルジュが言った。

「お一人きりなんですか?」ミスター・ロリーが、声を潜めるように聞く。

「お一人きりかって? あたりまえですよ、誰《だれ》がいっしょになどいるもんですかい?」これも同じように低い声。

「じゃ、いつもお一人きりで?」

「そうですとも」

「そりゃ、そういうご本人の希望なんですか?」

「いや、そうするよりほかないからだろうねえ。あっしのことがわかりましてね、いったい、あっしに引受ける気があるかどうか、なにしろ危険な仕事なんだから、ようく考えてみるようにって言われましてね。それで、初めてお目にかかった時も、やっぱりお一人でしたねえ——その時も、そして今も、ずっとお一人きりでさ」

「ずいぶんお変りになってるでしょうな?」

「お変りになってるって、旦那!」

主人は、ちょっと足を止めて、いきなり拳《こぶし》で壁をドスンと打つと、猛烈な勢いで「チェッ、くそったれが!」と口の中で言った。かりに直接答えたとしても、おそらくこの半分もひどい返事のしかたはなかったであろう。連れの二人といっしょに、階段を上って行くうちに、ミスター・ロリーの気持はいよいよめいってきた。

パリの旧市街、そしてもっと家の建て込んだ地域にあるこうした階段は、それのいろいろ付属物をも含めて、今だってずいぶんたまらないものだろう。だが、当時にあっては、とりわけまだ慣れない、したがって無感覚になりきっていない人々にとっては、それこそ胸もむかつくような光景だった。この汚ない高い建物に巣くっている小さな住居——ということは、つまり共同階段に向って戸口を開いている一室、ないし数室の世帯なのだが——そのことごとくが、窓から勝手にごみをほうり出すほかに、なおめいめいその踊り場にまで、山のように積み上げておくのだった。こうしてできあがったどうにもならない腐敗物の山は、かりに貧窮と欠乏とが、目に見えぬその悪臭をいっぱい振りまかなかったところで、それだけで空気を汚染するには十分であった。ところが、ここではその二つの悪因がいっしょになっているのだ。たまらないのは当然だった。とにかくこうした空気の中を、まるで暗い竪坑《たてあな》のように急な階段通路が上っているのだった。刻一刻と高まってゆく胸騒ぎ、それに若い連れの心の興奮まで加わって、ミスター・ロリーはぐったりとなって、二度までも足を止めて休んだ。休んだところは、二度ともわびしい格子《こうし》窓のそばだったが、それがまたやっと残った清潔なよい空気まで、まるでやりきれないかのように、そこから逃げ出して行き、逆によごれた毒気がじりじりと忍び込んでいるかのように思えるのだった。さびついた鉄棒の間からは、ごたごたした近所の光景が、見えるというよりは、むしろじかに舌に触れて味わえるような気さえする。見渡す限り、ノートル・ダム伽藍《がらん》の大きな二つの塔の頂のほかは、それより近くにも、また下にも、健康な生活、高邁《こうまい》な志を思わせるようなものは、何一つなかった。

やっと階段を上りきって、そこでまた一休みした。だが、屋根裏部屋まで行くには、まだ上にもう一つ階段、ずっと急になり、幅も狭くなったのがあった。いつも一歩先に立ち、まるで若い女連れから何か聞かれるのを恐れるかのように、絶えずミスター・ロリーの側ばかり上っていた酒店の主人は、ここでくるりと向き直ると、肩にかけていた上着のポケットを一心に探り、鍵《かぎ》を一つ取り出した。

「じゃ、部屋には錠が下りてるんですね?」驚いたように、ミスター・ロリーが聞いた。

「ああ、そうだよ」とムシュー・ドファルジュは、にがりきって答えた。

「じゃ、あのご老人を、そんなに秘密にしておく必要があるんですね?」

「そう、やっぱり鍵をガチャンとやっとく必要があるんだねえ」とドファルジュは、耳もとに口を寄せて、ささやくように言いながら、深く眉をひそめた。

「なぜです?」

「なぜって? そりゃ、あんた、なにしろ閉じこめられたままで、何十年と暮しておいでなすったんだからね。あけっ放しにでもしてごらんよ、こわがって、――気が狂って――さあ、我とわが身をずたずたに引きむしって、――死んでおしまいになるかもしれん――まあ、どんなことになるかわからないやねえ」

「ほんとうかね、それは?」思わずミスター・ロリーが叫んだ。

「ほんとうかだって?」ドファルジュは吐き出すように言い返した。「ほんとうだとも。とにかくありがてえご時世だよねえ、そういうことも結構あるんだし、まだまだほかにもいろんなことがありうる。いや、ありうるどころか、現にちゃんとやられてるんだからね――やられてるんだよ、ね――あの空の下で、来る日も来る日もね。やれやれ、悪魔さまばんざいさ! さ、行きますぜ」

このやりとりは、ほとんど聞えないほどの小声でなされたので、若い女連れの耳には一言もはいらなかった。だが、そのころにはもう彼女は、激しい感動のために、全身ぶるぶると震えており、顔は深刻な不安、というよりは、おそろしいほどの恐怖を表わしていた。ミスター・ロリーとしても、ここでなんとか元気づけの一言くらいは、言ってやらなければ済まないような気がした。

「さ、しっかりするんですよ、お嬢さん! 勇気を出して! 仕事ですからね! ほんとに苦しいのは一瞬間だけ。戸口さえはいってしまえば、済むんですからね。あとは、あなたが持っていらしたいい結果、――慰め、そして幸福、それがすべて始まるんですからね。さあ、この親切な方に、そちら側から手をかしてもらいましょう。ああ、それで結構、ドファルジュさん。さあ、行きましょう。仕事、仕事ですからな」

彼らは静かに、ゆっくりと上って行った。短い階段で、すぐ上りきってしまったが、そこで階段が、急に一曲りしたと思うと、突然彼らの目に映ったのは、三人の男、それも一かたまりになって扉《とびら》のわきにかがみこみ、壁のすきまからか、穴からか、とにかく夢中になって、その扉口《とぐち》のある部屋の中をのぞきこんでいる男たちの姿だった。彼らの足音が近づくのを聞くと、三人の男は振りかえって、立ち上がった。よく見ると、なんとさっき酒店で飲んでいた、例の同じ名の三人男ではないか。

「そうだ、あんた方が見えたもんで、あいつらのことはすっかり忘れてたっけ」とムシュー・ドファルジュが言った。「さあ、おめえたちは、あっちへ行くんだ。わしたち、ここでちょっと用があるからな」

三人の男は、すっとそばを通り抜けて、物も言わずに降りて行った。ところで、この階には、ほかに扉口は一つもないようだった。自分たちだけになると、酒店の主人はいきなりその扉口のほうへ近づいて行く。ミスター・ロリーは、多少憤然としたような面持で、そっとささやくように問いかけた。

「マネットさんを見世物にでもしてるのかね?」

「ごらんのとおりね、ただ特別のごくわずかな人間に見せてるだけだよ」

「そんなことしていいのかね？」

「いいと思うね、わしは」

「ところで、その特別のわずかな人間というのは、誰だね？　またどうしてそれを選び出すわけだね？」

「そう、それはわしと同じ名前——わしの名はジャックってんだがね——その人間だけを、ほんとうの人間として選び出すわけだね——そいつらには、あの人の姿を見せておくほうが、将来のためになるんでね。さ、この話はこれでたくさん。あんたはイギリス人だ。だから、話は別さね。さあ、ちょっとここで待っててておくんなさい」

二人には来るなというような合図をして、自分は身をかがめると、壁のすきまから中をのぞいた。だが、すぐまた頭を上げると、こんどは扉を二、三度強く打った——ノックというのではなく、ただ物音を立てるというだけが、明らかに目的らしい。それから、これも同じ目的かと思えたが、わざわざ鍵を三、四度扉の板に音高くひきずってから、やっと不器用な手付きで錠前に差し、これもできるだけがちゃつかせたうえで、やっと回した。

扉は、彼の手でゆっくり内側へ開いた。彼がのぞきこんで、何か言った。消え入るような声が、これも何か答えたようだった。どちらも口にしたのは、ほとんど一言か、せいぜいが二言を出なかったらしい。

彼は肩越しに振りかえって、はいるようにと二人を手招いた。ミスター・ロリーは、片腕でしっかりミス・マネットの腰を抱いた。今にもぐったりとなって倒れてしまいそうに思えたからだ。

「し——い、し——い、し——い、しごとですよ」と彼は促すように言ったが、頬《ほお》には単に仕事のためとは思えないぬれたものが、キラリと光っていた。「さあ、はいって、はいって！」

「わたくし、こわいんです、これが」彼女はガタガタ震えながら言った。

「これって？　なんです？」

「この中の人、わたしの父がですの」

彼女はこの通り取乱すし、しかも案内のドファルジュはしきりに手招いているということもあって、彼は、多少はどうにでもなれというところか、彼の肩の上で震えている彼女の腕をひっかつぐと、心もち抱き上げるようにして、部屋の中へ押込んだ。すぐ扉口をはいったところに彼女をおろし、すがりついてくる彼女の体をささえた。

ドファルジュは、鍵を抜き、扉をしめ、あらためて内側から錠を下ろして、鍵をまた抜いて、手に持った。それらの動作を、彼は実にきちんと順序立ててやってのけ、しかもできるだけ騒がしい大きな音を立ててした。そしてそれらが終ると、まるで歩調でも取るような足取りで部屋を横切り、窓のあるほうへ行った。そしてそこで立ち止まると、くるりと振りかえった。

薪《まき》などの置場につくられているらしいこの屋根裏部屋は、採光も悪く、ひどく暗かった。というのは、屋根窓つくりになったその窓は、実際は屋根に開いた扉といったほうがよく、鴨居《かもい》には、往来から薪などを釣《つ》り上げるための小さなクレーンがついている。フランスふうの扉がみなそうであるように、窓ガラスははまっておらず、二枚の扉が真ん中でしまるようになっている。寒さを防ぐために、一方の扉はしっかりしまっており、もう一枚もほんの細目に開いているだけだった。そんなわけで、さし込んでくる光は、ほんのあるかないかという程度、したがってはいった瞬間には、何一つ見えるはずもなかった。こんな暗い中で細かい手の込んだ仕事をするなどということは、よほど長い間の慣れがあって、はじめてできることにちがいなかった。ところが、いまこの屋根裏部屋では、まさにそうした仕事がなされていたのだ。というのは、真っ白な髪をした男が一人、扉口に背中を向け、顔は今ドファルジュがそのそばに立ってながめている窓のほうへ向けたまま、低い腰掛にかけて、かがみ込むようにして、しきりに靴《くつ》をつくっているのだった。

第六章　靴　職　人

「こんにちは！」ドファルジュは、腰を二重に折って靴つくりをしている白髪頭《しらがあたま》をながめ下ろしながら、言った。

一瞬頭が上がったかと思うと、消え入るような声が、まるで遠いところからでも聞えるように、挨拶《あいさつ》に答えて言った。

「こんにちは！」

「相変らずご精が出るようですね？」

しばらく答えはなかったが、やがてまた一瞬、つと頭を上げたかと思うと、「そうだ、——仕事だ」と同じ声が言った。もっとも今度は、ひどく落ちくぼんだ目が、チラリと相手の顔を見上げて、再びがっくり頭をたれた。

消え入るようなその声は、哀れでもあり、また不気味でもあった。もちろん一つには長い監禁生活と粗食とによるものであることは確かだったが、といって身体的衰弱だけからきた弱々しさではなかった。むしろそのいたましさは、たった一人いて、いっさい声を使わないことからくる弱々しさだった。いわば遠い遠い昔に聞かれた声の、最後のかすかな余韻とでもいうか。もはや人間の声が持つ生気と響きは、完全に失われてしまって、聞く者の耳には、まるでかつて美しかった色彩が、今ではすでに色あせて、ただ弱々しい、かすかな汚染《しみ》にすぎなくなってしまったかのような印象を与えた。押しひしがれたようなうつろな声、まるでそれは、地下から響く声のようだった。希望も何も失い果てた人間の声というのがこれかと、聞くからに思わせるような声だった。もし寂しく一人荒野の旅に疲れ果てた旅人がそれを聞いたならば、さぞかし最後の眼《まなこ》を閉じる前に、もう一度故郷の家や近親たちのことを思い出したことであろうか。

しばらく彼は、黙って仕事を続けていたが、やがてまた落ちくぼんだ眼をチラリと見上げた。もちろん興味や好奇心を感じてそうしたのではなく、ただ彼がそれと気づいた唯一《ゆいいつ》の訪問者の立っていた場所に、まだ依然として同じ男が立っているという気配を、鈍い心にもぼんやりと感じ取ったからに過ぎない。

「もう少し明るくしたいんですがね」ドファルジュは、靴職人から目を離さないままで、言った。「別にさしつかえないでしょう?」

靴職人は仕事の手をやめて、しばらく聞くともなしに、左右の床をかわるがわるながめていたが、やがてふと顔を上げてドファルジュを見た。

「なんと言ったのかね?」

「少し明るくしてもいいでしょう?」

「そりゃ仕方がないな、おまえさんがそうするというんなら」(後半の言葉には、ほんとにかすかながら、妙に力がはいっていた)

彼は、あいていた片方の扉を、さらにもう少し押しあけ、そこでしまらぬように止めた。明るい光がドッと屋根裏部屋に流れ込んで、半出来の靴を膝《ひざ》に置いて、ちょっと手を休めている靴職人の姿が、はっきり浮び出た。足もとと腰掛の上には、ごくありふれた道具が二、三本と、幾つか鞣皮《なめしがわ》の切りくずとが散らかっていた。彼は、そう長くはないが、無造作に刈り込んだ真っ白な顎《あご》ひげと、頬のこけ落ちた顔をしており、ただ目だけがらんらんと輝いていた。もともと大きな目でなくとも、こうまでやせて落ちくぼんだ顔、しかもまだ黒い眉《まゆ》、もじゃもじゃの白髪といっしょでは、異様に大きく見えることもありえようが、これはまた生れついての大きな目だけに、不自然なまでに大きく見えるのだった。黄色いボロシャツは、咽喉《のど》のところがはだけていて、やせさらばえた体がはっきりと見えた。当人はもとより、古い粗布の仕事着も、だぶだぶの靴下も、その他まとっているいっさいのボロ着が、長い間絶えて日光や外気に触れることがなかったために、おしなべて色はあせ、すっかり羊皮紙ようにくすんだ一色になり、どれがどれだかほとんど見分けもつかないほどだった。

彼は片手を上げて、目と光との間にかざしたが、それはまるで骨まで透けて見えるほどだった。そんな格好で、彼は、ぼんやり目を据《す》えてながめたまま、仕事の手を休めているのだった。目の前の相手を見るときは、まるで場所と物音とを結びつける能力を失ってしまった人間のように、まず自分の左右をかわるがわるながめ下ろしてからでなければ、そうしないし、また口をきくときには、これまた同じようにキョロキョロとまどったあげく、肝心の話すことを忘れてしまってからでなければ、口がきけなかった。

「じゃ、今日その靴を仕上げようってんですね?」ドファルジュは、ミスター・ロリーに、もっと前へ出るようにと合図しながら、聞いた。

「なんと言ったのかね?」

「その靴をね、今日仕上げるつもりなんですね?」

「さあ、つもりだかどうだか。まあ、そうだろうねえ。だが、わたしにはわからない」

だが、それで仕事のことをまた思い出したらしく、ふたたび食いつくような格好で、仕事を始めた。

ミスター・ロリーは、ミス・マネットを扉口のところに残したまま、無言で進み出た。ドファルジュと並んだまま、一、二分ばかりも立っていると、ふと靴職人が顔を上げた。新しい人物が現われたからといって、別に驚いた様子は見えない。ただ彼の姿を見ると、片手の指がふらふらと、おぼつかなげに唇《くちびる》のところまで上がったが（その唇も指の爪《つめ》も、全く同じ土気色だった）、またダラリと落ちると、そのまま再び仕事に精を出し始めた。見上げたのも、手を上げたのも、ほんの一瞬間のできごとだった。

「ねえ、お客さんですよ」とムシュー・ドファルジュが言った。

「なんと言ったのかね？」

「お客さんですよ」

靴職人は、仕事の手はやめなかったが、もう一度顔を上げた。

「ねえ、先生！　靴のことがよくわかるお客さんがお見えになってるんですよ。さあ、そのこしらえてるのをお目にかけるんだねえ。旦那《だんな》、一つ見てやっておくんなさいまし」

言われるままに、ミスター・ロリーは手に取ってみた。

「さあ、お客さんに申上げるんですぜ、どんな靴だか、それから先生の名まえもな」

しばらく、いちだんと長い沈黙があったが、再びまた老人が言った。

「なにを聞かれたか、忘れてしまったがね。なんの話だったたっけかな？」

「いやね、その靴がどんな靴だか、このお客さんのご参考に、お話しなすったらどうか、と言ったんですよ」

「これは女用の靴でな。つまり、散歩靴なんだ。いま流行の型でな。もちろんわしはその流行を見たわけじゃない。ただその型を一つ持ってたんだな」と言って、一瞬ちょっと得意そうに、靴のほうへちらりと目をやった。

「で、その靴つくり、つまり、先生の名は？」とドファルジュが言った。

聞かれた老人は、さも手持ちぶさたのように、右手の拳《こぶし》を左手の手のひらでなでたかと思うと、逆に今度は左手の拳を右手の手のひらでなでてみたり、さらに次には、ひげの伸びた顎を一こすりしたり、しきりにそんなことを、一瞬の休みもなく、順序正しく繰返すのだった。とにかく一度何か言ったかと思うと、そのあとは決って虚脱状態に陥ってしまうのだったが、その彼をまた現実に呼びさますか、さもなければ今もう死にかけている人間の魂を、昏《こん》睡《すい》から呼びさますか、いってみれば衰え果てた人間を骨折りというのは、ただ何か最後の告白をさせたいばっかりに、なんとか引止めようというのと同じだった。

「わしの名まえを、と言ったね？」

「そうなんですよ」

「北塔一〇五番」

「それだけですか？」

「北塔一〇五番」

吐息とも、うめきともつかない、おっくうそうな声を出すと、彼はまたせっせと仕事にかかった。が、やがてまた沈黙を破ったのは、ミスター・ロリーだった。じっと彼を見つめながら、

「あなたは、なにも靴つくりが本職ってわけじゃないんでしょう？」

落ちくぼんだ老人の目は、まるでその答えをドファルジュにでも求めるかのごとくに、彼の顔を見上げた。だが、それは答えてもらえないとあきらめたものか、一瞬床の上に目を落したが、また質問者の顔を振り仰いだ。

「靴つくりが本職じゃなかろうって？　そりゃそうだ、本職じゃァない。ここで――ここで覚えただけだからな。独習したようなもんだ。わしのほうから願い出てな――」

言いかけたまま、また何分かぼんやり黙ってしまった。その間も、例の決った両手の動作を絶えず繰返しながら。そして最後にまた、彼の視線は、再び出発点だった元の顔へ返り、そのままじっと見つめていたが、一瞬ハッとなったかと思うと、まるで眠っていた人間が突然目ざめて、また前の晩の話をむしかえしでもするかのように、言い出した。

「一人でやってみたいと、わしから願い出たようなわけでね。ずいぶん苦労もしたし、長いことかかった。だが、それ以来というものは、ずっと靴つくりをやってきている」

そしてさっき渡した靴を、再び求めるかのように、手を差伸べた。ミスター・ロリーは、なおも彼の顔をじっと見つめながら、言った。

「マネットさん、わたしを覚えておいでになりませんか？」

靴はぱたりと床に落ち、老人の視線は一心に質問者の顔を見つめた。

「マネットさん」ミスター・ロリーは、今度はドファルジュの腕に手をかけて、「じゃ、この人を覚えていらっしゃいませんか？　よくこの人の顔をごらんなさい。それからわたしの顔も。マネットさん、ずっと昔の誰《だれ》か銀行員のこと、取引のこと、それから古い召使のこと、何かお思い出しになることはありませんか？」

　長い幽囚の老人は、じっとすわったまま、ミスター・ロリーの顔、ドファルジュの顔を、穴のあくように見つめていたが、そのうちふと気がつくと、彼の前額の真ん中あたりに、長い間かき消されていたとでもいうか、鋭い知能のひらめきが、きわめて徐々にではあるが、押し包んでいた黒い霧を通して、見えてきたのだった。それは、まもなくまたおおわれて、しだいにかすかになり、ついには消えてしまったが、とにかく表われたことだけは事実だった。と、ほとんど同時に、そっくり同じ表情が、これはまたミス・マネットの若い美しい顔にも表われたのだ。彼女は、いつのまにか壁沿いにそっと近づいて来て、ちょうど彼の顔が見えるあたりに、じっと見つめながら立っていた。初めその両手は、もちろん強《し》いて彼を追い払い、姿を見まいというのではないにしても、とにかく激しい恐怖と憐憫《れんびん》とに、思わず軽く上げた形だったのだが、いまではむしろ亡霊のようなその顔を、しっかり熱い若い胸に抱《いだ》いて、もう一度生命と希望とによみがえらせたいとでもいうつもりか、わななくように、必死になって彼のほうへ差伸べられているのだった。ところで、とにかくそっくり同じその表情が（いや、もっと強くはっきりと）、この若い美しい顔に浮んだのであり、いわばそれは、老人の顔から彼女へと、まるでいなずまのように動いたといってもよかった。

　かわりに、彼の顔は再び闇《やみ》に包まれた。二人を見ている表情も、刻一刻放心状態になり、その視線は魂でも抜けたように、またしても例の床上に落ち、いたずらにあたりをながめ回すだけだった。

「どうです、おわかりになりましたかね、旦那?」ささやくようにドファルジュが言う。「そう、ほんの一瞬間だったがね。はじめはわたしも、もうだめかと思ってたんだが、確かに見ましたねえ。ほんの一瞬間ではあったが、確かに昔ようく知っていた顔でした。シッ! わたしたちは、もう少し離れましょうよ。シッ!」

彼女は、部屋の壁のところから離れて、彼がすわっている腰掛のすぐそばまで進み出ていた。ほんのちょっと手を伸ばしさえすれば、かがんで仕事をしている彼に、もちろん触れたであろう距離なのに、それさえ気づかない彼の姿には、何か不気味なものさえ感じられる。みんなひと言も言わず、物音一つしない。彼女は、まるで幽霊のように、彼のそばに立っているし、彼は彼で、うつむいたまま仕事の手を動かしている。

そのうち、とうとう彼は、手にしていた道具を置いて、革切り刀に替える必要ができたらしい。ちょうどそれは、彼女の立っているのとは反対の側に置いてあったので、彼はそれを取って、ふたたび仕事にかかろうとしたその時、ふと彼女の服のすそが目にはいった。彼は目を上げて、彼女の顔を見た。見ている二人は、思わず前へ進み出た。だが、すばやく彼女は、手を振って制した。今にもその刀で彼女を刺すのではないかと、二人は、それを恐れたのだが、彼女はそうでなかった。

彼は恐ろしい形相《ぎょうそう》をして、彼女を見つめていた。だが、ややあって、かすかに唇が動いたかと思うと、声にはならなかったが、何かものを言うつもりらしい。そしてそれは、早い激しい呼吸《いき》づかいの中で、たびたび途切れたが、それでもしだいにわかるようになった。

「どうしたというのだ、これは？」

「ポロポロ涙をこぼしながら、彼女は両手を唇にあて、彼のほうへ投げキスをした。そして今度は、まるで狂ってしまったその頭を胸にでも抱きしめるかのように、しっかり胸の前で合せた。」

「ああ、牢番《ろうばん》の娘さんだったな？」

「いいえ」彼女は大きな息といっしょに答えた。

「じゃ、どなただね？」

しっかり口がきけるか、われながらまだ自信がなかったので、彼女は、ただ黙って彼と並んですわった。彼はあわてて身をひいたが、彼女はすぐ彼の腕に手をかけた。が、その瞬間、彼は何か奇妙な戦慄《せんりつ》でも感じたように、目に見えて全身が緊張した。じっと彼女の顔を見つめ出したかと思うと、静かに小刀を下に置いた。

長いカールにしている彼女の金髪は、無造作に一方にかき寄せられ、頸《くび》のあたりまでたれていた。彼はおどおどと手を伸ばすと、その髪を手に取って、ながめはじめた。が、そうしている最中、またしても気が遠くなったというか、大きな溜息《ためいき》を一つつくと、再び靴《くつ》のほうに精出しだした。

だが、それも長くはなかった。彼女は腕を放すと、こんどは軽く肩に手を置いた。彼は、ほんとにそれが手であるかどうか、まるで確かめでもするように、二、三度いぶかしげにながめていたが、ふと靴を下に置くと、自分の頸に手をやって、なにか畳んだボロきれのついた黒い紐《ひも》をはずした。そしてそれを膝《ひざ》の上に置いて、丁寧にあけると、中からほんの一つまみほど髪の毛が出てきた。長い女の金髪が一本か二本、おそらく昔指に巻いてでも抜き取ったものかと思える。

彼はそれを手に取って、しげしげとながめていた。「同じもんだ。それにしても、どうしてだろう！　いつだったかな、あれは！　どうしてだったかなあ！」

そしてまた、例のキュッとしまったような表情が前額に表われたかと思うと、どうやらその同じものが、彼女の前額にも見えていることに気づいたらしい。クルリと彼女を光のほうへ向けると、まじまじとながめだした。

「そういえば、あれは、わしに召喚が来た晩、わしのこの肩に頭を寄せかけていたっけ。わしは少しもこわがっていないのに、あれはしきりにわしの行くのをおびえていた。そしてわしがあの北塔へ連れられて行くと、わしの袖《そで》にこの髪の毛が残っていたのだ。『これくらいは残しておいてもらえるだろうな。何も脱獄の道具になるほどのもんじゃない。いや、心の脱獄はさせてくれるかもしれないがね』と、わしはそう言ってやった。今でもはっきり覚えている」

もっともこれだけの言葉になるまでには、幾度か唇の形だけで言ってみていたようだった。だが、いよいよはっきりと言葉になってみると、それは、ごくのろのろとではあったが、ちゃんと筋は通っていた。

「どうしたというのだろう、これは？——ああ、お、ま、え、だ、っ、た、の、か！」

突然彼が、まるで襲いかかるように、彼女の体をつかんだので、またしても二人の傍観者はハッとなった。だが、彼女はつかまれたまま少しも動かないどころか、ただ低い声で、「ねえ、後生ですから、そばへいらっしゃらないで！　それから、なにもおっしゃらないで、そのままじっとしていて下さいません？」

「おお！　だれの声だ、あれは！」大声で彼が叫んだ。

そして叫びながら、彼の両手は彼女の体を離したかと思うと、白髪頭《しらがあたま》を気が狂ったようにかきむしった。だが、それもやがて止《や》むと（いつまでも止めないのは、ただ靴つくりの仕事だけなのだ）、また例のボロきれを丁寧にたたみ、再びふところへしまいたいらしかった。だが、やはりその間も、目だけは少しも彼女から離さず、悲しそうに頭を振った。

「いや、違う、違う。お嬢さまは若すぎる。美しすぎる。そんなはずはない。ごらんなさい、この囚人の格好を。この手、これはあの子の知ってた手じゃない。この顔、これもそうだ。この声、これもあの子の聞いていた声じゃない。違う、違う。そうだ、あの子も、——そしてこのわしも——まだあの長い北塔の暮しが始まる前だったなあ——ずっと大昔の話だ。あ、優しいお嬢さん、あなたのお名まえは？」

急に優しくなったその声、その様子を、心から喜ぶかのように、ミス・マネットは、彼の前にひざまずき、そして訴えるように両手を胸に投げかけた。

「ええ、おじさま、きっといまにおわかりになりますわよ、わたしの名まえも、わたしの両親たちのことも、そしてまた辛《つら》い、お気の毒なお二人の身の上について、わたしがちっとも存じませんでしたわけも。でも、今はまだ申上げられませんのよ。ええ、ここではねえ。いまここで申上げられますことはね、おじさま、ただわたしのこの体にさわって下さって、どうかわたしの祝福を祈って下さいまし、とお願いしますことだけですのね。ね、おじさま、接吻《くちづけ》していただきたいわ、ね、どうか！　ああ、いいおじさま、ほんとにいいおじさま！」

彼の冷たい白髪頭が、輝くばかりの彼女の金髪に埋まった。そしてその金髪は、まるでさし入る自由の光ででもあるかのように、彼の頭をあたため、そして輝かせた。

「ね、おじさま、わたしのこの声にですのよ、もし何か昔おじさまのお耳に美しい調べと聞えたその声と、少しでも似てるようなところがありましたら——さあ、まさかそんなことがあろうとは思いませんけれどもね、でも、もしかすると、そうかもしれませんわよ——だから、もしそうならば、ねえ、どうか幾らでも泣いていただきたいわ！　そしてわたしのこの髪にさわって下さって、これも昔、おじさまがまだお若くて自由でいらしたとき、きっとこの胸の上で眠ったに違いない可愛《かわい》い頭、もしそれを少しでも思い出して下さるものがありましたら、それも存分に泣いていただきたいんですの！　これからのわたしたちの家、そこではわたし、できるだけ真心こめておじさまにお仕えいたしますわ、で、もしかしてこんなお話を申上げたら、ねえ、おじさま、あの長い間見捨てられてしまっている昔のお家《うち》のこと、そしてそのために、すっかり心を痛めておしまいになったあの昔の楽しい暮しのこと、思い出して下さるかしら？　もしそうだったら、どうか存分に泣いていただきたいのよ、ね！」

言いながら、彼女は、しっかり老人の頸を抱きしめて、まるで子どもがするように、胸の上でゆさぶった。

「おじさま、おじさまのお苦しみは、もうおしまいになりましたのよ。わたしはね、おじさまをお迎えに来ましたの。そしてこれからイギリスへ行って、二人で楽しく平和に暮しましょうね。もしこんなことを申上げて、おじさま、すっかりこわされてしまった昔のよかった生活のことや、そしてまたおじさまにはほんとに辛かった祖国フランスのことなどをお思い出しになるんでしたら、どうかそれも心ゆくまで泣いていただきたいんですのよ。いまにわたしの名まえも、まだ生きてらっしゃるお父さまのお名まえも、おなくなりになったお母さまのお名まえも、みんなわたし申上げますわよ。でも、そうしたら、きっとおじさま、なぜわたしがお父さまの前にひざまずいて、お許しをお願いしなければならないか、わかって下さると思いますわ。だって、わたしという子どもは、そりゃむろんお母さまが、わたしのためを思って下さったからなんでしょうけど、お父さまのお苦しみのことは、ちっとも話して下さらなかったんですもの。ただの一度だってお父さまのために、一日じゅう骨を折ったり、一晩じゅう泣き明かしたりしたことないんですもの。だから、それさえわかっていただければ、これもいっしょに泣いていただきたいわ！　お母さまのために、それからわたしのためにも、泣いていただきたいんですの！　ああ、あなたがたお二人も、神さまにお礼を申上げて下さいまし！　お父さまの貴い涙が、わたしの頰《ほお》につたわります、そしてお父さまのすすり泣きが、わたしの胸に響いてきますわ！　ほらね！　どうかわたしたちのために、神さまにお礼を申上げて下さいまし！　ああ、神さまに！」

彼は、すっかり彼女の腕の中にくず折れてしまい、顔は彼女の胸の中に埋もれていた。なんという感動的な光景であろう。だが、これまで受けた恐ろしい彼の迫害、苦難を思うと、ながめる二人は思わず顔をおおった。

こうして、しばらく屋根裏部屋の中は静まりかえり、波打つ胸、震える体は、嵐《あらし》のあとに来る静けさ——それは「生」という嵐が、必ず最後には行きつかなければならない休息と静寂という、いわば人間性にとっての表象なのだが——その中にぐったりとなっていたが、やがて男たち二人は、父娘《おやこ》を抱き起しに前へ出た。父親のほうは、だんだんと床にくずれ落ち、力も張りも抜け果てたように、気を失って倒れているし、娘は娘で、彼の上におおいかぶさるような格好で、片腕で彼の頭をささえているのだった。体いっぱいに垂れかかる金髪が、老人の姿から光をさえぎっていた。

ミスター・ロリーは、幾たびか鼻を詰まらせてはかんでいたが、そのまま二人をのぞきこむように身をかがめた。彼女は、つと手を上げると、「父のほうは起さずにおいて、ここからこのまま出ていけますように、わたしたち三人なんとかパリを発《た》つ手はずをしていただけるんでしたら——」

「でも、よく考えてごらんなさい。お父さまは旅行などおできになれますか?」ミスター・ロリーが聞き返した。

「父にとっては、こんな恐ろしいこのパリにいますよりは、まだしもそのほうがいいと思いますわ」

「そりゃそうかもしれねえな」これもひざまずいてのぞき込んでいたドファルジュが、聞きつけて言った。「おまけに、それぱかりじゃない。先生にとっちゃ、どこから考えてみても、フランスからお離れになるほうがよござんすよ。ねえ、なんなら駅伝馬車を呼びましょうかね？」

「なるほど、そりゃ事務、ビジネスというもんですね」とミスター・ロリーは、たちまち元のきちょうめんな事務屋に戻《もど》って言った。「しかも仕事だとありゃ、やってしまうに限りますよ」

「じゃ、すみませんが、しばらく、わたしたち二人きりにしていただけませんでしょうかしら」ミス・マネットは促すように言う。「父もすっかり落着いてきたようですし、これなら、わたしたち二人きりになりましても、ご心配いただくことはないと思いますわ。ありませんとも。ただどうか誰もはいって来ないように、扉《とびら》に鍵《かぎ》をかけていらして下さいませ。そうすれば、きっと帰ってらっしても、別に変ったことなんかなんにも起ってないと思いますの。そうすとにかくお帰りになるまで、父のほうはわたしがちゃんと見ていますし、そしたらすぐ連れて行くことにいたしますから」

もっともそれには、ミスター・ロリーもドファルジュもあまり気が進まないで、やはり二人のうち、一人は残ったほうがよかろうと言う。といって、手はずをつけなければならないのは、駅伝馬車ばかりではない。旅行免状の手続きもあった。しかも日はもう暮れかかっているし、時間もない。結局、必要な手はずは手分けをして大急ぎでやることになり、それぞれ急いで出かけて行った。

だんだん夕闇《ゆうやみ》が迫ってくるにつれて、娘は父親のそばに寄り添い、堅い床の上に頭をつけて、じっと見まもっていた。闇はいよいよ深くなり、二人とも死んだように横たわっていたが、そのときふと例の壁のすきまから、光が一条《ひとすじ》さし込んだ。

ミスター・ロリーとドファルジュは、すっかり旅の支度をすませ、旅行用外套《がいとう》や肩掛のほかに、パン、肉、ぶどう酒、熱いコーヒーまで用意してきていた。ムシュー・ドファルジュは、これら食糧と、持っていたランプとを、靴つくり台（この部屋には、ほかには藁《わら》ぶとんのベッドしかなかったのだ）の上に置いた。ふたりは老囚を呼び起して、立ち上がらせた。

彼の顔は、一瞬おびえたような驚きでポカンとなったが、その時彼の中に動いた心の秘密は、おそらくどんな聡明《そうめい》な人間の知恵をもってしても、測り知ることはできなかったであろう。果たして今の事態がわかっているのか、また二人の言った言葉を思い出しているのだろうか、はたまた自分が自由になったことを知っているのだろうか。結局それは、どんな知恵者にも解くことができない謎《なぞ》であった。二人は彼に話しかけてみた。だが、相手はどぎまぎする一方だし、答えもいっこうにはかどらない。すっかりとまどっている格好に、彼らのほうがむしろ心配になり、とにかくしばらくは、何ももう言葉をかけないことに決めた。さっきまでは全く見られなかったことなのだが、時々気でも狂ったように、両手で頭をかかえるのだった。もっとも娘の声を聞くのだけは、やはりうれしいらしく、彼女が何か言うたびに、必ずそのほうを振り向いた。

長い間強制に従うことだけに慣らされてきた人間がよくそうであるように、彼もまた実に従順に、ただ与えられるものだけを飲み、かつ食らい、外套もそのほか肩掛なども、着せられるままにおとなしく着た。また娘が二人の腕を組み合せるのにも、快くされるままになっており、しかも彼女の手を取って、両手でしっかり握りしめるのだった。

みんな階段を降りにかかった。ムシュー・ドファルジュが、ランプをもって先に立ち、ミスター・ロリーが、小さな行列の殿《しんがり》をつとめた。長い本階段を幾足か降りたときだった、彼はふと足を止めたかと思うと、驚いたような目をして屋根をながめ、そして周囲の壁を見まわした。

「お父さま、この場所を覚えていらっしゃいます？　それから、この階段を上っていらしたことも？」

「なんだって、ええ？」

だが、彼女がもう一度問いを繰返すまでもなく、彼は、まるで彼女が繰返したも同じように、自ら答えをつぶやいていた。

「覚えているか？　いや、覚えてないねえ。なにしろずいぶん昔のことだからねえ」

牢獄からこの家へ連れて来られたことについて、なんにも彼が覚えていないらしいことは、明らかだった。ふと彼は小声で「北塔一〇五番」とつぶやくように言った。そして周囲を見まわしていたとき、それが長い間、彼を取囲んでいた堅固な城壁を捜し求めてであることは、明白だった。中庭まで降りると、彼は、まるではね橋が待ってでもいるかのように、歩度を変えた。だが、それもないとわかり、しかも通りには馬車まで待っているのを見ると、ハッと娘の手を放して、また頭をかかえた。

扉口《とぐち》のあたりには、人だかりもなく、たくさんの窓には、のぞいている顔もなかった。いや、街には通りがかりの人すら、一人として見えなかった。全く人気《ひとけ》のない、ただならぬ静寂さが街を領していた。見えたのはただ一人、ドファルジュのかみさんだけだった——だが、それも扉口の柱にもたれて、編物をしており、何も見てはいなかった。

囚人は馬車に乗り、娘もあとに続いたが、その時だった、片方踏台にかけたミスター・ロリーの足が、思わず止まった。ひどく哀れな声を出して、老人が靴つくりの道具と出来かけの靴がほしいと言ったからである。かみさんは、それを聞くとすぐ亭主《ていしゅ》に声をかけ、自分が取ってくるからと言った。そして相変らず編物を続けながら、門燈《もんとう》の明りの外へ、中庭を抜けて消えて行った。まもなく彼女は、それを持って降りて来、馬車の中へ入れた。そしてまた柱にもたれて編物を始めると、あとはなんにも見ていなかった。

ドファルジュは、御者台に乗って、「城門へ！」と命じた。御者はピシリと鞭《むち》を鳴らし、馬車は、高く揺れる鈍い街燈の明りの下を、車輪の音も高く走り去って行った。

柱の上に高く揺れる街燈の下を（それは立派な町並ほど明るく、場末ほど暗かったが）、馬車は、光のはいった商店、楽しげな群集、明るいコーヒー店、劇場の入口等々をあとにして、パリ市城門の一つへと急いだ。城門の衛兵所には、角燈をもった哨兵《しょうへい》たちが立っていて、

「おい、旅行免状は?」と叫んだ。「へえ、これで」とドファルジュは、車から降りて、彼らの一人をもったいそうにひっぱってきて、言った。「これがね、ほら、あの白髪頭のお客さまの免状でしてな。あの方の身柄《みがら》といっしょにね、あっしがいただいて参りましたんで、ほら、あの——」と彼は急に声を低くした。一しきり角燈の群れがざわめいていたようだったが、やがてその一人が、軍服の腕を伸ばして、角燈を馬車の中に差入れると、ひどくよそ行きの顔をして、白髪頭の客をながめまわしていた。「よろしい。通れ!」と彼が言った。「おやすみ!」とドファルジュが答える。こうして再び馬車は、いよいよ薄れてゆく街燈の光の中を、ひろびろとまたたく星座の下へと消えて行った。

凝然として動かぬ永遠の光をちりばめたその穹窿《きゅうりゅう》——あるものなどは、あまりにも遠くこの地上から隔たっているために、それらの光は、この地球を、そこであらゆる苦しみや、行為が演じられる空間の一点として、果たして見いだしうるかどうか、それさえ疑問であると世の賢者たちは説く、その穹窿の下に、夜の影は、果てしなく黒々とひろがっていた。やがて夜が白み始まるまで、寒い眠られぬ夜を通して、ミスター・ジャービス・ロリーは、いわば今墓場から掘り出されたばかりの老人を前にしてすわり、この人から永久に失われてしまったものが、どんな霊妙な力であったか、そしてまたそれを元どおりに回復させることのできる力は、果たしてあるのか、ないのかと、そんなことばかり考え続けていたが、その彼の耳に、またしても夜の影がささやいた言葉は、あのいつかの問いだった——

「もう一度生き返りたいんでしょう?」

そして答えもまたいつかの通り、

「さあ、どうだかねえ。よくわからない」というのであった。

第二巻　黄金の糸

第一章　五年後

テンプル・バーわきのテルソン銀行は、一七八〇年にあってさえ、ひどく古風な建物だった。ひどく狭くて、暗くて、しかもひどく不体裁で、不便だった。おまけにこの家の住人たちは、その狭さ、暗さ、そして不体裁さ、不便さを、かえって誇りとしているという精神的状況の点でも、またひどく古風であった。むしろそういう点ですぐれていることを自慢にしているくらいで、これをもっとよくすることは、かえって風格を落すだけだというかたい信念に燃えていた。決してそれは消極的な信念ではなく、むしろより便利な仕事場に対していつも振りかざす、積極的な彼らの武器といってもよかった。テルソン銀行には、何も空間のゆとりなどいらぬ。明りもいらぬ。飾りもいらぬ（と彼らは言うのだった）。ノークス会社や、スヌークス兄弟商会などは、いるかもしれないが、ありがたいことに、テルソン銀行にはいらぬ――

ここの住人たちは、改築などという話が出ようものなら、たとえ自分の息子だって、たちまち勘当にしてしまったろう。その点では、この銀行はイギリスという国そのものとそっくりだった。現にこの国は、古来多くの法律や慣習を、ただもうそれらが国の品位を高めるのに役立つという理由だけで、その実長い間ひどい困りものであるにもかかわらず、かりにも改めるなどと言い出そうものなら、たちまち多数の息子たちを勘当してしまった国なのである。

そんなわけで、テルソン銀行は、まことに不便さの極致を誇っていた。まるで咽喉《のど》首《くび》でも絞めつけられるように哀れな音を立ててきしむ、バカ強情な表扉《おもてど》を押しあけてはいり、二足《ふたあし》踏段を降りると、テルソン銀行だ。息を吹き返してながめまわしてみると、これはまたなんともいえぬちっぽけなひどい店。小さな勘定台が二つあり、そこでは、これまたおよそ老いさらばえた行員が、およそ薄よごれた窓のそばで小切手の署名を調べるのだが、そのたびに、まるで風にでも吹かれるかのように、小切手がブルブルふるえる。それにその窓がまた、四六時中フリート街から吹き込む土埃《つちぼこり》を浴びるうえに、窓そのものに取付けてある真っ黒な鉄《てつ》格子《ごうし》と、テンプル・バーの落す重苦しい影とで、いっそう暗くなって見えた。さらにもし何か取引のことで、「銀行」そのものとの対面の機会でもできようものなら、さしずめ案内されるのは、奥にある、なんのことはない一種の監房だ。しかたがない、そこでむなしく浪費した半生のことでもじっと反省していると、やがて「銀行」が両手をポケットに突っ込んではいってくる。もっとも薄暗い光の中では、少々目をしょぼつかせたくらいでは、よくわからない。そこで諸君の金は、虫の食った古い木製の引出しから、あるいは引出され、あるいはしまい込まれる。そしてその引出しのあけたてごとに、引出しの粉がパッと立って、諸君の鼻の穴を襲い、咽喉の奥にまで舞い込む。紙幣そのものが、もうひどくかび臭い。まるでおそろしい勢いで、また元《もと》のボロに戻りかけているかのようだ。一方硬貨のほうは、これもすぐ隣の、まるでドブだめみたいな中にため込んであるので、悪《あ》しき交わりは、たちまち一、二日にしてよき光沢を台なしにしてしまう（訳注 コリント前書、第十五章第三十三節）。証書、地券の類《たぐい》は、これはまた台所、流し場をにわか改造した金庫室に保管されているので、羊皮紙の脂肪分はすべて蒸発放散して、銀行内の空気に溶け込んでしまう。私文書類を入れたもっと軽い箱のほうは、二階のいわばバーミサイドの部屋にほうり上げられていた（訳注 バーミサイドは「アラビアン・ナイト」に出る富豪の名まえ。招宴に空の食器ばかり並べて出したというので諧謔的に言ったもの）。つまり、いつも大きな食卓だけは出ているが、そこで食事の行なわれることは一度としてなかったからだ。そして一七八〇年という年においてさえ、この部屋に保管されている、諸君の昔の恋人や子どもたちからの最初の手紙が、まるであのアビシニア、アシャンティー（訳注 いずれもアフリカの黒人王国。アビシニアは今のエチオピア。アシャンティーも、今世紀はじめまであった王国。首斬りが平気で行なわれた野蛮さについていったもの）そこのけという、ひどい蛮風、残忍さの証拠であるテンプル・バー上のさらし首から、ジロリと窓越しににらまれることがなくなったのは、ほんのつい最近のことであった。

だが、そのころは、まだ死刑ということが、テルソン銀行ばかりでなく、あらゆる商売、あらゆる職業にわたって、ずいぶんとはやっていた処方箋《しょほうせん》だった。いわば死ということが、あらゆるものに対して、大自然のあたえる治療法だった。だとすれば、なぜ法律だけがやっていけないことがあろう。というわけで、文書偽造者は死刑にされ、贋札《にせさつ》行使者も死刑になった。信書の不法開封も死刑、四十シリング六ペンスのこそどろも死刑。テルソン銀行入口の馬番は、馬をひいて逃げたというので死刑になり、シリング銀貨の贋金つくり、これも死刑になった。「犯罪」という全音階のまず四分の三の音までは、死刑の宣告を鳴り響かせた。

だからといって、犯罪防止に役立ったわけでは毫《ごう》もない、――事実はまさにその逆であったことを述べておかなくてはなるまい――だが、とにかく（この現世に関するかぎり）個々の事件についていえば、まったく厄介払《やっかいばら》いをするようなものであり、あとの世話が何一つ残らなかった。そんなわけで、テルソン銀行もまたその全盛時には、同じ時代のもっと大きな銀行や会社と同様、人の生命はずいぶん奪ったものである。したがって、それら銀行の前で打落された首どもが、もしそっと始末されるのでなく、ズラリとテンプル・バーの上に並べられたとすれば、そうでなくとも悪い地階の乏しい採光を、さぞかし更にいちだんとさえぎったことだろうが、それもまた故《ゆえ》なしとはいえないのである。

どこもここも、まるで薄暗い食器戸だなか穀物箱のような中に押込められて、ここテルソン銀行の老行員たちは、みんなむっつりとして事務を執っている。ここでは、かりに青年を採用したとしても、老いがくるまでは、がっちりどこかへ隠しておく。チーズと同じで、どこか暗い場所に、テルソン独特の風味と青かびが出るまで隠しておくらしい。そして、そうなってはじめて、客の前に出してもらえるのであり、大きな帳簿をのぞき込んでいる姿がいちだんと異彩を放ち、そしてまた彼のズボン、ゲートルまでが、ちゃんと銀行そのものの威容に重みを加えるのだった。

銀行の扉口《とぐち》には――そうだ、呼ばれでもしなければ、決して中にいることはない――ときには門衛にもなり、ときには走り使いにもなる雑役の男がいつもいるが、これがまた銀行のいわば生きた看板ででもあった。およそ営業時間中は、この男のいないことがない。ただ使いに出たときだけは別だが、そのときはまた彼の伜《せがれ》が代りにいる。年は十二、見るからにいやな餓鬼小僧だが、それがまたおやじそっくりときていた。テルソン銀行がまことにおうような精神で、この雑役夫を大目に見て使ってやっていることは、世間の人たちも承知していた。もともとこの銀行は、絶えず誰《だれ》かをこの雑役夫として拾ってやっていたので、いわば自然の順序として、今はこの男がその役についていたのだった。姓はクランチャー、まだ幼いころハウンズディッチの東教区教会で、今後悪事はいっさいいたしませんと、代人を出して誓いを立て、その結果ジェリーという名をもらったのだった。

場所は、ホワイトフライアズ区ハンギンソード・アレー（小路）、クランチャーの自宅、時は、アノー・ドミナイ（西暦）一七八〇年、風の強い三月の朝の七時半だった（クランチャー自身は、アノー・ドミナイのことを、いつもアナ・ドミノーズと言っている。どうやら彼のつもりでは、キリスト紀元とは、あの誰もやるドミノ遊びの発明を記念するもので、その呼び方も、いずれ発明者の女がそのまま自分の名をつけたくらいに考えているらしい）。

クランチャーのアパートは、とかくの評判もある地区にあり、しかも部屋数は、たった一枚ガラスのはいっただけの物置を、かりに一つと数えるにしても、わずかに二つきり。だが、そのわりには中は小ぎれいに片づいていた。ところで、この風の強い三月のある朝だが、まだ時間は早いというのに、彼の寝ている部屋は、もうちゃんとふき掃除ができていた。そしてガタガタする樅板《もみいた》の机と、朝食用に並べられたコーヒー茶わんとの間には、きれいな真っ白のテーブル・クロスまで敷かれていた。クランチャー当人は、まるで自宅でくつろぐ道化役《ハーレキン》とでもいったところか、寄せ布づくり、だんだら模様の掛け布団《ぶとん》にくるまって、すっかりいい気持で眠っていた。初めはぐっすり眠っていたが、やがて寝返りを打ったり、背中を持ち上げたり、とうとうシーツをズタズタに引裂いたのではないかと思えるような、剛《こわ》いサンバラ髪の頭を振り立てながら、ベッドの上に起き上がった。そしていきなり、おそろしい見幕でどなった——

「畜生！　あいつ、またやってやがるな！」

とたんに、部屋の片すみにうずくまっていた、これはまた身なりもきちんとした働き者らしい女がひとり、おどおどしながら、あわてて立ち上がった。それで初めて、あいつと呼ばれたのが、この女であることもわかった。

「どうした！」ベッドから乗り出すように、長靴《ながぐつ》の片方を捜しながら、クランチャーが言った。「おめえ、またやってやがったな、え？」

この罵声《ばせい》を二度目の朝の挨拶《あいさつ》がわりにすると、今度は三度目の挨拶に、いきなり長靴を女めがけて投げつけた。ひどく泥《どろ》だらけの靴だった。そしてそのことは、このクランチャーという男の家計に関するある奇妙な事情、つまり、銀行がしまって彼が帰ってくるときは、ちゃんときれいな靴だのに、翌朝見ると、すっかり泥だらけになっていることがよくあるというその理由を、あるいは暗示するものであったかもしれぬ。

「おい、どうした！」投げた靴がそれたのを見ると、こんどは多少調子を変えて言った。「何をしてやがったんだ、この塩《しょ》ったれ髪《がみ》が！」

「お祈りをしてただけだよ」

「お祈りをしてた？　ふん、えれえ阿女《あま》だよ！　どうしようてんだ？　へえつくばりやがって、よくもおれを呪《のろ》いやがったな！」

「呪ったりなんぞしやしないよ。おまえさんのために祈ってたんじゃないか」

「嘘《うそ》つきゃがれ！　それに、よしんばそうだったにしたところでよ、そんな勝手なまねはよしてもらいてえ。やい、こら、坊主《ぼうず》、えれえ女だよ、おめえのおっ母はな、とにかく亭主《ていしゅ》の商売繁盛を呪ってやがるんだからな。な、坊主、おめえもようくできたおっ母を持ったもんさ、そうだとも。信心深《ぶけ》えおっ母だよ。へえつくばりやがって、現在一人息子のおめえの口からな、おまんまをひったくってやって下せえましと、そう神さまにお願いしてやがんだからな」


それを聞くと、今度はクランチャー坊主のほうが（これはシャツ一枚でいたが）、ひどく腹を立てて、いきなり母親のほうを向くと、おいらの食べものがなくなるように祈るなんて、よしてくれ、まっぴらだ、といきまき出した。


と、親父《おやじ》までがいっしょになり、論理の矛盾などはおかまいなしに、「とんだうぬぼれ阿《あ》女《ま》だ！　そんなお祈りなどしやがって、幾らかものになるとでも思ってやがるんだろう？　やい、言ってみろってんだ！　てめえのそんなお祈りが、いくらで売れるもんか、な」

「ただ心からそう思って、お祈りしてるだけだよ。それだけの話さ」

「それだけの話だと？」クランチャーがすぐ引取った。「つまらねえもんじゃねえか、それじゃ。だがな、つまるか、つまらねえか知らねえが、いいか、とにかくもう呪われるのは、まっぴらご免だぜ。もう我慢がならねえんだ。てめえにそんなことコソコソやられてな、とんだ不仕合せ食らい込むなんて、へん、いやなこった。どうでもへえつくばりてえってんなら、せめては亭主や餓鬼のためになるようなことでも祈るんだ、いいか、邪魔するなんて、とんでもねえ話だ。おいらだってな、てめえのような因業《いんごう》な女房《かかァ》さえいなきゃ、それからこの坊主だってよ、てめえみてえな邪慳《じゃけん》なおふくろさえいなきゃァな、つい先週だって、ちょっとした儲《もう》けにはなってたはずなんだ。それがどうだ、神さまには毒づかれる、計画《もくろみ》は裏ァかかれる、教会のやつらには出し抜かれるってていたらく、目の出ねえにもほどがあら！チェッ、こん畜生が！」と、そうわめきながら、彼はせっせと服を着がえていたが、「やれ、神信心だの、なんだのって、ろくでもねえことばかしやりやがって、嘘だと思や先週など見ろ、うまくおれをぺてんにひっかけやがって、不漁《しけ》も不漁、大不漁よ。れっきとした実直《まっとう》の商人さまでな、まあ、あんなひでえ目にあったってのはなかろうぜよ。おい、坊主、おめえも着がえな。そして父っちゃんが靴みがいてる間な、おっ母を見張ってるんだ。もしまたへえつくばるような気配でも見えたらな、すぐおれを呼ぶんだぞ。てえのはな、いいか」と、ここでまたかみさんのほうを向くと、「おれァもう、あんなふうにお祈りされるのは我慢がならねえんだ。体は賃貸し馬車みてえにガタガタしてやがるし、頭はアヘンでも飲んだみてえに眠い。体じゅう、筋って筋は使いすぎのくたくたでな、痛みがあるからまだいいようなもんの、そうでもなきゃ、どれが自分だか、それさえわかんねえくれえだ。そのくせ、ふところぐあいのほうは、ちっともよくならねえんだからな。どうやらおめえが、朝から晩まで、ちっとでもふところぐあいのよくなるのを邪魔してるんじゃねえか、そんな気せえしてくらァな。だが、もう我慢はならねえぞ、この塩ったれ髪めが！　やい、なにか言うことがあるか？」

なおそのほかにも、「ああ、そうだ！　おめえは信心の深けえ女だったたな。そんなら、なにも亭主や子どもの金儲けに茶々を入れるって手はあるめえじゃねえか、な？　そうとも、ねえはずだ！」と唸《うな》るように言ってみたり、とにかくまるで怒りの回転砥石《といし》から火花でも散るように、さんざん皮肉の悪態を吐き散らしながら、やっと靴みがきと出勤の支度を始めた。その間一方、父親よりはやや柔らかいサンバラ髪、そしてまた両眼のつまりぐあいまで父親そっくりというジェリー坊主のほうも、言われたとおり、一心に母親を見張っている。しかもときどき、身支度をしながら、寝部屋から飛び出してきては、まるで押しつぶしたような声で、「ほら、おっ母、へえつくばろうってんだな——おーい、おっとォ！」と叫び出す。そして、こんなふうに嘘のおどかしをかけては、親不孝者のニタニタ笑いを浮べながら、また部屋へ隠れるのだが、かわいそうに母親は、そのたびにビクビクものだった。

朝食の食卓に向っても、クランチャーの不機嫌《ふきげん》はなおらなかった。かみさんが食前の祈りをしようとすると、彼はさも憎々しげににらみつけていた。

「おい、塩ったれ髪！　何をしてやがるんだ？　またやってやがるな？」

かみさんは、「ただ祝福をお願いしただけ」だと言いわけした。

「よせというんだ！」彼は、まるでかみさんの祈りで、食卓のパンがいまにも消えてなくなりでもするかのように、あたりを用心深く見まわした。「おれはな、とんだ祝福のお蔭《かげ》で、家も何も取られちまうなんてなあ、まっぴらだぞ。祝福もありがてえが、なけなしのおまんままでふんだくられてたまるもんけえ！　じっとしてろってんだよ！」

ちっとも浮かれない宴会か何かで、徹夜でもした男のように、ひどく真っ赤な険しい目をして、ジェリー・クランチャーは、朝食を、食べるというよりは、かみ散らしていた。うんうん唸って、まるで動物園の四足獣そっくりだった。九時近くなると、やっと険しい顔を和らげ、持って生れた野性の上に、なんとかできるだけもっともらしい勤め人の外見をつけて、とにかくその日の勤めに出て行った。

「実直《まっとう》な商人さま」というのが、好んで彼の使う言い方だが、もとより商売などと呼べるものではなかった。持物といえば、背板のこわれた椅子《いす》を、さらに小さく縮めた腰掛が一つだけ、それを息子のジェリー坊主が、毎朝持ってついて行き、いちばんテンプル・バー寄りの銀行の窓の下に置くのだった。それから通りがかりの車が落す藁《わら》くずを、手当りしだい拾い集めてきては、おやじの足を暖めたり、ぬれるのを防ぐために置く。それがその日一日、いわば彼の陣屋になるのだった。この持場についたクランチャーの姿は、テンプルやフリート街では、バー（市門）そのものにも負けぬ――それはひどく体裁の悪い点でもだ――いわば名物になっていた。

風の強いこの三月のある朝にも、九時十五分前には、すでにちゃんと持場に陣取っており、銀行へと出勤する例の老行員たちが通りかかると、一々ちゃんと三角帽子に手をかけて挨拶をする。一方ジェリー坊主のほうも、時々バーの中へ突進して行くときのほかは、ちゃんと親父と並んで立っており、ちょうどかわいがりごろの子どもでも通りかかろうものなら、たちまち心身ともに猛烈な攻撃を仕掛けていくのだった。こうしたどこまでもそっくりの父子《おやこ》が、あたかも二人の目の寄りようをそのままに、頭二つをぴったりとくっつけ合い、黙々と道行く人の流れをながめている光景は、まるで二匹のさるそっくりだった。親父のほうのジェリーは、ときどき藁をかんではペッと吐き出すし、子どものほうのジェリーは、目をパチクリさせながら、ひどく落着かぬ様子で、親父の姿や、ありとあらゆるフリート街の光景をキョロキョロながめまわしているのだが、それがまたいっそうさるに似て見えるのだった。

と、常雇い社内小使のひとりが、窓から顔を出して、用件をつたえる。

「門衛さん、用だよ！」

「おっと、ばんざい！　朝っぱらから仕事だぜ！」

こうしてまず親父の出陣を祝うと、こんどは息子のジェリーが腰掛にすわる。そして先祖譲りの趣味とでもいうか、またしても同じように藁をかみながら、考えるのだった。

「いつも錆《さび》がついてるぜ！　おやじの指ときたら、いつでも錆がついている！」彼は小声でつぶやいた。

「おっ父は、どっからあの鉄錆をつけてくるんだろうなあ？　ここじゃ、鉄錆なんかつくはずないんだがなあ！」

第二章 見世物

「おまえ、もちろん、オールド・ベイリー（訳注　ロンドンの中央刑事裁判所。地名からこう呼ばれた）はよく知ってるだろうな？」いちばん年かさの行員のひとりが、使いのジェリーに言った。

「そりゃ、存じておりますがね、旦那《だんな》」とジェリーは、ちょっと不機嫌そうに答えた。「ベイリーなら知ってますとも」

「なるほど。じゃ、ロリーさんも知ってるだろう」

「存じてますとも、旦那さま、そりゃベイリーよりも、ずっとよく存じてますだね。そりゃあっしなども、ちゃんとした商人としましてね、ベイリーのほうはあんまりよく知りたかござんせんがねえ」と、これはちょうどベイリーの法廷で、あまり証言したくはないという証人のような、気の進まない面持《おももち》だった。「ロリーさんなら、ずっとよく存じ上げてますよね」

「それはよかった。じゃね、ひとつ証人用の出入り口を見つけてな、守衛にロリーさんあてのこの手紙を見せるんだ。そうすれば、すぐ通してくれるはずだからね」

「法廷へですか、旦那」

「そうだ、法廷へだ」

ジェリー・クランチャーの両の目が、急にキュッと寄ったかと思うと、まるでお互い、

「いったいどう思う、これ?」とでも問いかわしたかのように見えた。その結果でもあったのだろうか――

「すると、あっしは法廷で待ってるんですな?」と聞いた。

「その話は今する。で、守衛はね、その手紙をロリーさんに渡してくれるはずだ。そこで、おまえはね、なんとかロリーさんの注意をひくような動作をして見せるんだな。そしておまえの居所を知らせるのだ。そのあとは、ロリーさんのほうから用があるまで、じっと待っていればいい」

「旦那、それだけですな?」

「そうだ。ロリーさんから、誰《だれ》か走り使いのものをよこしておいてくれというお話なんだ。つまりね、これはおまえが来ているということを知らせるわけだな」

老行員は、手紙をたたんで表書きを書いた。そして彼が吸取紙でインキをとるまで、じっと黙ってクランチャーはながめていたが、

「へえ、すると今朝は、贋札《にせさつ》つくりの裁判でございますかね?」

「いや、反逆罪さ!」

「それじゃ四つ裂きだ。むごたらしい話だなあ!」

「だが、それが法さ」老行員は、びっくりしたように、眼鏡の視線を彼のほうに向けながら、言った。「法だよ、それがね」

「ですがね、土手っ腹に風穴あけるなんてなあ、いくら法律だってひどい話じゃござんせん

か、ね？　殺すだけだって相当なもんだが、風穴あけるなんざ、いくらなんでもひでえや、ねえ、旦那」

「そんなバカなことはない。法律のことを悪く言っちゃいかん。胸にあること、口に出すこと、この二つは、よく気をつけなくちゃいかんぞ。すべて法にお任せするんだ、いいか。これだけはよく言っておくからね」

「あっしの胸と口は、旦那、いつももう湿りっ気ばかりでいっぱいで。お察しにお任せいたしますよ、毎日もうどんな湿っぽい暮しをしておりますことか」

「そりゃ、そうだ。人間暮しの立て方には、いろんなのがあるからな。湿っぽいのもあれば、カラカラのやつもある。ところで、手紙はこれだ。さあ、行って来てくれ！」

ジェリーは手紙を受取った。そして表面《うわべ》だけは神妙そうに頭を下げたが、心の中では、「へん、そういう爺《じい》さんだって、細々《ほそぼそ》やってやがるくせに」とつぶやきながら、つと行きがけに、子どもに行き先を教えておいてから、出かけて行った。

そのころ死刑が行なわれていたのはタイバーンだったので、ここニューゲイトの外側の通りは、その後いわば切っても切れぬ連想になったような、いかがわしい汚名は、まだ受けていなかった（訳注　タイバーンは今のハイド・パーク近く。一七八三年までそこで死刑が行なわれていたが、この年からニューゲイト監獄内に移された）。だが、監獄がいやなところであることは変りないので、そこではあらゆる悪徳、悪事が行なわれ、また恐ろしい病気なども発生した。とりわけ後者は、ときに囚人たちといっしょに法廷まではいり込むことがあり、いきなり、人もあろうに大法官にとりついて、とうとう彼を長官席から引きずり下ろしたことさえある。ひどいのになると、裁判長が罪人の死刑を宣告したまではよいが、同時にそれは自分に対しても動かぬ死の宣告になり、かえって囚人より先に死んだという例さえ一再でない。が、やはりそのほかの場合は、オールド・ベイリーは、死出の宿として有名だった。そこからは、絶えず色あおざめた旅人の群れが、二輪馬車や四輪馬車に乗せられて、あの世への非業の旅に出《い》で立って行った。しかも途中二マイル半ばかり、これは公衆の道路を通って行くのだが、特にそれを恥とした市民は、まず一人としていなかった。習慣というものは、それほど強いのであり、はじめによい習慣をつくっておくことが、いかに望ましいかもこれでわかる。それからここは、あの曝《さら》し台のあることでも名高かった。古くからあるまことに賢明な施設で、ここではどんな刑罰が科せられるか、誰も見当がつかなかった。次には笞《ち》刑《けい》の柱、これもまたまことに昔なつかしい施設の一つで、ここで罪人が鞭《むち》打たれているのを見ると、たいてい誰でも仏心が起り、気も弱くなるのだった。そして最後には、いわゆるブラッド・マネー（訳注　死刑に当る罪人を官憲に売り渡すと、報償として与える金）の手広い取引だった。これもまた昔の知恵者が考え出した工夫の一つで、お蔭で、この世でもおよそ最も戦慄《せんりつ》すべき欲に釣《つ》られての犯罪が、きわめて組織的に行なわれたものであった。とにかく当時のオールド・ベイリーは、あの「すべて存在するものは正し」という金言（訳注　詩人ポープの「人間論」の中にある有名な句。十八世紀合理主義を一言に要約したもの）の、まさに典型的な例証だった。もっともこの金言、ずいぶん不精な金言ではあるが、ただあったものはすべて正しかったなどという困った結果さえ含まなければ、なるほど、文句のない金言だとも言える。

この忌《い》まわしい場所のあちこちに集まった薄ぎたない群集の間を、そこはいつもこっそり押分けて歩くことに慣れ切った男の手ぎわよさで、ジェリー・クランチャーは、すぐに目的の扉口《とぐち》を見つけ出し、さっそく覗《のぞ》き窓から手紙を渡した。というのは、当時はまだ人々が、わざわざ金を払ってまでベドラム（訳注　十三世紀からロンドンにあった修道院だが、十六世紀中ごろから精神病院になっていた）の芝居を見るように、オールド・ベイリーの芝居もまた、やはり金を払って見たからである――ただあとのほうが、たのしみとしてははるかに高くつきはしたが。だが、とにかくそんなわけで、オールド・ベイリーの入口という入口は、ただ罪人たちが入廷してくる社会用入口、これだけはいつも大きくあけっ放しだったが、あとはすべて厳重に守衛がついていた。

しばらく何かぐずぐずしていたようだが、やがて扉《とびら》がいかにも渋々といった形で、ほんの少し開くと、ジェリー・クランチャーは、身をねじ入れるようにして中へはいった。

「何が始まってるんだね？」と彼は、すぐ隣にいた男に小声できいた。

「まだなんにも始まってないんだよ」

「じゃ、何が始まるんだね？」

「反逆事件の裁判さ」

「じゃ、四つ裂きだね、え？」

「ああ、そうだ」と男は、ゆっくり楽しむかのように答えた。「いずれ檻《おり》の車に乗せられて行ってな、半殺しに首絞められたうえ、引下ろされてまた自分の目の前でささ身に下ろされるってわけよ。それから臓腑《はらわた》は引きずり出されて、これも現在見ている前で焼かれちまう。

そこではじめて首をチョン、からだは四つ裂きとくら。これが判決ってもんだ、な」

「だが、そりゃ有罪ってことになれば、ってんだろう？」いわばただし書きというくらいのつもりで、ジェリーがあとをつけた。

「なに、いやでも有罪にしちまうのさ。そんなことは心配いらん」

その時、ふとクランチャーが目を転じてみると、さっきの守衛が手紙をもって、ミスター・ロリーのほうへ歩いている。ミスター・ロリーは、仮髪《かずら》をかぶった紳士たちに挟《はさ》まれて、テーブルに向ってすわっている。少し離れたところには、被告の弁護士であろう、これも仮髪をつけた紳士が一人、大きな書類束を前にして控えていたし、またほとんど向き合ったような形で、やはり仮髪の紳士が一人、これは両手をポケットに突っ込んだまま、どうもクランチャーの見た限りでは、この時も、またあとでも、注意は終始法廷の天井だけに集まっていたらしい。クランチャーは、ゴホゴホと咳《せき》をしてみたり、顎《あご》をなでたり、手で合図したりして、やっと自分のいることをミスター・ロリーに知らせた。彼は、その前から立ち上がっていて、クランチャーを捜していたのだが、彼を見ると静かにうなずいて、また元のようにすわった。

「あの人も、なにか裁判と関係があるのかね？」さっき口をきいた男が聞いた。

「そんなこと、わしが知るもんかね」

「じゃ、失礼だが、いったいあんたはどんな関係があるんだね？」

「それも、わしなんぞにわかるもんかね」

が、ちょうどその時裁判長がはいってきて、一しきり法廷はどよめきが起り、それはまたすぐ治まったが、ふたりの会話はそのままになった。そして間もなく、被告席そのもののほうが興味の中心になった。立っていた二人の看守が出て行くと、すぐ囚人が連れ込まれてきて、被告席についたからである。

あの天井ばかりにらんでいる仮髪紳士のほかは、みんないっせいに被告のほうへ目を見張った。まるで法廷内のすべての人間の呼吸が、波のように、風のように、はたまた火のように、たちまち彼をめがけて押流れた。柱の陰からも、すみずみからも、何とか一目見ようと、物見高い顔がいっせいに緊張した。後ろのほうの傍聴人などは、髪の毛一筋も見のがすまいとばかりに立ち上がるし、裁判関係者席にいる者もまた、わざわざ前の者の肩に手をかけて、それこそ他人の迷惑などおかまいなしという執心ぶり——爪先《つまさき》立つ、出っ張りに乗る、足さえ掛かるものなら空気にでも乗るといったありさまで、とにかく見たい、見たいの大騒ぎだった。そしてそうした連中の中に、まるでニューゲイト監獄の忍返《しのびがえ》し壁が、そのまま生きて歩いてでも来たかのように突っ立っていたのが、ジェリー・クランチャーだった。彼は来る途中、ビールを一杯ひっかけていたのだったが、その酒臭い息は、その他の連中の吐くビール、ジン、紅茶、コーヒー等々の息と交じって、いっせいに囚人めがけて吐きつけられ、霧雨のような不潔な呼気になって、囚人の背後にある大きな窓ガラスにぶつかっていた。

さて、これらすべての凝視、そして叫喚の対象になっていたのは、年のころは二十五、六か、日やけのした頰《ほお》と黒い瞳《ひとみ》をした、恰幅《かっぷく》のよい美貌《びぼう》の青年だった。身分からいえば、やはり紳士というところだろう。黒か、それとも濃いねずみ地の地味な洋服を着、長い黒っぽい頭髪は、頸《くび》の後ろのところでリボンで束ねられている。飾りというよりは、ただ邪魔にならぬように束ねたという格好だった。心の思いは、たとえどんなものを身につけたところで、自然に表われるものであるが、彼の場合も、いまの身の上からくる表情であろうか、日やけした頰の黒さを通して見える血の気のない蒼白《そうはく》さは、やはり日光よりも強い心の不安を示していた。だが、その他の点ではすっかり落着いており、裁判長に一礼すると、そのまま静かに立っていた。

ところで、今この青年が注視の的になり、わめき立てられているその興味は、決して人間としてあまり自慢になるものではなかった。もしこの男の受けそうな判決が、もっと寛大なもので——つまり、その判決のもつ残忍さが、どこか少しでも免除されるような見込みがあったならば——おそらく彼への魅力は、まさにそれだけ減殺されることになっていたろうし、言いかえれば彼の五体が、もはや決定的にあのおぞましいなぶり殺しに運命づけられているということ、それが彼を見世物にしているのだった。かりにも不死の人間が、かくも無残に惨殺《ざんさつ》され、四つ裂きにされること、それが人気をかき立てていたのである。見物人にしてみれば、そこはいろいろ自己欺瞞《ぎまん》の手練手管で、なんとか表面《うわべ》のきれいごとは言い立てるかもしれぬが、要するに興味の根元は、食人鬼のそれに変りなかった。

法廷はシーンとなる！　チャールズ・ダーニーは、昨日すでに起訴状に対しては、はっきり無罪を中立てていたのだった。つまり、その起訴理由というのは（ずいぶんとめどのない饒舌《じょうぜつ》に飾り立てられてはいたが）、要するに彼は、フランス王ルイ側が至仁、至高、至尊等等なる君主国王陛下に対して、不法の戦争をいどみ来たりしに際して、しばしば、またあらゆる方法手段をもって、フランス国王を幇助《ほうじょ》せり。すなわち、しばしば上述至仁、至高、至尊等々なるわが国王陛下の国土と、これまた上述フランス国王ルイの国土との間を往来し、上述至仁、至高、至尊等々なるわが国王陛下が、カナダおよび北アメリカに送り給《たも》うべき予備戦力の機密を、不義、不忠、奸悪《かんあく》、不逞《ふてい》等々にも上述フランス国王ルイに漏洩《ろうえい》したるかどにより、上述至仁、至高、至尊等々なるわが国王陛下に対して不忠の反逆を働けるものなり、というのであった。だいたい以上のことは、やたらに法律用語が飛び出すので、頭髪はいよいよ忍返し状にさかだちはしたが、とにかくジェリーにも、納得できて大満足だった。そしてそんなわけで上述、またまた上述のチャールズ・ダーニーは、いま裁きの庭に立たされているのであり、すでに陪審員の宣誓も終り、いまや主任検事殿の論告が始まろうとしているのだということも、やっと曲りなりにわかってきた。

ところで被告だが、彼はそこにいるすべての人たちによって、心の中ではすでにくびり殺され、斬首《ざんしゅ》され、四つ裂きにされている（そして自分でもそれは知っていた）のだが、そうした周囲の状況にいささかもひるむ様子はなく、といって芝居じみた態度もつゆ見えない。静かに立って、じっと耳を傾けているだけだ。開廷の諸手続きなども、ただじっと冷静に見つめているだけ。前にある厚板に置いたその両手は、すっかり落着き払って、まかれた薬草の葉っぱを一枚として動かす様子もなかった（当時法廷は、獄舎臭と獄舎熱を防ぐために、一面に薬草をまき、酢を振りかけてあったのだ）。

被告の頭の上には鏡があり、そこから彼の体に照明を当てるようになっていた。いままで何千人という悪人、そして不幸な人たちが、この鏡に姿を映しては、やがてその面から、そしてまたこの世から、永久に姿を消してしまったことだろうか。あたかもあの大海が、いつかはその死者を浮び上がらせるように（訳注 ヨハネ黙示録第二十章第十三節）、もしこの鏡がすべてそこに映った影をよみがえらせることができるとすれば、それこそ忌まわしいこの大広間は、鬼哭啾啾《きこくしゅうしゅう》の地獄図だったのではなかろうか。ふと恥辱、汚名の思いが、被告の心をかすめたのであろうか（そのためにこそ、その鏡は置かれていたのだ）、いずれにせよ、つと姿勢を変えた拍子に、彼は顔にさす一条《ひとすじ》の光に気がついて、上を見た。鏡を見た瞬間、彼の顔はサッと赤らみ、右手が薬草を押しやった。

たまたまその拍子に、彼の顔は法廷の一方、彼の左手のほうに向いた。そしてちょうど彼の目の高さのあたり、判事席のすみにすわっている二人の人物、その上に彼の視線はぴたりと落ちた。あまりにもぴたりといった感じであり、またとたんに彼の顔がサッと変ったものだから、いままで彼のほうばかり見ていた人々の目も、いっせいに二人のほうを向いた。

そして傍聴人たちがそこに見いだしたのは、二十《はたち》そこそこの若い女、そしてこれは明らかに父親と思える紳士の姿だった。とりわけ紳士の風貌で目についたのは、その文字どおり真っ白な頭髪と、一種なんともいえぬ表情の鋭さ、しかもそれは活動的な鋭さというよりも、むしろ何か思いつめたようにでも沈思にふけっている表情だった。この表情が浮んでいる限りでは、彼はひどくふけて見える。ところが、一たびそれが動いて、パッと消えると――たとえば、今も今、ふとその娘に話しかけた瞬間などだが——それはむしろ容貌の整った、年もまだ中年の男盛りとさえ見えるのだった。

父親と並んですわりながら、娘の片手は父親の腕をかかえており、さらにもう一方の手は、それを上から押えている。うち見る法廷の恐ろしさ、そしてまた被告に対する同情からか、彼女はぴったり父親に寄り添っている。強く彼女の前額に浮んでいるものは、まるで呼吸《いき》をつめたような恐怖と同情、そしてそのせいか、被告に迫る危険のほかは、何一つ目にははいらないらしかった。それはあまりにも目に立つ表情、そしてまたいかにも自然に、しかも力強く表われていたので、被告本人に対してはなんの哀れみも感じなかった傍聴人たちも、この彼女の姿には心動かされたと見え、「誰《だれ》だろう?」というささやきが、見る間に次々とひろまって行った。

とにかく自分なりに観察もし、思わず夢中になって、指の鉄錆《てつさび》をしゃぶりとっていた走り使いのジェリーも、つい頸を伸ばして、誰だね、と聞いた。周囲にいた傍聴人たちは、質問を次々といちばん親娘《おやこ》のそばにいる男のところまで伝達して行った。そして答えは、おくれ勝ちではあったが、また元へと送り返されて来、とうとうジェリーの耳にもはいった。

「証人だとさ」

「どっちのだい?」

「もちろん反対側のさ」

「だって、どっちへの反対なんだ?」

「もちろん被告に対してよ」

そのとき主任検事が立ち上がった。そしていよいよ絞首索《こうしゅさく》を綯《な》い、首斬《くび》り斧《おの》をとぎ、絞首台釘《くぎ》を打込みにかかると、いままで法廷全体をながめわたしていた裁判長は、やおら視線を元《もと》に戻して、グッと椅子《いす》にそり身になると、いまやその生命を手中に握った被告の顔を、じっと正面から見つめた。

第三章　失望

さて、陪審員に対する主任検事の説示は次のような内容であった。いま諸君の前にいる被告は、年こそ若いが、反逆行為においてはきわめて老練のしたたか者であり、当然死罪に該当する。公敵フランスとの通謀行為は、決して昨日今日にはじまったものではなく、いや、昨年、一昨年のことですらない。はるかにそれ以前から、しばしば秘密の使命を帯びてフランス、イギリス両国間を往復していたことは確実であり、しかもその使命について、被告はついになんら明白な申開きをすることができないのだ。もしかかる通敵行為が、そのまま栄えるものであったならば（幸いにして、そういうことは絶対にないのであるが）、おそらく天人ともに許さざる被告のこの悪逆行為も、あるいはそのまま司直の目を免《まぬか》れていたかもしれぬ。だが、さすがに神は、恐怖にも動かず、世の非難をも恐れざる一人の人物を選びたもうて、被告のこの悪逆の真相を探り、驚きのあまり、これを逐一わが尊敬する首相閣下並びに枢密院《すうみついん》に報告すべきことを命じたもうたのであった。この愛国者は、やがてこの法廷に現われるであろうが、その立場並びに態度は、高所よりこれを判断して、じつに称讃《しょうさん》に値する。もともと彼は被告の友人であったが、幸か不幸か被告の非行を発見すると、もはや友としては許し得ないこの反逆者を、あえて祖国の祭壇に供えようと決心したのだった。古代ギリシアやローマにおけるごとく、もしわが祖国においてもまた、国家への功労者には、よろしく彫像をもって報いるべしという法令でもあるならば、さしずめこの輝かしき市民などは、もっとも確実にその一つを受けるべき人物であろう。ただそれがないために、ついに彼が受け得ないということは、まことに遺憾な一事である。そもそも美徳なるものは、すでに幾多詩人も指摘している通り（と、そこで、おそらく陪審員諸氏には、それら名句を、一語一語、鼻唄《はなうた》同様にそらんじておられることであろうが、と主任検事は付け加えたのだが、もちろんそんな詩句など一行も知らぬ陪審員たちは、まことにテレ臭そうな顔になった）、ある意味で伝染病のごときものであり、とりわけ愛国心、祖国愛と呼ばれる輝かしい美徳がそれである。さればこそ、この忠誠無比、廉潔《れんけつ》無類、その名を口にするさえ、本官として深き光栄と考えざるを得ないこの陛下の証人は、やがてその国民の亀鑑《きかん》たるべき行為を、本被告の雇い人にまで感染せしめ、彼をしてあえて雇い主のテーブルの引出し、さてはポケットまで捜索し、ひそかに書類を隠匿《いんとく》せんという神聖なる決心に立ち至らせたのである。もちろんこのあつぱれなる雇い人に対して、ある種の誹謗《ひぼう》の加えられるべきことは、本官（主任検事）としても覚悟のうえである。だが、総じて言えば、本官の兄弟姉妹よりも彼を推し、また本官の父母その人よりも彼を尊敬する。いまや確信をもって陪審員諸氏に期待することは、願わくは諸氏もまた本官にならわれんことである。これら両人の証言、およびやがて提出さるべき両人発見にかかる文書類を合せ検討いただけるならば、本被告が陛下の陸海軍戦力、およびその配置、装備に至るまで、詳細なるリストを所持しおり、彼が常習的にそれらの情報を敵国に流しおりしことはもはや一点、疑いの余地ないことを証明するであろう。もちろんこれらリストが、被告自筆のものであるとは立証できないが、それはもはや問題ではない。被告がただ警戒の点において、きわめて巧妙であったことを示すだけで、起訴理由としてはいっそうの有力さを加えるに過ぎない。さらに証拠物件の示すところによれば、犯罪は五年前にさかのぼり、イギリス軍とアメリカとの間にはじめて砲火が開かれるその数週間前において、すでに被告はこの憎むべき行為に従事していた事実を証明するはずである。以上の理由により、わが忠良なる陪審員諸氏（本官は深くそれを信ずるものであるが）、そしてまたその責任を重しとする陪審員諸氏は（これは諸氏自身が最もよく知っておられるであろう）、必ずや本被告を有罪と断じ、その欲《ほっ》すると否《いな》とにかかわらず、死刑を要求されるに相違ない。かかる被告がその頭を失うのでなければ、諸氏自身枕《まくら》を高うして眠ることは不可能であろうし、諸氏の夫人たち、そしてまた子弟たちが、これまた枕を高うして眠るのを、安んじてながめていることはできないであろう。つまり、言葉をかえて言えば、もはや諸氏にとっても、諸氏の妻子眷族《けんぞく》にとっても、もはや枕を高うしての安眠はあり得ないということなのである。

こうして主任検事殿は、考えられる限りあらゆるものの名を並べて、それに賭《か》け、また本官の信ずるかぎり、もはや被告は死者も同然なるむねの確信を、いちだんとおごそかに断言したうえで、被告の首を要求した。

検事の論告が終ると、まるで被告の身辺から雲霞《うんか》のごときあおばえどもがわき立ったかのように、一時法廷じゅうが騒然となった。あたかもそれは、被告の運命をすでに予期しているかのようでさえあった。そして再びざわめきが静まると、果たして忠誠無類の例の愛国者が、やおら証人席にその姿を現わした。

すると、今度は主任検事に続いて、次席検事が愛国者に対する尋問を始めた。名まえはジョン・バーサッド、身分は紳士。なるほど、この廉直なる紳士の陳述は、まさに主任検事の述べた通りだった——おそらく、強《し》いて欠点をいえば、あまりにも寸分違《たが》わなかったということかもしれない。その高潔なる胸中の重荷をすっかり吐露し終ると、そのまま彼はつつましげに退廷しようとした。だが、その時だった。ミスター・ロリーのすぐ近くに、書類を前にしてすわっていた例の仮髪《かずら》の紳士が、突然二、三質《ただ》したいことがあるが、と言い出した。一方すぐ向いの仮髪の紳士は、相変らず天井をにらんだままですわっている。

あなたはスパイを働いたことがあるか？　とんでもない。まるで彼は、そんなことを聞かれるのさえ、いまいましいと言わんばかりの様子。では、あなたは何をして食っているか？　財産があります。では、その財産はどこに？　さあ、どことといって正確には覚えていませんが。では、どんな財産かね？　よけいなお世話でしょう。では、遺産だね？　そうです。だれから？　遠縁の者からです。よほど遠い縁の者かね？　もちろんです。ところで、あなたは入牢《にゅうろう》したことはないかね？　とんでもない、ありません。債務者拘禁所にはいったこともないね？　そんなことが、本件とどんな関係がございますかしら。いや、債務者拘禁所にはいったこともないね？――さあ、もう一度きくが、絶対にないね？　いや、あります。何度かね？　さあ、二、三度でしょうか。五、六度じゃないかな？　そうかもしれません。職業は何かね？　紳士です。あなたは人に蹴《け》られたことはないかね？　さあ、あるかもしれませんが。よく蹴られたものかね？　とんでもない。じゃ、二階から蹴落されたことはないかね？　もちろんありません。いや、一度だけ階段の上で蹴られたことがありますが、落ちたのは自分で落ちたのです。その時だが、それは博奕《ばくち》のインチキをやってやられたのではなかったかね？　いや、蹴ったその男は酔っ払いの嘘《うそ》つきで、何かそんなことを言ったようですが、もちろん嘘です。嘘だ、と誓言できるね？　もちろんです。インチキ博奕で食ったことはないかね？　ありません。じゃ、博奕で食ったことは？　まあ、人並み程度にはやったこともあります。ところで、あなたはこの被告から金を借りたことはないかね？　あります。それで、返したことがある？　いいえ。ところで、その被告との交際だがね、実際はほんのちょっとした程度のもののようだが、馬車とか、宿屋とか、船とかで、むりに交際を売りつけたというんじゃなかったかね？　いいえ。では、あなたは、たしかに被告がこのリストを持っているのを見たと言うんだね？　そうです。このリストについて知っていることは、それだけだね？　そうです。たとえば、あなた自身がそれを手に入れたというようなことはないね？　ありません。この証拠品によって、なにかを得ようと思ってるのかね？　いいえ。ふだん政府から金をもらって、人を陥《おとしい》れようとしているようなことはないかね？　とんでもないことです。それとも何かしようとか？　いいえ、とんでもない。誓言できるね？　いくらでもできます。心からの愛国心という以外、ほかに動機はないね？　ありません、なんにも。

ところで、善良なる雇い人ロジャー・クライのほうは、さっさと宣誓して、流れるように陳述して行った。彼は四年前から、誠心誠意、被告に雇われていたのだそうだが、はじめはカレー通いの船の中で、一人小用足しの召使を使う気はないかと被告に頼み込み、それで雇ってもらったのだという。もちろんお情けで雇ってほしいなどと頼んだのではない——そんなことは思いも寄らぬことだ。だが、そのうち被告をおかしいと思うようになり、まもなくそれとなく監視を始めた。いっしょに旅行中、被告の服の世話をしていると、ちょうどこれと同じリストが、何度もポケットの中にはいっているのを見つけた。このリストは、被告の机の引出しから見つけたものであるが、もちろん、初め自分が入れた覚えはない。自分は、被告がこれと同じリストを、カレーでフランス人たちに見せるのを見たし、また同じようなリストを、これもカレーおよびブローニュで、やはりフランス人たちに見せているのを見た。自分は祖国を愛するゆえに、黙って見ていることはできなくなり、その旨《むね》密告に及んだのである。なお自分が銀のティー・ポットを盗んだというので疑われたなどと、そんなことは断じてない。また芥子壺《からしつぼ》のことで中傷を受けたことは確かにあるが、それは結局鍍金《めっき》品に過ぎないことがやがてわかった。自分はさっきの証人を知って七、八年になるが、それは単に暗合というにすぎぬ。しかも自分は、別にそれを不思議な暗合とは思わない。たいてい暗合というものは、不思議なものと決っているからである。また真の愛国心ということだけが、自分も唯一《ゆいいつ》の動機だからといって、これまた不思議な暗合とは思わない。自分は真のイギリス人であり、多くのイギリス人が、自分と同じようであることを心から望む、と。

あおばえのようなざわめきがまた起った。そして主任検事は、ジャービス・ロリーの名を呼んだ。

「ミスター・ジャービス・ロリー、あなたはテルソン銀行の書記ですね？」

「そうです」

「一七七五年十一月のある金曜日の夜、証人は社用でロンドン・ドーバー間を駅伝馬車で旅行しましたか？」

「いたしました」

「その馬車には、他《ほか》に相客がありましたか？」

「二人いました」

「その二人は、夜の明けないうちに途中で降りましたか？」

「はい、降りました」

「ミスター・ロリー、では、この被告をごらん下さい。その相客の一人じゃありませんか？」

「さあ、なんとも保証しかねますが」

「二人の相客のどちらかに似ているとは思いませんか？」

「何分、二人ともすっかり顔までくるまっていましたし、おまけに真っ暗な晩でしたから、どうもその点はなんとも申上げかねます」

「ミスター・ロリー、じゃ、もう一度被告を見て下さい。かりにこの被告がですよ、その二人の相客通りに身をくるんだとしたら、その大きさ、身丈《みたけ》などにですね、どうもその相客の一人ではないかというような点はありませんか？」

「いいえ」

「では、ミスター・ロリー、その一人でないということも、別に誓言なさるわけではありませんね？」

「そうです」

「してみると、少なくともその一人であるかも知れんということはおっしゃられますね？」

「そうです。でも、ただ違う点は、その二人とも——いや、わたしもそうだったんですが——非常に追剝《おいはぎ》を恐れてびくびくしていたように思いますが、今この被告には、そんなびくびくした様子はちっとも見えません」

「ミスター・ロリー、証人はいかにも臆病《おくびょう》そうな様子をしてみせる人間を見たことがありますか？」

「そりゃ、確かにそういった人間を見たことはあります」

「ミスター・ロリー、では、もう一度被告を見て下さい。確かなところを伺いたいのだが、証人は、いままで被告を見たことがありますか?」

「あります」

「いつです?」

「その数日後、わたしがフランスから帰る時でした。被告は、カレーで、わたしの乗っていた郵便船に乗り込んできました。そしていっしょに海峡を渡りました」

「乗り込んできたのは何時でした?」

「夜半ちょっと過ぎだったかと思います」

「真夜中にねえ。ところで、そんな妙な時刻に乗り込んできたのは、この被告一人だけでしたか?」

「どうも一人だけだったようですが」

「ミスター・ロリー、『ようですが』などということは、どうでもよろしい。その真夜中乗り込んできたのは、被告一人だけだったんですね?」

「そうです」

「ミスター・ロリー、証人は一人旅だったんですか? それとも誰《だれ》かお連れといっしょに?」

「二人連れがありました。紳士と婦人です、そこにいらっしゃる」

「ここにおられますね。ところで、証人は被告と何か話をしましたか?」

「ほとんどしなかったと思います。なにしろ荒天で、海は荒れるし、航海は長いので、わたしは船が動き出してから着くまで、ずっと長椅子《ながいす》に寝たっきりでしたから」

「ミス・マネット！」

さっきもみんなの注視の的になっており、今またいっせいに法廷の注目を浴びた若い婦人は、掛けていた場所でそのまま立ち上がった。父親も立ち上がった、自分の腕に巻いた娘の手はそのままにしていた。

「ミス・マネット、この被告をごらんなさい」

被告一人に集まる満廷の注視も辛《つら》かったが、それにも増して堪え難《がた》かったのは、かくも哀れみに満ちた、そしてまたいかにも誠意のあふれたこの若い美しい女の凝視を浴びなければならないことであった。浴びせかけてくる好奇に満ちた満廷の視線に対しては、彼はかえって身内のしまる勇気をさえ感じていたのだが、これはまた言うなれば、彼女と二人きり墓穴の縁にでも立ったような思いで、一瞬ハッとなって思わず動揺した。彼の右手は、忙《せわ》しそうに前の薬草を、幾筋にもきれいにそろえていたが、いつのまにかそれは、空想の庭の美しい花壇になっていた。激しい息づかいを強いて押静めようとするせいか、かすかに唇《くちびる》がふるえて、血の気はいっせいに心臓へと引いて行った。あおばえのようなざわめきが、またしても起った。

「ミス・マネット、証人は前にこの被告に会ったことがありますか？」

「はい」

「どこでです？」

「いまの話に出ておりました船の中で、しかもその時でした」

「じゃ、今話の出ていた若い婦人というのは、あなたのことですね？」

「ええ、ほんとに悲しいことに、そうなんです」

だが、その訴えるような悲しい声は、「質問にだけ答えたらよろしい。よけいな感想はいらない」という検事の荒々しい非音楽的な声に消された。

「ミス・マネット、そこで証人は、海峡を渡る間、被告と何か話しましたか？」

「はい」

「それを今思い出して下さい」

満廷いっせいにかたずをのむ中に、消え入るような彼女の声が聞えた――

「この方は、船に乗り込んで来られると――」

「被告のことだね、それは？」眉《まゆ》を寄せて検事が聞いた。

「はい」

「では、被告というがよろしい」

「この被告は、船に乗り込んで来られると、わたくしの父が」と並んで立っている老人を、さもいたわるようにながめながら、「ひどく疲れて、すっかり衰弱しているのをごらんになりました。わたくしも、外気に当るのはよくないと思いましたが、何分にも衰え果てておりますので、動かすのも心配だったのです。そこで、船室へ降りる階段に近く、甲板の上にベッドをこしらえて寝かせ、わたくしもそばにすわって、父のめんどうを見ていました。あの晩は、わたくしたち四人のほかには、客は一人もございませんでした。そのうちにこの被告がご親切にも、こうしたらもっといいと、父の体に風や寒さが当らないようにする工夫を教えて下さいました。わたくしは、船が海へ出たら風がどうなるものか、よく知らなかったものですから、どうしたらいいかわからなかったのです。すると、代りにして下さいました。父の病状についても、ほんとに優しく、親切に言って下さいました。ほんとにそう思って下さったのだと思います。まあ、そんなふうなわけで、お話するようになったのでございます」

「ちょっと話の途中だが、被告は一人だけで乗ってきましたか？」

「いいえ」

「じゃ、何人いっしょでした？」

「フランス人の方が二人」

「何か三人で話していましたか？」

「はい、いよいよ出帆というので、フランス人の方は、また艀《はしけ》に乗って引返さなければならないという時まで、話しておられました」

「では、何かこのリストに似たような書類を、お互いやりとりしていたようなことはありませんか？」

「はい、なにか書類のやりとりはしておられたようでした。でも、なんの書類か、もちろんそんなことは存じません」

「形や大きさは、こんなようでしたか？」

「さあ、そうかもしれませんが、よくは存じません。すぐわたくしのそばで、何かひそひそ話をしておられたようですが、何分三人の立っていらっしゃるところは、船室へ降りる昇降段を上がったところ、そこにランプが下がっていて、その明りが入要《いりよう》だったらしいんですが、何分ランプがひどく暗いうえに、みなさんおそろしく小声で話していらっしゃるものですから、何を話しておられたか、それはもちろんわかりませんし、ただみなさんで、何か書類を見ていらっしゃるのが見えただけでございます」

「では、ミス・マネット、証人自身、被告と話したことは?」

「それは、わたくしがそんな心細い状態にいたからでもございましょうが、——被告は、父に優しく、いろいろ助けになって下さったと同じように、わたくしにも、それはほんとに心をうち割って話して下さいました。それを考えますと」と、そこでワッとばかりに泣き出しながら、「もし今日恩を仇《あだ》で返すようなことにでもなりましてはと——」

またしてもあおばえのざわめきだ。

「ミス・マネット、証人の証言は義務なのです——言わなければならない——言わないわけにはいかないんですよ——いくらいやでもね。それくらいのことは、みんな十分わかっているはずだが、もしそうでないとすれば、そんな人間は、ここでは被告だけのはずだ。どうかお続けなさい」

「被告はこんなふうにおっしゃいました。あるたいへん微妙で、面倒な用件をかかえて旅しているのだから、うっかりすると他人に迷惑をかける。だから、変名で旅行しているのだ。

また実はその用事で、ほんの数日前フランスへ行ったのだが、この分では、これから当分ときどきフランスとイギリスの間を往復しなければならないかもしれぬ」

「何かアメリカのことも話しましたか？　詳しく言って下さい」

「どうしてあんな戦争が起ったか、そのわけを説明して下さったようです。自分の判断する限りでは、やはりイギリスのほうが悪いし、またばかだと思うとおっしゃいました。またこれは冗談でしょうが、おそらく将来歴史の上では、ジョージ・ワシントンのほうが、ジョージ三世陛下などよりも、はるかに大きな名まえとして残るだろうともおっしゃいました。もちろん悪気があっておっしゃったものとは思えませんでした。だって、笑いながら、いわば時間つぶしにおっしゃったことですもの」

たとえば満場かたずをのむというような場面になって、一座の視線ことごとくそこに集まるといった主役俳優の顔に、たまたまある強い顕著な表情でも表われようものなら、そのたびにそれは、満場の見物によってそのまま模倣されることにもなるものである。彼女が今この証言を陳述し、それをまた判事がメモに書き留める間、彼女はちょっと言葉を切っては、それが被告、原告双方の弁護人に与えた効果をじっと見ているのだが、その間彼女の前額には、見るも痛ましい緊張と不安との表情が浮ぶ。と、法廷じゅうすみからすみまで傍聴人の顔にも、そっくりそのままの表情が表われるのだ。たとえばあの恐るべきジョージ・ワシントンについての一大異端が述べられて、思わず判事の顔がメモから上がり、ギロリとこわい目でにらんだ時などは、それこそ満廷大部分の人間の前額が、そのまま証人の顔を映す鏡といってもよかった。

ところで、そのとき主任検事は、なお念のためにも、形式上にも、この婦人の父親ドクトル・マネットにも聞いてみる必要があると、裁判長に申し出た。そこで、次はドクトル・マネットの番だったが——

「ドクトル・マネット、この被告を見て下さい。前に会ったことがありますか?」

「一度だけあります。ロンドンのわたしの家へたずねてきてくれたときです。三年前、いや、それとも三年半ばかり前でしたか」

「あなたはあの船でいっしょだった客と、この被告と、同じ人間だと思いますか? またその男とあなたのお嬢さんが話されたことについて、何か証言できますか?」

「いえ、どちらもできません」

「どちらもできないというについては、何か特別の理由がありますか?」

「あります」と彼は低い声で答えた。

「では、それは、証人がフランスで、裁判もなしに、いや、起訴すらなしに、長い間監禁されていた、その不幸のためだというのですね?」

「ああ、長い長い監禁でした」そしてその調子は、なみいるすべての人々の胸を激しく打った。

「ところで、証人は、今問題になっている時は、釈放されてすぐだったのですね?」

「そうなんだそうですが」

「そのときの記憶はなんにもありませんか？」

「そうです。つまり、わたしの心は、ある時期——といっても、それがいつだかも実はわからないのですが——とにかくわたしが監禁の身で靴《くつ》つくりの仕事をやっていた、その時期のある時から、こうやって娘と二人、ロンドンに住んでいることに気がついた時まで、わたしの心は完全な空白なんです。神さまのお蔭《かげ》でわたしの頭が回復したとき、わたしと娘はすっかり親しくなっていました。だが、正直な話、どうして親しくなったか、それさえ実はわからないのです。その間のことは、なんにも記憶がありません」

主任検事は席についた。そして父娘《おやこ》も続いて腰を下ろした。

そのとき、まことに奇妙なことが起ったのである。すなわち、当面今日の公判の目的は、五年前の十一月のその金曜の晩、被告は、まだつかまらないがある共犯者一人といっしょに、ドーバー行き駅伝馬車に乗った。そして深夜、ある場所で馬車を降りたが、それはただ人目をごまかすためだけであって、つまり、そこには泊らず、そのまま十何マイルか後戻《あともど》りして、兵営と海軍工廠《こうしょう》に行き、そこで情報を集めた、ということを立証しようというのだった。そのために証人が一人呼び出され、その晩のまさにその時刻に、兵営と工廠があるというその町のあるホテルの喫茶室で、誰か人を待ち合せていた男が、まさにこの被告にまちがいないという証言をしたのだった。ところで、代って被告側弁護人が反対尋問をはじめ、実は証人が被告を見たのはその時きり、ほかには一度として会ったこともないという事実だけを、やっと引出した時だった。あの初めから天井ばかりにらんでいた仮髪《かずら》の紳士が、つと小さな紙片を取って、何か一言二言《ひとことふたこと》書きつけたかと思うと、それをひねってポイと弁護人に投げた。弁護人は、その次ちょっと尋問が切れた時に、さっそく開いて見たが、とたんに彼の目は異様な輝きを帯びて、穴のあくように被告の顔をながめた。

「この被告がその男にまちがいないと、証人はもう一度言えますね？」

もちろんです、と証人は答える。

「では、この被告に非常によく似た人間を、誰かほかに見たことはありませんか？」

似たと言っても、まちがえるほど似た人というのは見たことがない、というのが答えだった。

「では、わたしの友人同僚だが、あの人を」と、いま紙片を投げてよこした紳士をさしながら、「よく見て下さい。それから、こんどはこの被告を、よく見るんですぞ。どうです？　非常によく似ているとは思いませんか？」

その友人同僚というのは、だらしないとまでは言わないにしても、ひどく身なりをかまわない、無造作だという点をさえ除けば、なるほど、二人はよく似ていた。こうして並べて見ると、証人はもとより、居合す人たちがみんないっせいに驚いたほど、そっくりの瓜《うり》二つだった。弁護人はさらに、どうかあの同僚に仮髪を脱ぐよう命じていただきたい、と裁判長に要求するし、これには彼も渋々やっと認めたが、そうしてみると、類似はいよいよはっきりした。裁判長はミスター・ストライバー（弁護人の名だ）に向って、それではこんどはミスター・カートン（例の友人同僚の名だ）を反逆罪で裁くことにするか、と反問したが、それには弁護人はこう答えた。そんな必要は毛頭ない。だが、ただこの証人に聞きたいのだ。第一は、一度あったことは二度あるということ、それはありうると思うか、どうか？ 第二は、これはまるで証人の軽率さを立証するような実例だが、もしそれをもっと早く知っていたとしたら、それでもなお今のような確信をもって証言したろうか、どうか？ 第三は、今は現にそれを見たわけだが、それでもやはり確信は変らぬか、どうか？ 等々という点である。そしてその尋問の結果は、哀れ、証人は、ちょうど瀬戸物壺《つぼ》のように粉砕されてしまい、この裁判における彼の役割は、まるで木っ端微塵《こっぱみじん》にやぶられてしまった。

一方ジェリー・クランチャーは、以上の証言を聞きながら、指に積った鉄錆《てつさび》を、結構一食分くらいはペロリとなめてしまっていた。ところで、こんどはミスター・ストライバーが、被告側の言い分を、まるできちんと身に合った服でもつくるように、仕立て上げて行くのを、じっと聞いていなければならないことになった。ミスター・ストライバーは立証した。まず愛国者バーサッドという男は、金で買われて同胞を売るスパイであり、厚顔きわまる血の商人という点で、まさしくあの呪《のろ》うべきイスカリオテのユダ以来の大悪人ともいえる――そういえば、顔までだいぶ似ているではないか。また忠良なる雇い人というクライは、彼の友人であり、同類であるというが、まさしくそれにふさわしい人間である。そしてこれら捏造者《ねつぞうしゃ》、偽証者どもは、被告をその犠牲として、間断なく監視の目を光らせていたといってもよい。というのは、被告はフランス人の末裔《まつえい》であり、フランスに残したいろいろ家政上の用件もあって、たびたび海峡を渡って往復する必要があった――ただその家政上の要件というのがなんであるかということは、いろいろ近親関係への考慮もあって、たとえ生命に代えても、これを公表することはできなかったのである。またこの若い婦人から、いわばむり強《じ》いに引出されたともいうべき証言については、いかに彼女が血を吐く思いでそれを述べたか、これはすでに陪審員諸氏も見られた通りであるが、結局それはなんでもなかった。あんなふうにして初めて会った男女同士なら、当然その間に出る、ほんのちょっとしたお愛想、もてなしに過ぎなかったのである――ただ例のジョージ・ワシントンの話だけは別だが、それにしたところで、あまりにもとっぴで、まずは途方もない冗談とでも考えるよりほかはない。ただ主任検事閣下としては、最も下等なる国民的反感と恐怖心を利用して、あっぱれ人気を博そうとしたこの企てが、もし失敗にでも終ろうものなら、手痛い政府の弱点になることは必定と考えて、かくも必死の努力をされたのに相違ない。ところが、お気の毒に事件そのものは、あまりにもしばしばこの種裁判につきものであり、またわが国事犯裁判にはいやというほど前例のある、まことに恥ずべき陋劣《ろうれつ》きわまる虚偽の証言以外、なんの根拠もないことが明らかになった、と、ここまで彼が論じ続けたとき、突然裁判長がさえぎったかと思うと（まるでそれは、嘘《うそ》だとでも言わんばかりのむずかしい顔をして）、これ以上裁判長として、そういう発言を許しておくわけにはいかない、と言った。

そこでミスター・ストライバーは、幾人か証人を呼び出したが、さてクランチャーが、次に謹聴しなければならなかったのは、また主任検事の番、すなわち彼が、いままでストライバー弁護人が陪審員に合せて仕立て上げてきた服を、そのまま裏返しにして見せようという論告だった。バーサッド、クライの両人は、むしろ聞きしに百倍まさる忠誠いちずの人間であり、それにひきかえ被告は、百倍ひどい悪人であることがわかった、というのである。最後は裁判長の番だった。彼は服を、表に返すかと見れば、また裏にしてみたり、いろいろ見事な芸当をやって見せたが、結局つまるところは、はっきり被告の葬送用屍衣《しい》を仕立て上げているようだった。

いよいよ陪審員たちの合議がはじまった。あおばえの群れがまたしてもざわめく。

だが、こうした興奮の中にいながら、例の天井にらみのカートン弁護人のほうは、相変らず席も動かなければ、姿勢も変えない。ストライバー弁護人は、目の前の書類をとりまとめながらも、すぐそばの人たちと何か小声で話したり、そうかと思えば、ときどき心配そうに、チラリと陪審員たちのほうをながめたりもする。一方傍聴人たちは、いずれもゾロゾロ動き出し、それぞれ新しい塊りがまたできる。裁判長まで立ち上がって、ゆっくり壇の上を往復しだしたが、これはどうも見る者の心に、彼まですっかり興奮しているのではないかと、多少の不安を覚えさせた。だが、それにもかかわらずこのカートンだけは、破れた法服は半分脱げかかったまま、またボサボサの仮髪は、一度脱いだのが、そのまままたポトンと頭上に落ちて、そのまま載っかっているとでも言わんばかりのかぶり方、そして両手はポケット、目はもう朝から天井のほうを向いたきり、椅子《いす》にグッとそり返ったまま、微塵も動こうとはしないのだ。妙に人を食ったようなその態度が、ひどく見る者の心証を悪くしたばかりか、明らかにわかる被告とのきわ立った相似さえ（事実さっき比べられたとき、彼が一瞬真顔になった時など、実にはっきりしたのだが）、すっかりうち消して見せることになり、そのせいか、いまも彼をながめる傍聴者のたいていは、そうだ、似ているのに気がつかなかったとしてもむりはないと、お互い言い合うのだった。ジェリー・クランチャーも、すぐ隣の男に同じことをささやいたあとで、さらにまた、「こいつあ、十シリング賭《か》けたっていいぜ、あんな野郎に、弁護頼むやつがいりゃ、お目にかかりてえもんだ。あれが仕事にありつける顔ってもんかい？」とまで付け加えた。

だが、どうして見かけとは大違い、法廷の様子をすみずみまで見て取っていたのは、実にこのカートン弁護人一人だったのだ。現にミス・マネットの頭が、がっくりと父親の胸に崩《くず》折《お》れたときなども、いちばん最初にそれを見つけ、「守衛！　あのお嬢さんの介抱をするんだ。お父さんに手を貸してな、いっしょに外へ連れ出してあげるんだ。わからんのか、卒倒しかかっているのが！」と大きな声で叫んだのは、彼だった。

彼女が連れ出される間、みんなの目は深い同情をこめて見送っていたし、父親に対しては、ほんとに気の毒だと思った。とにかくあの監禁の日を思い出させられることは、大きな苦痛に違いなかった。尋問を受けていた時にも、明らかに激しい内心の動揺を表わしていたし、またそれ以来というものは、何か思いにでも沈んだような表情が、ずっと暗雲のように顔をおおい、まるで急にふけ込んだようにさえ見えた。彼が出て行ってしまうと、こちらへ向き直って、ちょっと待っていた陪審員が、陪審長を通して発言した。

それによると、意見が合わないので、別室でもう一度合議したいとのことだった。裁判長は（まだ例のジョージ・ワシントンの件が心にあったからかもしれないが）、意見が合わないとは驚いたが、しかし希望とあれば、監視つきの退廷ならばよろしいと言い渡して、自分も続いて出て行った。こうして公判は一日じゅう続き、すでに法廷には明りさえはいっていた。そのうちに別室の合議は、だいぶ暇取りそうだとの噂《うわさ》が流れ始めたので、傍聴人たちは、ポツリポツリと食事をとりに出かけるし、被告もまた被告席の後ろへ下がって、腰を下ろした。

父娘が退廷したとき、いっしょに出て行ったミスター・ロリーは、やがて戻ってくると、ジェリーを手招いた。ジェリーのほうでも、法廷の緊張は完全にほぐれていたので、たやすく彼のそばへ行くことができた。

「ジェリー、なにか食べに行きたければ、行ってもいいよ。ただ遠くへは行かないことだな。陪審員たちが戻ってくる時間を、ちゃんと聞いておくんだぞ。一刻も遅れちゃいかん。すぐ判決を銀行へ伝えてほしいのだ。おまえならいちばん足が速いだろう。わたしよりも、よっぽど早くテンプル・バーまで帰れるはずだ」

ジェリーの前額は、やっと拳《こぶし》が一つはいるだけの狭い額だったが、その前額を、彼はこの指示と、ついでに一シリングもらえたお礼に、拳でコツンとたたいて見せた。が、ちょうどその時カートン弁護人がやってきて、ロリーの腕に軽く手を触れた。

「お嬢さんはどうです？」

「だいぶ苦しがっておられるようですが、お父さんがしきりに力をつけておられるし、法廷を出られたので、まあ、それだけに気分もいいようです」

「じゃ、被告には僕《ぼく》からそう言ってやりましょう。とかく体面ということがやかましいあなたのような銀行員が、被告と人前で口をきいていたというのでは、ちょっと困るでしょうからね」

実はミスター・ロリーとしても、そのことはすでに心の中で考えていた。それだけに、改めてハッと気がついたかのように、思わず顔が赤くなった。カートン弁護人は、弁護人席の外へ出て行った。法廷の出口もその方向にあったので、ジェリーは、体じゅうを目にし、耳にし、忍返《しのびがえ》しにして、すぐそのあとからついて行った。

「ダーニー君！」

被告はすぐと前へ出てきた。

「もちろんあなたは、あの証人ミス・マネットのことをお聞きになりたいだろうね？　もう大丈夫だそうです。つまり、あなたの見たのは、いちばん悪い時だったわけなんだね」

「なんとも済まないと思っています。とにかくわたしのせいだったんですからねえ。一つあなたから代って伝えていただけませんでしょうか？　ほんとに心から感謝していますって」

「お安いご用だよ。あなたがそう言うなら、伝えてあげよう」

カートン弁護人の態度は、ほとんど横柄《おうへい》と言ってもいいほど、無愛想きわまるものだった。体などは、半分相手からソッポを向いて、さも不精そうに被告席の手すりに片肘《かたひじ》かけてよりかかっている。

「ぜひお願いします。心からのこの感謝を受けていただきたいのです」

「ところで、ダーニー君」と、相変らずまだ半身を向けたままで、「きみの予想は?」

「最悪というところでしょう」

「そう思っているのがいちばん賢明だな。それにまた十中八九そうだろうね。だが、別室合議になったということは、とにかく君に有利だと思うね」

法廷の出口でうろうろしていることは許されないので、もうそれ以上は、ジェリーも聞えなかった。あまりにも瓜二つのような二人、そのくせおよそ似ても似つかない態度の二人――その両人が並んで立ち、しかも二人とも頭上の鏡にはっきり映っているのを残したまま、ジェリー・クランチャーは外へ出た。

どろぼうや悪党でごった返している下の廊下では、たとえ羊肉パイとビールとの応援をかりても、一時間半という時間は容易にたたなかった。なんとかそれだけ食べ終ったあと、窮屈なベンチに掛けて待っていたが、そのうちつい ウトウトとしたかと思うとたんに、彼は法廷へ上がる階段を、大勢の男が、何かがやがや言いながら、潮《うしお》のように駆け上がって行くのを見た。彼もあわててついて上がった。

扉口《とぐち》まで行くと、もうはやミスター・ロリーは立って呼んでいた。「ジェリー! ジェリー!」

「いま行きますよ、旦那《だんな》! いやはや、戻《もど》ってくるのが戦争だ。へい、旦那」

ミスター・ロリーは、人込みを分けて一枚の紙を彼に渡した。「至急だぞ! わかったな？」

「へえ、大丈夫、旦那！」

紙片には、「無罪放免」と走り書きされていた。

「旦那、今日、あの『よみがえった』ってことづてだったらばね」と、彼はくるりと踵《くびす》を返しながら、つぶやいた。「こいつあ、いくらあっしだって、ちゃんとわかったろうにねえ」

あとはもうオールド・ベイリーを離れてしまうまで、何言う暇も、何考える暇さえもなかった。というのは、たちまちどっと人の波が、すんでのことで彼の足をさらいそうになったほど、猛烈な勢いで流れ出してきたし、街じゅうは、まるで失望したあおばえの大群が、またしても別の腐肉を求めて散って行くかのように、みるみる騒然たるざわめきであふれてしまったからである。

第四章　祝い

鈍い燈火《とうか》に照らし出された法廷の廊下から、いまや終日そこで煮つめられていた人間シチューの最後の残りかすが、やっと吐き出されていたころ、ドクトル・マネット、娘のルーシー、ミスター・ロリー、そしてまた被告側弁護人のミスター・ストライバーらは、いま釈放されたばかりのチャールズ・ダーニーを囲んで、彼が死を免《まぬか》れたことに祝いの言葉を述べていた。

もっとずっと明るい光の中で見ても、理知的な顔、そして端正な姿勢の今のドクトル・マネットから、あのパリの屋根裏部屋で見た靴《くつ》つくりの面影《おもかげ》をしのぶことは、到底困難な注文であろう。そのくせ、もう一度彼を見ると、だれでも思わずハッとなって、きっと改めて見直すに相違ない。低い沈んだ声の、何かもの悲しげな調子、さては時々、別にこれといった理由はないのに、妙に発作的にくる放心状態等々と、たとえそこまでの観察は、まだできていないにしてもである。そうした変化の起る外的原因の一つは——今日の法廷でも見られたように、——いつでも決って、長かった例の苦痛に触れられたときであり、これは事実魂の奥底からそうなるのだった。だが、もう一つ、それはまったく突如としてひとりでに起り、たちまち気鬱《きうつ》の底に沈ませるのだが、彼の過去を知らない人々にとっては、まったくの不可解事であり、まるであのバスティーユの牢獄《ろうごく》が、もちろん実物は三百マイルも離れた遠くにあるにもかかわらず、そのまま夏の陽《ひ》を受けて、サッとその影を彼の上に投げたのではないかと思えるほどだった。

彼の心からこの黒い影を追い払う力をもっていたのは、娘のルーシーだけだった。いわばあの不幸の前の彼と、いま不幸を越えてしまった彼とをつなぐ、黄金の糸と言ってもよかった。彼女の声音《こわね》、明るい顔、そして優しい手ざわり、ほとんどいつも彼の心を癒《い》やす強い力をもっていたのは、それだけだった。絶対にいつもとは言わない。というのは、彼女自身思い出すだけでも、力の及ばないことは幾度かあった。だが、それにしても、ごくそれはまれであり、もはやそうした時期は過ぎたものと信じていた。

ミスター・ダーニーは、感謝と熱意をこめて、彼女の手に接吻《せっぷん》し、さらにストライバーのほうを向いて、これも心から厚く礼を言った。ミスター・ストライバーは、三十を越したばかりの若さだが、見たところは二十歳ばかりも老《ふ》けて見えた。真っ赤な顔をした頑丈《がんじょう》な男、無愛想で、声高で、およそ細かい心づかいなどという弱点は持ち合せていなかった。だれの中でも、だれの話にでも、まるでグイグイ割り込んで行く（精神的にも、肉体的にもだ）のが癖で、それはまた彼の人生での生き方を、そのままよく示すものでもあった。

彼はまだ仮髪《かずら》と法服をつけたままだったが、弁護依頼者であるダーニーのほうへ、グイグイ寄りかかったまではよいが、かわいそうに、お蔭《かげ》でミスター・ロリーは、完全に一団から押し出されてしまった。そしてミスター・ストライバーは言った。「ダーニー君、どうも勝訴でよかったねえ。実にあきれた論告だよ――なんともどうもあきれ果てたねえ。だが、そのために、かえって、通りそうなところもあったんだがねえ」

「いや、もう一生ご恩に着ます――それは二つの意味においてですね」ミスター・ダーニーは、彼の手を取って言った。

「なに、僕としては、ただベストを尽しただけだよ。それも、ベストと言ったところで、ほかの人と別に変ったところがあるわけじゃァないと思うがね」

だが、こうなると、ぜひとも誰《だれ》か、「いいえ、どういたしまして、それどころか」くらいなことは、ひとつ言わねばならない羽目になった。そこですかさずミスター・ロリーが言った。もっとも多少は自分のほうの魂胆もないではなかったからだ。つまり、なんとかもう一度、一団の中へ入れてもらいたかったからだ。

「ふむ、そう思うかね?」とミスター・ストライバーは言った。「そうだ! あんたは、今日一日じゅういたわけだな。だから、あんたならわかっているはずだ。それに、あんたは実務屋さんでもあるはずだからね」

「だから、実務屋として申上げるんですがね」とミスター・ロリーは答えた。さっき彼を一団から押し出したわが法律の先生は、今度は同じようにグイと逆に押込んでくれていた。

「これは特にドクトル・マネットにお願いするんですが、ひとつこの話し合いはこの辺で打切りにして、みんな家へ帰るように言っていただきたいんですがねえ。お嬢さんもまだ顔色がお悪いようだし、ダーニー君には恐ろしい一日だったし、わたしたちも、すっかり疲れてしまっているもんですから」

「ねえ、ロリー君、自分のことを言い給《たま》えよ」横からストライバーが引取った。「ぼくもまだこれから夜の仕事があるんだ。自分のことを言い給えよ」

「そりゃ、わたし自身のことも言いますよ。だが、同時にダーニーさんやルーシーさんのことも――ああ、ルーシーさん、みんなの代りに、わたしが申上げてもいいでしょう?」ミスター・ロリーは、特にミス・ルーシーを意識してこの質問をしたのだが、同時にドクトル・マネットのほうもちらりと見た。

とたんにドクトル・マネットは、穴のあくようにダーニーの顔を見つめ出したが、いわばそれは、凍ったとでもいうようなこわばった顔になった。じっと見つめていた目が、だんだん不信、嫌悪《けんお》の険しい表情に変り、そこには恐れの色さえ混って見えた。そしてそうした奇妙な表情を浮べたまま、彼の思いは、夢のような幻影を追いはじめた。

「お父さま」優しく彼の手を押えながら、ルーシーが言う。

彼はゆっくり幻影を払い除《の》けて、あらためて彼女のほうへ向き直った。

「ねえ、お父さま、お家《うち》へ帰りましょうよ」

「うむ」と彼は、長い息をつきながら答える。

被告のほかの友人たちは、彼が無罪になったとはいえ、まさか今夜釈放されることはあるまいと思ったので——そのくせそう考え出した発頭人は、被告自身なのだが——みんなもうとっくに帰ってしまっていた。廊下の明りも、今はほとんど消燈になり、鉄門は、ギーッと大きなきしり音を立てて、しまりかけていた。こうしてこの不吉な法廷も、明日の朝また絞《こう》首台《しゅだい》や曝《さら》し首や笞刑柱《ちけいちゅう》や焼き金などのおもしろくてたまらぬ連中が、再びどっと押し掛けるまで、すっかりガランとした空屋になってしまう。ルーシーは、父親とダーニーとの間に挟《はさ》まれた格好で、構外へ出た。貸馬車を一台呼びとめて、父娘《おやこ》はそれに乗って帰って行った。

ミスター・ストライバーは、廊下でみんなに別れると、例によってノッシノッシとばかり、更衣室へ戻って行った。それからもう一人、いっこう一団には加わらず、また誰とも口をきかず、いちばん暗い陰になったあたりの壁にもたれていた男が、みんなのあとからむっつりと進み出て、遠ざかって行く馬車の後ろをじっと見送っていたが、こんどはロリーとダーニ

ーの立っている舗道のところへ来て、

「ああ、これはロリーさん！」実務屋さんも、いまじゃもうダーニー君と口をきいてもいいわけですかね？」

今日の公判におけるミスター・カートンの功績については、誰一人感謝の言葉を述べた者はなかったし、またそれを知っている者もいなかったわけだ。もう法服は脱いでいたが、だからといって、風采《ふうさい》のほうはいっこうよくなった様子はない。

「ダーニー君、実務屋さんというものはね、人間自然の人情を選ぶか、仕事の上の体面を選ぶかということになると、どんなに悩むものであるか、もしそれが君にわかったら、さぞおもしろがることだろうにねえ」

ミスター・ロリーは、真っ赤になりながら、むきになって弁解した。「さっきも同じことをおっしゃいましたね？　どうせわたしたち銀行員なんてものはですね、銀行の奉公人なんで、とても思うことを思い通りにやれる人間じゃないんです。自分のことよりも前に、まず銀行のことを考えなくちゃなりませんからね」

「なるほど、なるほどねえ」と相変らずシャーシャーとした調子。「まあ、ロリーさん、おこっちゃいけませんねえ。何もあなたを特に悪いなんて言ってるんじゃない。むしろいいくらいですよ」

「それにね、あなた」と、今度は相手の言い分などかまわずに、ミスター・ロリーが畳みかけて行く。「そんなこと、あなたといったいどういう関係があるのか、さっぱりわかりませんね。こんなことを申上げちゃ失礼だが、まあ、わたしのほうがずっと年長者だという意味で許していただきたいんだが、いずれにしても、そんなことは、あなたにはいっこう用のない話じゃありませんか?」

「用はない！　そりゃ、もちろん僕《ぼく》にはなんにも用はない」

「それは、まあ、お気の毒なことでして」

「そうだな、ぼくもそう思う」

「あなたって方も、もう少し用でもあれば、もっと身を入れてなさるんでしょうのにねえ」

「おっとどっこい、とんでもない！——やらないね、僕は」

「これは驚きましたな！」あまりにも相手の風馬牛ぶりに、とうとうロリーもカンカンになったらしい。「用なり、仕事なりってものは、たいへんいいものですよ。それに第一、世間への通りがよろしいからな。まあ、それは仕事の関係上、できないこと、言えないこと、その他いろいろ拘束というものはありましょうがね、そういうことは、ダーニー君のような寛容な方なら、ちゃんとその辺のことはわかって下さるはずですよ。じゃ、ダーニー君、おやすみ、ご機嫌《きげん》よう！　今日生命《いのち》拾いをされたということも、きっとこれからの幸福、仕合せを約束してくれたようなもんでしょうな——おうい、いすかごだ！」

彼は、カートンに対してというよりも、むしろ彼自身に対して腹立たしいらしかった。そして忙《せわ》しそうにいすかごに乗ると、そのままテルソン銀行へとかつがれて行った。ポルト酒の香りをぷんぷんさせて、だいぶ上機嫌らしいカートンは、にわかに笑い出したかと思うと、ダーニーのほうを向いて——

「君と僕がこうして落ち合うというのは、確かに奇縁だねえ。まるで君に瓜《うり》二つの人間と、ここにこうして二人舗道に立っているわけだが、君にとっても、ずいぶん奇妙な晩だろうねえ」

「いや、わたしはまだ」とチャールズ・ダーニーは答えた。「生命《いのち》を取戻したような気が、はっきりしないのでして」

「そりゃそうだろうよ、ね。事実ついさっきまでは、ずいぶんもうあの世のほうへ近づいてたんだからね。まだ力がないんじゃないかね、口をきくのだって」

「やっとそんな気がしだしたんですよ、何か気落ちでもしたみたいな」

「じゃ、いったいなぜ早く食事しないのだね？　僕はね、あの間抜けどもが、君をこの世に残すか——それともどこかあの世へやるか、しきりに頭を悩ましてる間に、さっさとすませてきたわけさ。なんなら案内しようか？　ついこの近くの酒場で、うまいものを食わせてくれるところを」

彼は、ダーニーと腕を組み、ラッドゲイト・ヒルをくだって、フリート街に出、トンネル小路《こうじ》を上って、とある酒場にはいった。二人は小さな部屋に案内され、たっぷりぶどう酒を飲み、軽い食事を済ませると、ダーニーは見る見る気力を回復して行った。一方カートンは、同じテーブルに向い合ってすわり、専用のポルト酒を前に置いてチビチビはじめたが、例の人を小ばかにしたような態度は、いよいよ露骨になった。

「どうだね、ダーニー君、そろそろこの世の人間のような気がしてきたかね？」

「いや、まだ時間と場所の観念が、ひどく混乱してわからないのですが、まあ、そんな気がするだけよくなったとは言えるんでしょうね」

「いやはや、それはどうも結構なことで！」

彼は、かんで吐き出すようにそう言って、またグラスに酒を注《つ》いだ。大きなグラスだった。

「ところが、僕などはね、むしろこの世の人間であるということをなんとかして忘れたい、それが第一番の願いなんだがね。この世に生きるなんてことは、僕にとってはなんのうれしいこともないし——あれば、まあ、こうした酒だけだな——しかもこの世界のほうだって、僕なんぞにはなんの用もない。だから、その点じゃ君と僕とはほとんど似たところはない。いや、そればかりじゃない、すべての点において、君と僕とはだいぶ違ってるんじゃないかって気がしてきたんだがね」

そうでなくとも、今日一日激しい興奮で、すっかり頭が混乱していたうえに、いままたひどくがさつなこの男——しかもそれが、自分と瓜二つの生写しときている——と向い合っていることが、まるで夢のように思えてきて、チャールズ・ダーニーは、なんと答えていいかとまどった。そして結局、なんにもそれには答えなかった。

「さあ、もう食事は済んだね？」しばらくしてカートンが言った。「だが、なぜ君は乾杯をしないんだね？　なぜ祝杯を上げないんだね？」

「なんの乾杯です？　なんの祝杯です？」

「なに、その口の先まで出かかっているじゃないか。あたりまえだよ、当然のことだよ。口の先まで出かかっているに決ってるじゃないか」

「それじゃ、ミス・マネットのために！」

「ミス・マネットのために！」

酒を飲み干す間、カートンはじっと相手の顔を正面から見つめていたが、アッというまにグラスを肩越しに背後の壁に投げつけた。グラスは粉微塵《こなみじん》になって散った。と、また彼はベルを鳴らして、代りのグラスを取寄せた。

「たしかに美人だ。あれなら暗がりの中で手をかして、馬車に乗せてやるだけの値うちが十分ある、ねえ、ダーニー君」新しいグラスに酒を注ぎながら、彼は言った。

ダーニーは、ちょっと眉《まゆ》をひそめながら、ただ一言「そうですね」とだけ答える。

「そう、たしかに美人だ。あんな美人に同情されたり、泣いてもらえるというのは、身の果報ってもんだよ、ね。どんな気持だい？　あんな美人に同情されるのなら、生命《いのち》がけの裁判くらい安いもんじゃないかな、ね、ダーニー君？」

再びダーニーは答えない。

「君のことづてを伝えてやったらね、あの女たいへんな喜び方だったぜ。いや、別に喜んで見せたわけじゃないが、とにかく僕はそう思った」

言われてみて、ダーニーも初めて思い出したのだが、そういえば、きょうあの絶体絶命の関頭で、この不愉快な今の相手は、自ら進んで救いの手を伸べてくれたのだった。彼は、そのまま話をそのほうへ向けると、改めてその礼を言った。

「僕は何も礼など言ってもらいたくもないし、またそんな恩義をかけたとも思っていない」相変らずケロリとしたものだった。「第一、つまらんことだし、おまけに、なぜあんなことをしたか、我ながらわからないんだからね。それよりも、ダーニー君、一つ聞きたいことがあるんだ」

「ええ、なんなりと。少しでもご恩返しになるようなことでもあればね」

「ねえ、君、どう思う？　何か僕は特に君が好きなんだろうか？」

「とおっしゃっても、カートンさん、正直なところ」と、彼はひどくどぎまぎしながら答える。「そんなこと、まだ考えたこともありませんものねえ」

「じゃ、今すぐ考えてみたまえ」

「さあ、わたしのためにして下さったことから考えると、そんなふうにも思えますがね。といって、そうだとも別に考えません」

「そうさ、おれもそうだ。君もなかなか頭はいいようだねえ」

「だが、それにしても」とダーニーは、立ち上がって呼鈴を鳴らしにかかった。「わたしが勘定を払って、このまま双方快くお別れする分には、なんにも差しつかえないでしょう？」

「ないさ、もちろん」カートンは答えた。ダーニーが呼鈴を鳴らす。「じゃ、勘定は全部君がもつんだね？」そしてダーニーがうなずくと、「よし、それなら、給仕、おれにこの酒をもう一本くれ。そして十時になったら起してくれ」

勘定を済ませると、チャールズ・ダーニーは立ち上がって、おやすみを言った。カートンも立ち上がったが、それには答えず、むしろ何かおどかしでもするような高飛車な調子で言った。「だが、最後に一つ聞くがね、君は僕が酔っぱらっていると思ってる?」

「さあ、だいぶお飲みにはなっていたようですね」

「なに、ようですだと? 飲んでたことは、ちゃんと、君、知ってるじゃないか」

「そりゃ、そういうふうに言わなくちゃいけないというんでしたら、言いましょう。そう、確かに知ってました」

「じゃ、ついでに、なぜそんなに飲むかってことも言ってやろう。僕はね、哀れむべき失意の人間なんだ。僕は、この世の人間、誰《だれ》一人として好きなやつなんぞいやしない。同時に、僕を好きなやつもいないんだ、ね」

「それはいけませんねえ。あなたほどの才能を、何かほかにもっといい使いみちはないんですか?」

「さあ、あるかもしれん。だが、ないかもしれん。だがね、とにかくいくら酔ってないからといって、君、そう大きな顔をするもんじゃないぜ。どういうことになるか、君はまだ知らないんだろうがね。だが、とにかく、おやすみ!」

そして一人きりになると、この不思議な人物は、やおら蠟燭《ろうそく》を取上げて、壁にかかった姿見の前へ行き、改めて自分の影を、しげしげとながめていた。

「おまえはあの男が、なにか特別に好きなのか?」彼は、自分の影に向ってつぶやき出した。

「いかにおまえに似ているからといって、なぜ特に好きにならなければならないという理由がある？　人を好きになるなんて、おまえの柄《がら》か？　よくわかってるはずではないか。チェッ！　ばかなやつが！　人間が変ったとでもいうのか？　なるほど、あの男は、まだ今のおまえに堕《お》ちない前の、昔のおまえを思わせるかもしれん！　それとも、もし堕落さえしなければ、おまえもあの通りの男だったかもしれないという、その悲しい姿だったかもしれん！　だから、好きになったとでもいうのか？　結構な理由さ、ね！　だが、立場を変えて考えてみろ！　おまえがもしあの男だったとしたら、果たしてあいつのように、あんなふうに青い瞳《ひとみ》がじっと見つめてくれたろうか？　あんなふうに美しい人が、色を変え、胸をときめかせて、おまえの運命を哀れんでくれただろうか？　さあ、歯に衣《きぬ》着せないではっきり言ってみろ！　おまえはあいつを憎んでいるのだ！」

まるで我とわが心をいとおしむかのように、彼は酒のほうへ手を伸ばした。そして一気に飲み干すと、そのまま両腕の中に突っ伏して眠ってしまった。髪の毛がテーブルの上に乱れかかり、溶けた蠟燭の蠟が長く流れて、彼の上に滴《したた》り続けていた。

第五章　山　犬

そのころは、いわば酒の時代で、たいていの人間がずいぶんと飲んだ。その後時代の変化で、その点はうって変ったようになってしまったから、そのころひとりの男が、別にちゃんとした紳士の体面など汚《けが》すことなしに、普通一晩じゅうに飲んだぶどう酒やポンチ酒の量は、たとえごく控え目に述べたところで、きっと今の人は、それは誇張だ、ばかばかしいといって信じないかもしれぬ。ところで法律家というこの知的稼業《かぎょう》も、そのバッカス（酒神）的傾向にかけては、おさおさほかの知的職業人にひけを取るものでなかった。そして例のミスタ―・ストライバ―――いまではすでに仲間を押しのけて、立派に手広く、この割のいい商売に精進していたが、しかしこの酒の点においてもまた、法律という酒抜きの競争におけると同様、誰一人同業仲間に譲るものでなかった。

さてオールド・ベイリーでも、普通法院でも、すっかり花形にのし上がっていたストライバーは、すでに用心深くだが、そろそろ彼が経《へ》のぼってきた梯子《はしご》の下段を、切って落そうとしかけていた。今ではオールド・ベイリーも普通法院も、彼の出廷を求めるためには、特に両手を伸ばして迎えるようにしなければならなくなっていた。そして彼自身は、例によってのあつかましさで、高等法院の裁判長のほうへ、目立って接近しかけている、その赤ら顔が、ほとんど毎日のように見られた。まるでそれは、あの大きなヒマワリの花が、庭いっぱいの雑草の間から、パッと陽《ひ》を受けて咲き出すように、いわば群れいる仮髪《かずら》の花園から、一人仲間を抜きんでて、ぐっと一本伸び出たような形だった。

このストライバーという男、口は達者だし、遠慮知らずだし、おまけに機敏で、大胆でもあったが、ただあの山のような陳述調書の中から、手ぎわよく要点だけを抜き出すという、弁護士としてはいちばん必要な、そしてまたいちばん目立つ能力においては、まったく欠けているというのが、かつては同業者間の定評だったが、それもこのごろでは、ぐんと腕を上げていた。仕事が忙しくなればなるほど、いわば事の核心をつかむ彼の能力は、いよいよ増してくるように見えた。そして夜は、どんなに遅くまでシドニー・カートンと飲んでいても、翌朝はちゃんと要点を薬籠《やくろう》中のものにしているのだった。

ひどい怠け者で、したがって将来への嘱望もいちばん乏しかったシドニー・カートンが、これはまたストライバーには第一の相棒だった。ヒラリー期からミケルマス期までの間に（訳注　高等法院の開廷期は、一年に四度あり、ヒラリー期はその第一期、一月十一日から同三十一日まで。ミケルマス期は最後の第四期、十一月二日から同二十五日まで、つまり、ほとんど一年じゅうというほどの意）、彼ら二人が飲み干す酒量は、たっぷり軍艦一隻を浮べるにも足りたであろう。ストライバーが弁護を引受けたときは、それがどこであろうと、必ず両手をポケットに突っ込み、法廷の天井ばかりにらんでいるカートンがそばにいた。彼らは巡回裁判にもいっしょに出かけた。そしてそんな場合にも、彼らは決って夜おそくまで例の乱痴気騒ぎをやるのであり、カートンなどは、翌日も真っ昼間になってから、まるでドラ猫《ねこ》のように、こっそり千鳥足で宿へ帰ってくるという話だった。そのうちついに、そうしたことに興味をもっている連中の間では、結局カートンは自身獅子《しし》になることは絶対にあるまいが、ただ山犬としては実に有能なのに相違ない（訳注　山犬は獅子のために餌食を捜して歩き、あとその食い残しをもらうという伝承がある。手先、下働きの意）、事実またそうした情けない役割で、ストライバーに仕えているのだろう、という噂まで飛び始めた。

「もしもし、十時でございます」さっき彼が起してくれと頼んでおいた酒場の給仕が言う。

――「十時でございますよ」

「ううむ、どうしたって？」

「十時でございますよ」

「どうしたというんだ、それが？　夜の十時か？」

「さようでございます。お客さま、起してくれとおっしゃいました」

「ああ！　そうか、なるほど。よし、わかった」

それでもまだ何度か、ウトウトとしかけたが、そこは給仕は心得たもので、ものの五分間も続けざまに、暖炉の火をガリガリかき起していたものだから、彼もとうとう立ち上がると、ヒョイと帽子を頭にのせて、出て行った。それからテンプル（訳注　ここには有名な法学会の一つがあり、その建物の中に弁護士は事務所をもっていた）へはいり、まずはっきり目をさましてかかるつもりか、高等法院横丁とペーパー・ビル横丁の舗道を、二度ほど勢いよく歩いたうえで、ストライバーの部屋へはいって行った。

この種会合には、絶えて手を貸したことのないここの書記は、今夜もやはり帰ってしまったあとと見え、本尊のストライバーが出て来て、扉《とびら》をあけた。靴《くつ》もスリッパに替え、服もだらんとした寝室用部屋着のままで、ゆっくりくつろぐためか、咽喉《のど》元まであけて見せていた。目のふちには、妙にすさんだ、どす黒い、枯れたようなくま取りが、はっきり浮んで見える。それはあのジェフリーズの肖像画（訳注　ジョージ・ジェフリーズ。十七世紀のイギリス裁判官。ただし、放埒で有名）以来、同業仲間の酒仙《しゅせん》たちの顔には必ず表われているものであり、またそこは画工の技巧で、いろいろごまかしてはあるにしても、とにかく大酒時代の肖像画には、決って出ているあれである。

「少し遅かったようだぜ、忘れない先生が」ストライバーが言った。

「なに、いつもの時間だよ。もっとも十五分ばかりはおくれたかな」

二人は薄ぎたない部屋へはいって行った。壁には書物がずっと並んでおり、部屋じゅう書類が散らかっている。そしてその中で、炉の火が赤々と燃えていた。炉の中の台には、湯沸かしがチンチンわいており、取散らかした書類の真ん中には、テーブルが一つ、ぶどう酒、ブランディ、ラム、砂糖、レモン等々と、どっさり載せて光っていた。

「シドニー、もう大分やってきたな」

「たぶん二本だよ、今夜は。今日のあの依頼人ダーニーね、あれといっしょに食事をしていた——いや、むしろあの男の食べるのを見ていたと言ったほうがいいかな——なに、どっちだっていいさ！」

「そこでだがね、シドニー、君があの瓜《うり》二つだってことを持ち出したやつね、あいつは実にすばらしい論点だったたな。どうしてまた気がついたんだい？　いったい、いつから気がついた？」

「なに、初めはね、なかなかいい男だな、ってなことを考えてたのさ。つまり、おれだってね、運さえよけりゃ、あれくらいの男にはなれたろうに、ってとこでね」

ミスター・ストライバーは、ひどい若ぶとりのほてい腹をゆするようにして、笑った。

「君と幸運か、シドニー！　さあ仕事だ、仕事だ」

大分しぶしぶのようではあったが、それでもとにかく服をゆるめると、そのまま隣の部屋へはいって行って、大きな水差しと、金だらいと、そしてタオルを一、二本持って戻《もど》ってきた。そしてタオルを水に浸して、半絞りにすると、見るも異様な格好にそれを頭に巻き、そのままテーブルの前にすわった。「さあ、用意はできたぞ！」

「今夜の煮方は大したことじゃない」書類の間をかきまわしながら、ストライバーは朗らかに言う。

「どれほどだね？」

「たった二件だけだ」

「じゃ、面倒なほうから先にやろうか」

「ほい、これだ。一気にやっちまえ！」

言いすてて、獅子は、酒のテーブルの横にある長椅子《ながいす》に、ゴロリと仰向《あおむ》けに寝ころんだ。一方山犬は、反対側にある、書類のいっぱい散らかった彼の事務机にすわる。もちろん酒のびんとグラスとは、すぐ手の届くそばにある。二人とも、しきりに酒のテーブルへは手を出すが、ただその出し方は、それぞれでまるでちがう。獅子のほうは、たいてい両手を腰のバンドに突っ込んだまま、じっともたれて炉の火をながめているか、でなければ、ときどき思い出したように、そこいらの書類をいじくったりしながらである。ところが、山犬のほうは、眉《まゆ》をよせ、むずかしい顔をして、仕事に一心不乱の体なのだが、お蔭《かげ》で目のほうは、グラスへと伸びる手先にも、心は空のありさまで——一分間ばかりもうろうろ探しまわったあと、やっと唇《くちびる》へもってゆくグラスに手が届くというわけだった。二、三度などは、大分扱っている問題が面倒になったと見え、とうとう立ち上がって、改めてタオルを絞り直さなければならなかった。こうして水差しと金だらいのところまで往復するごとに、またしてもなんともいえぬ異様な格好にぬれタオルをかぶっては、もどってくるのだった。しかもそれは、彼がもったいぶった渋面をつくればつくるほど、なおさら滑稽《こっけい》に見えるのだ。

こうしてとうとう山犬は、獅子のための料理をまとめ上げて、うやうやしく彼の前に差出した。獅子は、注意深くそれを取上げて、中から入用なのを選び出し、さらに二、三論評のようなものを加えていたが、その間も、山犬は忠実にそれを手伝っている。さて料理の批評が一通り終ると、獅子はまたしても両手を腰のバンドに突っ込んで、ゴロリと横になって考え込む。一方山犬は、まず大杯にいっぱい咽喉をうるおし、頭のタオルも絞り替えて元気を取直すと、再び二度目の食糧の収集にかかった。これも同じように獅子の前に差出されたが、やっとそれが通ったのは、朝も三時を打ってからだった。

「さあ、仕事はこれで終り。シドニー、ポンチでも一杯やれよ」ミスター・ストライバーが言った。

山犬は、またしても湯気の立っていた絞りタオルを頭から取り、大きな欠伸《あくび》をしながら、ぶるぶるっと武者振るいをして、それに応じた。

「今日のあの検事側証人の件じゃ、シドニー、君は実にしっかりしてたな。質問の一つ一つが実によくきいてたからねえ」

「なに、いつだってしっかりしてるじゃないか」

「何もそうじゃないなんて言わないよ。だが、どうしたんだね？　ひどく機嫌《きげん》が悪いじゃないか。まあポンチでも飲んで、機嫌を直すんだねえ」

山犬は、まだなにか不満そうにぶつぶつ言ってはいたが、とにかく、これもおとなしく応じた。

「相変らずシュルーズベリー時代そのままのシドニー・カートンだな（訳注　シュルーズベリーはイングランドの西部、ウェールズに近い町。十六世紀創立という有名な小学校がここにある）」まるで彼の現在と過去とを、改めて見直しでもするかのように、うなずきながら、ストライバーが言う。「むかしながらの『シーソー』シドニーだよ。いま上になっているかと思うと、たちまち下になっている。いま元気かと思えば、たちまちペシャンコだからな！」

「そうさ、その通りさ！」大きく溜息《ためいき》をつきながら、カートンが答えた。「相変らずのシドニー、相変らずの下積みか！　あのころだってね、僕《ぼく》は他人《ひと》の宿題はやってやっても、自分のだけは滅多にしなかったものな」

「それでいいじゃないか？」

「さあねえ。だが、とにかくそれがおれの流儀なんだな」

彼は、例によって両手はポケット、そして両脚をピンと前に伸ばしたまま、じっと炉の火をながめてすわっている。

「おい、カートン」と突然獅子は、彼を圧倒するような勢いで高飛車に出る。まるで目の前の炉格子《ろごうし》が、人間不屈の生活力が鍛え上げる溶鉱炉であり、昔ながらのシュルーズベリーのシドニー・カートンに対し、古い友人としてしてやれる唯一《ゆいいつ》のこまかい思いやりといえば、いっそのこと彼を、ドシンとこのまま炉格子の中へでも蹴込《けこ》んでやることなのだがな、とでも言わんばかりの勢いだった。「君の流儀というのは、昔も今も同じ、どうかしてるんだよ。元気を奮い起すのでもなければ、目的もない。まあ、僕を見ろよ」

「こりゃまた閉口だ!」急に朗らかに笑い出したかと思うと、シドニーが言った。「お説教だけはやめてほしいな!」

「いままでなんでも、僕はどんなふうにやってきたと思う? それから、現在にしてもだよ」

「そりゃ、一つには、僕に金をくれて、君の手伝いをさせるということだろうな。だがな、そんなことを僕に言ったところで、空気に向って言ってるようなもんで、むだな時間つぶしだよ。君は、ただ君のやりたいことをやってるだけのことなんだ。もともと君という人間は、初めから最前列にいる。ところが僕ときた日には、終始最後列なんだよ」

「なに、僕だって最前列になるには、やはりそれだけのことをしなくちゃならなかったんだ。何も初めから最前列に生れついてたわけじゃないだろう?」

「もちろん僕は、君の誕生式に立ち合ったわけじゃない。だが、僕に言わせれば、君はやはり生れついてたんだねえ」そう言って、カートンはまた笑い出したが、今度はストライバーも応じて、いっしょに笑った。

「シュルーズベリー以前だって、シュルーズベリー当時だって、いや、それ以来だって」とカートンの言葉は続く。「初めから君は君の列、そして僕は僕の列なんだよ。僕らあのパリの学生区で、いっしょに勉強してた時だって、そりゃフランス語だの、フランス法だのと、そのほかあまり役にも立たなかったガラクタ知識を、お互いかじってみたものさねえ。だが、そんな時でも、いつも君はちゃんと存在を認められていた。ところが、僕のほうは――完全にいないも同然だった」

「だが、それは誰《だれ》のせいだと言うんだ？」

「そう、はっきり言うが、まんざら君のせいでないとも言い切れないような気がするんだがねえ。君のほうは、なんでもガムシャラ、押し分けてでも、かき分けてでも、とにかく突き進んできた。とにかく休むということがないんだから、お蔭で僕なんぞは、錆《さび》ついて休んでしまうよりほかなかった。だがね、もうよそう。夜が明けかけようというのに、古い昔のことなんか話すのは陰気くさいよ。帰る前に、何かもっとほかの話でもしてくれよ」

「よし、それならいこう！　あの美しい証人のために乾杯してくれ」グラスを上げながら、ストライバーが言った。「さあ、これで君も楽しくなったかい？」

だが、どうもそうではなかったらしい。というのは、カートンはまた気がめいってきたからだ。

「美しい証人だって？」と彼は、グラスの中を見つめながら、つぶやいた。「だって、今日、そして今夜は、ずいぶんたくさん証人が出たからね。君のいう美しい証人というのは、誰のことだね？」

「もちろんあの花のようなドクトルのお嬢さん、ミス・マネットだよ」

「あのお嬢さんがきれいだって?」

「きれいじゃないか?」

「ない」

「こいつは驚いた! あのお嬢さんは、満廷こぞって讃嘆《さんたん》の的だったじゃないか」

「満廷の讃嘆? くそッくらえだ! オールド・ベイリーは、美人の品評会にでもなったというのかね? たかが金髪のお人形ってだけのもんじゃないか」

「じゃ、聞くがね、シドニー」とストライバーは、鋭い目を上げて彼を見ながら、そしてまた自分の赤ら顔をゆっくりなでながら、言った。「僕はあの時、むしろそう思ったんだが、君はあの金髪のお人形さんにはっきり同情を寄せていたはずだ。また現にあの金髪のお人形さんがどうなったか、すばやく見て取ったはずじゃないか、どうだ、認めないか?」

「すばやくあれを見て取ったって? 人形だか、人形でないか知らないがね、かりにも娘が鼻先一、二メートルのところで気を失いかけてるんだぜ、何も望遠鏡などなくたって、いくらでも見える。君のために乾杯はするよ。だが、美人なんてのは認めないね。さあ、もう酒はいらん。寝るよ、僕は」

やがてストライバーが燭台《しょくだい》をとって、階段のところまで彼を送り出し、降りる足もとを照らしてやっていると、すでに朝の光は、薄よごれた窓を通して冷たくさし込んでいた。カートンが外に出て見ると、空気は寒々とうら悲しく、雲は低くたれこめて、テイムズの河面《かわも》がほのかに鈍色《にびいろ》に光っているだけ、見渡す限り、ただもう生命のない砂漠《さばく》のような静けさがひろがっていた。風が吹くたびに、土埃《つちぼこり》の渦《うず》がくるくると舞い上がるのだが、まるでそれは、はるか遠くに砂嵐《すなあらし》が巻き起り、いわばその先触れともいうべき砂塵《さじん》が、早くもこの首都めがけて殺到しかけたとでもいった感じだった。

あたりはすべて砂漠、そして身内は困憊《こんぱい》しはてた荒涼たる心境、その彼は、物音一つしない台地を横切りながら、ふと立ち止まったが、そのとき一瞬間、彼が目の前にひろがる荒漠のうちに見たものは、誇らかな野心、克己、そして不撓《ふとう》の堅忍という美しい幻であった。この幻の美しい都では、数知れぬ夢のような回廊が連なって、しかもそこから愛の女神、美の女神たちが、じっと彼をながめ下ろしているかと思えば、また果てしなく庭園がひろがって、いまや生命の木の実が枝もたわわにうれかかっていたり、「希望」の湖がキラキラと陽《ひ》に映えていたりする。だが、それもほんの一瞬間のことで、たちまち幻は消えてしまった。まるで井戸底から仰ぐような家並みのその天辺《てっぺん》の部屋まで上って行くと、彼は、そのまま着替えもしないで、いつもは忘れられたベッドの上に、投げ出すように横になった。そしてよしない涙で枕《まくら》をぬらすのであった。

悲しい、悲しい陽が昇った。だが、それにもまして限りなく悲しかったのは、いまその朝日が照らし出しているある光景――能力も立派なれば、心も美しい一人の男、それがただ正しい使いみちを知らず、また自ら助け、自らの幸福をつかむこともできず、我とわが身をむしばむ病根のことはよく知りながら、今はもう寂しいあきらめの中で、みすみす朽ち行くに任せているとでもいったこの男の姿だった。

第六章　何百という人々

ドクトル・マネットの静かな家は、ソーホー広場（訳注　ロンドン、オックスフォード街の南。当時は市のはずれに近かった）から遠くない、これも静かなある通りの一画にあった。例の反逆罪裁判のほうも、あれからはや四カ月という歳月の波に洗われてみると、一般の興味、記憶という点では、すでに遠く海のかなたへ押し流されてしまったも同然だった。そうしたころの晴れたある日曜日の午後、ミスター・ジャービス・ロリーは、彼の住居であるクラークンウェル（訳注　ロンドン旧市の北に当る地域、当時はまだ市外だった）から、日当りのよい通りをゆっくり歩いていた。ドクトルの家へ食事に行く途中だった。ときどき仕事のほうに忙殺されて、疎遠《そえん》になることもあったが、今ではすっかりドクトルと仲よしになっていて、この閑静な一画は、いわば彼の生活にとってもまた日当りのいい一画だったのだ。

ところで、この晴れた日曜日の午後、ミスター・ロリーは、早目に家を出て、ソーホーのほうへ歩いていたのだが、それには習慣ともいえる三つの理由があった。第一には、晴れた日曜日というと、よく彼は食事前、ドクトル父娘《おやこ》と散歩をした。第二には、もし天気が悪ければ、いわば家庭の友人として、一日漫然といっしょにいて、話をしたり、本を読んだり、窓からぼんやり外をながめたりして過すのが常であった。また第三には、今ちょうどちょっとしたむずかしい疑問で、この際ぜひ解決しておきたいことがあったからでもあった。しかもドクトル一家の事情から見て、ちょうど今がその最適の時らしく思えたからだった。

いまドクトルが住んでいるこの一画ほど、世にも奇妙な一画は、ロンドンじゅうにもほかになかった。第一、通り抜け道というのが一つもない。したがって、彼の家の表窓から見ると、ひどく奥まったのんびりした感じの、まことに気持よい見通しがながめられる。そのころはまだオックスフォード街道の北には、ほとんど家というものがなかった。今はもうなくなってしまったそのあたりの野づらには、喬木《きょうぼく》が茂り、野草が花をつけ、サンザシの花が美しく咲いていた。そのせいか、ソーホーを吹き渡る風は、あてどもなくさまよってくる宿なし乞食《こじき》のように、ただフラフラと教区に吹きこんでくるのではなく、実に自由でキビキビしていた。そしてそのあたり近くには、日当りのよい南向きの塀《へい》が至るところ立っており、季節になると、桃の実などが実によく実った。

朝早いうちは、強い夏の陽がギラギラとさし込むくせに、通りが暑くなるころには、この一画だけはちゃんと日蔭《ひかげ》になっている。といって、すっかり奥まったというわけではなく、日蔭の向こうには、明るい日ざしは相変らず見えている。しっとり落着いてはいるが、といって暗くはない、涼風の場所。物の音が不思議とよく反響《こだま》し、しかも街の雑踏からは、いわば完全な風よけの港だった。

こうした舟着場には、えてして静かな船が錨《いかり》をおろしているものであったが、この場合も、確かにそうだった。ドクトルはガランとした大きな家の二つの階を借りていたが、この家では、昼間はずいぶんいろいろの職業が営まれていたはずだが、いつもその物音はほとんど聞えず、また夜になると、みんな一斉《いっせい》にぴたりとやんだ。中庭にはスズカケの木が一本、緑の葉をサラサラと鳴らしており、そこを抜けた裏手の建物では、教会用のオルガンつくり、透かし彫りの銀細工師などがいるという話であり、また玄関口の壁からニュッと金色の腕を突き出している不思議な巨人（訳注　金細工師の看板をユーモラスに書いたもの）は、金箔《きんぱく》、金の延べ板などをつくっているらしい——まるで自分も打たれて打たれて、この通り金になったのであり、だから、ここへ来る者はすべて、同じように金に変えてしまうぞとばかり、まるでおどしでもかけているような勢いだった。だが、これらの職人にしても、また階上に住んでいるという独身者《ひとりもの》の間借人、それから階下に事務所をもっていると言われる馬車の装飾《かざり》の職人にしても、ほとんど物音一つ立てるでなく、また姿もほとんど見せなかった。もちろん、ときにはひょろっと職人の一人が、上着を着かえるのでホールを横切ったり、知らぬ男がのぞきこんだり、そうかと思うと、何かかすかにチンチンという金物を打つ音が、中庭越しに聞えたり、また例の金色の巨人の仕事場から、トントンという槌音《つちおと》が聞えたりもする。だが、要するに、それらは例外にすぎなかった。そしてそれはむしろ逆に、日曜日の朝から土曜日の晩まで、あたりを領するものは、家の背後にあるスズカケの梢《こずえ》に群れるすずめのさえずりと、そしてその前あたり一画にひびくその反響《こだま》と、その二つきりだということを証明するだけのものだった。

ここでドクトル・マネットは、むかしの評判を知っているとか、また彼の身の上話が口の端《は》にのぼるにしたがって、再びそれがよみがえったとか、そうした理由で訪れる患者だけを扱っていた。もっとも彼の医学的造詣《ぞうけい》と、また微妙な試験手術をするときの用意周到さ、巧みな腕まえなどが、ほかにも相当の患者依頼を呼んだ。そんなわけで、収入のほうは、望みさえすればいくらでも得られた。

ところで、その晴れた日曜日の午後、ミスター・ジャービス・ロリーが、その一画の静かなこの家の呼鈴《ベル》を鳴らしたとき、その辺の事情は、彼もよく知り、よく考えて、ちゃんと心得ていた。

「ドクトル・マネットはご在宅ですか?」

もうじき帰るはずだとの答えだった。

「じゃ、お嬢さんはお家《うち》で?」

これも、もうじき帰るはずだという。

「じゃ、ミス・プロスは?」

たぶん在宅だとは思うが、それ以上は、女中の身として、はっきりしたことは申上げかねる。つまり、ミス・プロスのほうで、在宅の事実を認めるか、それとも否定するか、その辺の意向が予想できないからだという。

「わたしはね、ここの家人同様なんだから」とミスター・ロリーは言った。「二階へ上がらせてもらいますよ」

もちろんミス・マネットは、彼女の生国フランスのことなど何一つ知らなかったが、それでいて、最も有用な、そしてまた最も快いフランス国民性の一つである、あのちょっとしたなんでもないものを、実にうまく利用するという才能は、生れながらにして、その生国から享《う》けていたようだった。たとえば家具調度類だが、まことに質素なものであるにもかかわらず、いろいろちょっとした装飾——、それも決して金目のものではない、ただ趣味と好みの実によいもので飾られており、お蔭ですっかり引立って見えるし、効果も実に快いものがあった。小さい物から大きな物に至るまで、部屋じゅうの物いっさいの配置、またちょっとした物の節約や、巧みな手ぎわ、確かな目、趣味のよい好みなどによって、見事につくり出された色彩の配合、垢抜《あかぬ》けした変化、対照等々が、いかにも見る目に快かったし、またその考案者の心の優雅さを実によく表わしていた。ミスター・ロリーは、立ってながめているうちに、気のせいか、椅子《いす》、テーブルまでが、いまでは彼もすっかりなじみになってしまった例のあの独特の表情（訳注　ミス・マネットがよく浮べる魅力的表情）を浮べて、まるで何か、お気に入りましたかしら？とでも問いかけているような気がするのだった。

その階は部屋が三つになっており、しかもそれらをつなぐ扉《とびら》は、空気の流通をよくするためにあけ放しになっていたので、ミスター・ロリーは、周囲のものすべてに見られるその奇妙なまでの類似さを、ただニコニコとながめながら、部屋から部屋へと歩いてみた。入口の部屋が、いわばいちばんの部屋であり、ルーシーの小鳥や花や、そのほか書物、机、裁縫台、水彩絵具の箱などが置いてある。次の部屋は、ドクトルの診察室と食堂を兼ねているらしい。そして最後の部屋は、中庭の例のスズカケの梢が風に動く、ちょうどその葉影が落ちるようになっていたが、それがドクトルの寝室になっていた。そして部屋のすみには、いまはむろんご用済みとはいえ、例の靴《くつ》つくりの腰掛と道具箱とが、かつてパリの郊外サン・タントアーヌ、例の酒店のそばの陰惨な建物の六階、あの部屋にあった通りに置かれていた。

「それにしても変だな」とミスター・ロリーは、ちょっと見まわすのをやめて、つぶやいた。「苦しかった日のあんな思い出を、わざわざ身辺に残しておくなんて!」

「なにが変なんですの?」いきなり声をかけたものがあって、彼は飛び上がるほど驚いた。見ると声の主は、いつかドーバーのロイヤル・ジョージ・ホテルで初めて知り合い、その後かなり親しくなっていた、例のおそろしく腕っ節の強い赤ら顔の女ミス・プロスだった。

「いや、だって、そうじゃありませんか——」ミスター・ロリーはやっと口を切った。

「へん! なにが、そうじゃありませんか、ですよ?」ミス・プロスが言った。思わずロリーも黙った。が、そう言っておいて、彼女は、こんどは、

「お変りありませんの!」と、ひどくつっけんどんに、そのくせまた、まるで悪意などは持っていないことを、わざわざ示すかのように、言うのだった。

「ありがとう、まああってとこですねえ」ミスター・ロリーは下手《したで》に出て答えた。「ところで、あなたは?」

「別に自慢するほどのことはなんにもありませんがね」ミス・プロスは答える。

「ほんとですか?」

「そう、ほんとですとも! いやもうあのお嬢さまには閉口でございますよ」

「ほんとですか？」

「ねえ、あんた、その『ほんとですか』のほかに、なんとか言いようはないんですの、ねえ、後生だから。でないと、わたしゃもう気が気じゃない、死んじまいますわよ」（体こそ頑丈《がんじょう》だが）気質のほうは大分短気らしかった。

「じゃ、なるほどねえ！」ミスター・ロリーは、言い直してみた。

「『なるほどねえ』だって同じですわよ。でも、少しは増しかしら。ええ、ええ、ほんとに閉口してますのよ」

「というわけは？」

「だってね、あんた、わたしゃね、お嬢さまの前へなど出られもしないような連中が、ワンサ押しかけてきて、お嬢さまの世話をやくなんて、まっぴらですもんねえ」

「そんなことで、ワンサやってきますか？」

「何百人ってもんですよ、あんた」

　なにもこの女ばかりではない、彼女以前にも、彼女以後にも、同じような女はいくらでもいるが、この女もまた、一度自分の言い出したことが少しでも疑われると、逆にいよいよ誇張してくるのが癖だったのだ。

「へえ、そうですかねえ！」まあその辺が、考えられる限りいちばん安全そうな言い方かと思って、彼はそう答えた。

「わたしゃね、お嬢さまの十歳《とお》のときから、ごいっしょに暮してきている——いや、お嬢さまのほうがわたしといっしょに暮して下さいましてね、お給金までいただいてるようなわけなんだがね。なに、正真正銘の話、お給金などいただかなくたって、お嬢さまなり、わたしなりね、ちゃんと食って行けるんだったらばね、もちろん、そんなものいただけるもんじゃございませんよ、ね。でも、まあ、それも仕方がないことにしましてね。とにかく辛《つら》いもんでございますよ」

だが、どうも何が辛いのか、いっこうにわからないので、仕方なしにミスター・ロリーは、ただ頭を振って見せた。つまり、肉体のこのいちばん大事な部分を、さしずめあのなんでもにピタリと合う魔法の外套《がいとう》に見立てたというわけ。

「だって、あんた、お嬢さまの前になど出られた柄《がら》でもない連中ばかり、いつもワンサと押しかけてくるんだからねえ。現にあんたが、あんなことを始めたもんだから――」

「あんなことを始めたって、わたしが?」

「そうでしょうがね? あのお父さまを生き返らせたなんてのは、どなたでしたかねえ?」

「ああ! そのことか! まあ、それを始めたというんなら――」

「そうでしょうよ。まさかお了《しま》いにしたわけじゃありますまいからねえ、あんた? つまりね、あんたがあんなことを始めるもんだから、わたしゃ、ずいぶん辛い目にあった、と言ってるんですよ。わたしゃね、なにも先生のことを悪く言ってるんじゃありませんのよ。そりゃまあ、あんな立派なお嬢さま、鳶鷹《とびたか》ってことはありましょうがね、なにもそう言ったからって、先生が悪いってわけじゃない。だって、どうせあのお嬢さまにふさわしいようなお父さまなんて、どう転んだって、ありっこありませんもんねえ。でも、それにしてもですよ、あの先生――これはまあ、我慢もできると思うんですよね――でも、そのあとからまだ有象無象どもがワンサ押しかけてきて、せっかくわたしに対するお嬢さまの心を、どんどん奪《と》って行ってしまうなんて、ほんとになんと言っていいかわからない、辛いもんですよ、ねえ」

ミス・プロスがひどい焼きもちやき屋だということは、ミスター・ロリーも知っていた。だが、どうもこうまで言われてみると、結局この女も、――世間のよく女だけに見かける――表面《うわべ》はいかに変人らしく見えても、内実はただ一点の私心もない主人いちずの女のひとりであることがわかった。つまり、動機はまったく純粋な愛と尊敬からなのだが、自分たちは失《な》くしてしまった若さ、自分たちは一度も持ったことのない美しさに対して、また自分たちは、不幸にしてついに身につけえなかった教養、そしてまた彼女たちの暗い半生にはついに一度も射《さ》すことのなかった明るい希望に対して、彼女たちは、よろこんで自らを奴隷《どれい》にしているのだった。ミスター・ロリーもまた、いまでは相当世間のことも経験しており、およそ世の中に心からの忠実な奉仕ほど美しいものはないこともわかっていた。純粋無垢《むく》、金銭的欲念など微塵《みじん》も交じらないこうした奉仕に対しては、彼もまた非常に高く買っており、ひそかに胸の中につくっている来世の応報序列――程度の差はあれ、人間はみんなそうしたものをつくって持っているものだ――の中では、ちゃんとミス・プロスを、あのテルソン銀行などに口座を持っており、天賦《てんぷ》、人工を合せて、何十倍かに美々しく装い立てている多くの淑女たちよりも、はるかに天使の末端に近く置いていたのであった。

「あのお嬢さまにね、ふさわしい男などといったら、そりゃもう後にも先にも」と、またしてもミス・プロスの愚痴は続く。「わたしの弟ソロモン一人きりでしたわよ。つまらんことで身を持ちくずしさえしなきゃあね」

ここでもまたミスター・ロリーの詮議《せんぎ》が始まったが、それによると、そのミス・プロスの弟ソロモンというのは、なんともひどい悪党で、賭博《とばく》の賭《か》け金に、彼女の持ち金を洗いざらいまき上げてしまったばかりか、あとはケロリとして、一文なしの彼女を永久に捨ててしまったというのだ。それでも変らず弟を信じているということは（もっともこのちょっとした過ちのために、少しは評価も落ちているようだったが）、ミスター・ロリーとしても、とても考えさせられる話で、お蔭で彼女に対する評価も大いに上がった。

「ところで、ちょうどわたしたち二人きりだしね、お互いどちらもいわば事務屋ってわけだから聞くんだけども」と、また二人とも応接間へ戻《もど》り、そのままひどく打解けた気持で腰を下ろしたところで、ミスター・ロリーが切り出した。「あの先生ね、ルーシーさんと話していて、もうあの靴つくり時代の話をされたりすることは、まさかないでしょうね？」

「そりゃ、ありませんとも」

「だが、それだのにあの腰掛と道具とだけは、そばへ置いておくんですね？」

「ああ、それねえ！」とミス・プロスは頭を振り振り答える。「でも、やはり心の中では、そのことを思い出していらっしゃるんじゃありませんの」

「非常に気にしておられるようですか?」

「多分そうでしょうね」

「じゃ、なんですか、あなたの想像では——」とミスター・ロリーは言いかけたが、突然女のほうで引取ったかと思うと、

「わたしゃ、想像なんてなんにもしませんわよ。第一、想像する力なんて、わたしにはない」

「これは失礼、じゃ、改めますがね。あなたの考えるところでは——考えるくらいはするでしょう、ときどき?」

「そりゃ、まあ、ときにはね」

「じゃ、その考えるところで結構ですがね」ミスター・ロリーは、親しげに微笑さえ浮べながら、目をくるくるさせて彼女をながめ、言葉を続ける。「いったい先生はですよ、あんなひどい目にあった原因、さらにはまたその迫害者の名まえというようなことまで、それについて何かはっきりしたお考えを、この長い年月じゅう、ずっと持っておられるのでしょうか?」

「考えるとおっしゃったところで、わたしの場合は、お嬢さまが話して下さること以外には、なんにも考えませんもの」

「じゃ、そのお嬢さまの話というのは——?」

「そりゃお嬢さまは、はっきり持っていらっしゃるとお考えのようですわねえ」

「こんなことをうるさくお尋ねして、どうかおこらないでくださいね。とにかくわたしは、

頭の悪い事務屋だし、あなたもまた女事務屋ってわけなんだから」

「頭の悪いって?」ミス・プロスが静かに聞き返す。

まずい謙遜《けんそん》を言ってしまったものだと、ミスター・ロリーも思ったが、「いや、いや、別に頭が悪いわけじゃない。だが、そこでもう一度本題に戻りますがね——それにしてもおかしいんじゃないかな? いいですか、問題なく先生の潔白なことは、これはもうわたしたちみんなはっきり確信しているわけですがね、それだのに先生が、この問題に関してはいっさい触れられないというのは、どうもおかしいんじゃないですか? そりゃわたしは、むかし先生と取引き上の関係があったし、今はますますご懇意に願ってるわけだが、だからといって、別にわたしにというので言ってるんじゃない。ただ、問題はあのお嬢さまですよ。あれだけ心から可愛《かわい》がっておられ、お嬢さまのほうでも、心から慕っておられるわけだが、そのお嬢さまにさえ、一言もおっしゃらないというのはなぜか、その点なんですよ。いいですか、プロスさん、こんなことあなたに申上げるのは、なにも好奇心からじゃない、ほんとに心配なんですよ」

「そうねえ! まあわたしにわかってる限りじゃ、といっても、もちろん知れたもんなんですがね」と、こんどは多少わびの気持もあってか、ミス・プロスの口調も穏やかになって、

「つまり、この問題全体を恐れていらっしゃるんじゃありません?」

「恐れるというと?」

「そりゃ簡単じゃないかと思いますのよ、なぜこわがっていらっしゃるか。とにかく恐ろし

い思い出ですものねえ。おまけに、あの記憶を失くされたというのも、みんなこのことから起ってるわけですものねえ。どうして正気を失くしたのかもわからない、またどうして正気に戻ったのかもわからない。そうなると、また正気を失くすようなことが起らないとも限らない。それだけでも、不愉快なことじゃないんでしょうか?」

なるほど、ミスター・ロリーの予期していたよりも、問題ははるかに深刻だった。「なるほどねえ、考えるだけでも恐ろしいというわけか。だが、それにしても、まだ一つ疑問が残るんですがね、プロスさん。というのは、そうした抑圧感をですよ、終始自分の中だけに秘めておくことが、果たして先生のためにいいかどうかという問題なんです。つまり、いまこんな立ち入った話を申上げるというのも、理由はその疑問、そしてまたそのことを考えると、ときどき起ってくる不安、そのためなんです」

「でも、そりゃどうにも仕方がないんじゃありませんの」またしてもミス・プロスは、頭を振り振り言う。「だって、ちょっとでもそのことに触れようものなら、たちまちパッと様子が変ってしまいになるんですものねえ。そっとしておくほうがいいんですのよ。そう、いやでも応でも、そっとしておくしかないんですのよ。ときどき、真夜中にお起きになりましてね、お部屋の中を往《い》ったり来たりなすっていらっしゃるのが、あの上の階のわたしたちのところまで聞えてくるんですものねえ。いまではお嬢さまも、ちゃんとわかっておいでになりますの、その時は先生のお心が、あの昔の牢獄《ろうごく》の中を、一人往ったり来たりなすっていらっしゃる時なんですって。お嬢さまは、すぐ飛んでいらっしゃいます。そして二人して、いつまでも歩き続けていらっしゃいますの。すると先生のお心も、やっとお落着きになるんですの。でも、先生は、その不安のほんとの原因については、お嬢さまに何一つおっしゃいませんし、お嬢さまもまた、そのことは先生にお話しなさらないほうがいい、とお考えになってらっしゃるらしいんです。ただ黙って、いっしょに往ったり来たり、往ったり来たりしていらっしゃると、とうとうしまいには、お嬢さまの愛の心と、そしていっしょにいらっしゃるということだけで、正気にお返りになるんですのねえ」

ミス・プロスは、想像力など持ち合わさないと言った。だが、それにもかかわらず、「往ったり来たり」の一句を、こうも繰返し口にするところからみると、ただ一つ悲しい観念だけに絶えず悩まされ続けている人間の苦痛を、ちゃんと感得していることは明らかであり、それは同時に、彼女が立派に想像力の持主であることを証明しているのでもあった。

この一画が、非常によく物の音を反響《こだま》する一画であることは、以前に述べたが、ちょうどその時、いま疲れた足取りの話が出たのをキッカケに、まるでそのためにでも起ったかのように、誰《だれ》か近づいてくる人の足音が、ひときわ高く反響しだしていた。

「あっ、お帰りだわ！」そのまま話は打切りにして、ミス・プロスが立ち上がった。「いまにごらんなさい、何百人って人間が押し掛けてくるから！」

ところで、ここは音声学的にいってもまことに奇妙な一画、いわば一種独特の耳のような場所だった。たとえばミスター・ロリーが窓をあけて、今足音を聞いた父娘《おやこ》の近づいてくるのを待っていると、おもしろいことに、それはいつまでたっても現われて来ないような、ふとそんな気にもなる。まるで足音そのものがどこかへ行ってしまったかのように、すーっと反響《こだま》が消えてしまうかと思えば、今度はその代りに、事実は決して来ない別の足音が、にわかに反響になって聞えてくる。しかもいよいよ来たかと思うと、それっきりふっと消えてしまうのだった。だが、この場合、父娘はとうとう姿を現わした。そしてミス・プロスは、表口に立って二人を迎えていた。

やがてミス・マネットが上がってくると、彼女は帽子を脱がせて、それをハンカチの端でソッと埃《ほこり》を払ってやり、いつでもしまえるように外套を畳んでやったり、またその豊かな髪の毛を、まるでもし自分もまた天下のおしゃれ美人だったら、きっとそうしただろうように、いかにも誇らしげに撫《な》でつけてやっているのだが、そのすさまじい赤ら顔にもかかわらず、見ていてまことに快い光景であった。また彼女を抱いて礼を言い、そんなに世話をやくことはないのよ、と言っているミス・マネットの姿も美しかった——もちろん、それは冗談にしかすぎなかったろうし、そうでもなければ、ミス・プロスとしては、傷心のあまり、部屋へ隠れて泣き出したかもしれない。ところで、父親ドクトルの様子もまた快かった。というのは、二人をながめながら、そんなに甘やかしてもらっては困ると言うのだが、その言い方といい、目つきまでが、ミス・プロスに劣らずの甘さたっぷりで、まるでできることなら、もっと甘やかしてもらってもいいとでも言わんばかりだった。そういえばミスター・ロリーも美しかった。例の小さな仮髪《かずら》をかぶり、ニコニコ笑ってながめながら、いまこの頽齢《たいれい》になって、やっと「家庭」というものに照らし導いてくれた彼の独身星に対して、改めて感傷の思いを捧《ささ》げているのだった。だが、問題の何百人という人間は、まだ現われなかった。そしてミスター・ロリーは、ミス・プロスの予言の実現をむなしく待っていた。

食事時間になったが、まだ何百人の群集は現われない。この小さな家庭の切りまわしは、もっぱらミス・プロスが台所のほうをひっかまえてやっており、しかもそれを見事な手ぎわでやってのけていた。食事はむしろごく質素なほうだったが、イギリス風とフランス風とを折衷して、料理がうまく、出し方がうまく、しかもなかなか気のきいた趣向を凝らして、ほかにちょっと及びがないほどのできばえだった。彼女の交際というのは、一にも二にも実利を考えてのうえのことで、したがってソーホーや、そのあたりをくまなく捜しまわっては、金に困っているフランス人を見つけ出すのだった。つまり、彼らをシリング銀貨や半クラウン銀貨でたらしこみ、巧みに料理の秘訣《ひけつ》を伝授させるのだ。こうして落魄《らくはく》したゴール人（訳注 フランス人の古名）の末孫たちから、いわばすばらしい魔術を覚え込むのだから、しぜん召使の下婢、小女たちは、まるで彼女を魔法使か、シンデレラの教母扱いにしていた。とにかく一羽の鳥、一匹のうさぎ、そして庭からほんの二、三種の野菜でも持ってこさせると、たちまちそれらを何にでも変えてしまうのだった。

日曜日には、いつもドクトルの家でいっしょに食べることになっていたが、ほかの日は、誰も知らない時刻にいつのまにか、それも下の台所か、それとも三階の自分の部屋で――それは真っ青な部屋で、ルーシーのほかは、誰も決して通してもらえなかった――食べるといってきかなかった。もっとも今日は、楽しそうなルーシーの顔や、そしてまた彼女のご機嫌《きげん》を取結ぼうというその努力にこたえてか、ひどくくつろいだ様子で、食事も非常に楽しくした。

おそろしく蒸し蒸しする日だった。食事が済むと、ルーシーが、ぶどう酒をスズカケの木蔭《こかげ》に持ち出して、涼みをしようと言い出した。すべては彼女しだいであり、彼女中心に営まれていたので、みんなもスズカケの木蔭へ行った。彼女は、特にミスター・ロリーのために、ぶどう酒を持って降りてきた。しばらく前から、ミスター・ロリーのお酌《しゃく》の役をみずから引受けていたが、今もスズカケの下で語らいの続いている間、彼女は、彼のグラスを絶えずいっぱいにするようにしていた。話しているあいだも、神秘に満ちた家々の裏手や両端が、彼らをのぞきこむようにながめており、またスズカケの梢《こずえ》までが、それなりのまた仕方で、頭の上からささやきかけていた。

だが、まだ何百人という人の群れは現われなかった。スズカケの蔭にすわっている間に、ミスター・ダーニーが現われたが、彼ひとりだけだった。

ドクトル・マネットは、快く彼を迎えたし、ルーシーもそうだったが、ただミス・プロスだけは、急に頭と体に痙攣《けいれん》を起して、家の中へ引込んでしまった。彼女は、しばしばこの病気にかかるくせがあり、自分でも打解けたときの話などでは、「引きつけの発作」と呼んでいた。

ドクトルは、体の調子も至極いいようで、とりわけ若々しく見えていた。彼とルーシーとの相似は、そんなとき特に目立ったもので、こうして並んですわり、彼女は父の肩によりかかるし、彼はまた娘の椅子《いす》の背に片腕をかけていると、とりわけ似た点がたどれて楽しかった。

彼は、今日一日、実にいろんな話題について、めずらしく元気に話していた。「ちょっと伺いますが、先生」と、スズカケの蔭にすわりながら、ミスター・ダーニーが言った。「先生はあのロンドン塔を、丁寧にごらんになったことがありますか?」というのは、その時ちょうど、ロンドンの古建築物のことが話題になったものだから、彼も自然その話題を続けて、そう聞いたのだった。

「ルーシーといっしょに行ったことはあるがね、まあ、ほんの行ってみたというだけのもんだろうねえ。そりゃおもしろいものが、いっぱいあることくらいはわかったが、さあ、それ以上はどうだかねえ」

「ご承知のように、わたしもあそこにいたんですが」とダーニーは、いくらか腹立たしげに顔色を変えたが、とにかく軽く笑いながら言った。「もちろんそれは別の意味でです。丁寧に見物するなど、そんな便宜はあたえられるはずもありませんがね。ただその時、わたしは、たいへん不思議な話を聞いたんです」

「なんの話ですの、それ?」ルーシーが聞いた。

「そう、どこか少し修復でもしている時だったんでしょうね、職人たちが古い地下牢を一つ見つけたというのです。つくられて、もう長い間忘れられていたらしいんですが、ところが、その内側の壁石の一つ一つにですね、囚人の手で字がいっぱいに刻みつけてある——日付がある、名まえがある。恨みつらみがあるかと思えば、祈りの言葉がある。ところが、ちょうど角になった隅石《すみいし》の一つにですね、刑場へ引出されて行ったらしいある囚人のいわば最後の形見として、文字が三つ刻んであるんですねえ。ろくな道具はなかったでしょうし、なにしろ大急ぎのうえに、手もとも覚束《おぼつか》ないようなありさまだったらしい。はじめはD. I. C.というようなふうに読めたらしいんですが、なおもっとよく調べてみると、最後の字はGだということがわかった。別にそういう頭文字をもった囚人がいたという記録も伝承もないというので、はたしてこれはなんの名まえだろうかと、いろいろ推測してみたのだそうですが、結局はみんなだめ。ところが、最後にですね、もしかするとこれは頭文字じゃない。むしろDIG（訳注「掘れ」の意）というまとまった言葉じゃないのだろうか、と言い出したものがある。そこでその文字の刻んであった下を念入りに調べてみるとですね、石だか、瓦《かわら》だか、それとも鋪《しき》石《いし》の破片の下だかに、もうボロボロになった小さな革袋といっしょになって、これもボロボロになった紙が一枚、土の中に埋まっていたというんです。もちろんこの無名の囚人が何を書いたものか、それは読めっこありますまいが、とにかくその男は、何かを書いて、獄吏の目に触れないように、そっとそれを隠しておいたんでしょうね」

「あら、お父さま！」と突然ルーシーが叫んだ。「お気分が悪いんですのねえ！」

彼は、突然頭に手をやって、立ち上がっていたのだ。その様子といい、顔つきといい、みんなすっかり驚いてしまった。

「いや、いや、なんでもない。大粒の雨が落ちてきたんでな、思わずびっくりしただけの話さ。みんな、家へはいったほうがいいんじゃないかな」

彼はすぐにまた平静に戻《もど》った。大粒の雨はほんとに降り出していたのであり、彼は雨粒のかかった手の甲を出して見せた。だが、話題になっていた発見のことについては、ついに一言も触れず、みんなで家の中へはいって行くとき、ミスター・ロリーの事務屋的眼光は、ふとダーニーのほうへ向けられたドクトルの顔の中に、以前あの裁判所の廊下でやはり彼がダーニーを見たとき、その顔に浮んでいたある奇妙な表情とまさに同じものを、確かに見た、いや、確かに見たような気がしたのだ。

だが、とにかく彼はすぐ平静に戻った。そしてミスター・ロリーさえが、一応は自分の事務屋的眼光を疑ってみたほどだった。ドクトルは例の金色の巨人の腕のすぐ下で足を止め、念を押すように、いや、(いずれは直ると思うが)まだどうもちょっとしたことにも驚く癖が残っていて、いまも雨ですっかりびっくりしたのだ、と言いわけをしたが、そのときの様子は、おさおさ巨人の腕にも劣らぬほどしっかりしたものだった。

お茶の時間になり、ミス・プロスがお茶を入れていたが、その時また彼女はひきつけを起した。何百人という人の群れはまだ来ない。ちょうどミスター・カートンがぶらりとはいってきたが、これではまだ二人だけだった。

夜になると、いよいよ蒸し暑かった。扉《とびら》も窓もすっかりあけ放して話しているのだが、それでも全く耐えられなかった。お茶のテーブルがかたづけられると、みんな一つの窓へ集まって、どんよりと重い黄昏《たそがれ》の空をながめていた。ルーシーは父親の横にすわり、そのまたルーシーの隣にダーニーがすわっている。カートンは窓によりかかるように立っている。雷鳴をはらんだ激しい風が、この一画にまで渦《うず》を巻いて吹き込んで来、長い真っ白なカーテンは、高く天井にまであおられて、まるで妖怪《ようかい》の翼のようにはためいた。

「雨はまだ降っているらしいな。まばらのようだが、おそろしく大粒だ」ドクトル・マネットが口を切った。「ゆっくりやって来るかな」

「だが、きっと来ますね」とカートンが応じた。

二人とも妙に低い声で言った。すべてものを待ち受けている人たち、いや、暗い部屋の中にいて、じっと稲妻のひらめきを待っている人たちが、いつも決ってそうするように。

通りは、なんとか夕立のくる前に雨宿りを求めようという人たちの動きで、ひどくざわめいていた。不思議な反響《こだま》の効果で聞えたこの一画は、往来の足音を反響して、ほとんど鳴り響かんばかりだったが、ついに肝心の足音は現われない。

「あれだけ人間がいるのに、ここのこの寂寥《せきりょう》さはどうだ！」みんなしばらくはざわめきに耳を澄ませていたが、ふとダーニーが言った。

「印象的じゃございません？」ルーシーが言った。「ときどき夕方など、わたくし、ここでこうしているんですが、ふっと錯覚することがございますのよ――でも、今夜は何もかもが真っ暗で、厳粛で、そんなばかげた空想など、思ってみただけでもゾッとしますわ――」

「じゃ、僕《ぼく》たちにもゾッとさせて下さい。その辺のことは、僕たちにもわかるでしょうからね」

「いいえ、あなた方には、ほんのつまらないことかもしれませんわ。そういった気まぐれの空想なんてものは、わたしたちそれをつくり出すときだけ印象的なんで、とても他人《ひと》さまにお話などできるもんじゃございませんわ。夕方など、ときどきこんなふうにここですわってますと、なんだか聞えてくる反響《こだま》がみんな、やがてはわたしたちの生活そのものの中へはいってくる人たちの足音みたいな気がしてくるのでして」

「そう、もしそういうことになれば、いずれいつかは大群集が、僕らの生活の中へ押し入って来るわけだな」突然シドニー・カートンが口を挟《はさ》んだ。いつもの例のむっつりした調子で。

足音は絶えなかったばかりか、その歩度は、いよいよ速く、いよいよ慌《あわ》ただしくなるらしかった。一画は、それらを何重にも反響し返した。あるものは窓のすぐ下から、あるものは部屋の中から、聞えてくるようにさえ思える。行く足音、帰る足音、突然パッと消えるのもあれば、ピタリとそのまま止まってしまうのもある。だが、それらは結局みんな遠い通りでのできごとで、見える限りには何者も現われなかった。

「ルーシーさん、あの足音のすべてが、みんな僕たちのところへやって来ることになってるんですか？　それとも、僕たちの間で分け合うとでもいうんですか？」

「さあ、わかりません、ダーニーさん。だから、ばかげた空想だと申上げたでしょう。それを、あなたったら話せとおっしゃるんですもの。そんな空想をしましたのはね、わたくし、たった一人でいる時でしたのよ。そんな時聞いていると、なんだかあの足音が、みんなわたくしの生活、父の生活の中へ押し入って来る人たちのように思えてきましたもんで」

「それは、僕が僕の生活の中へ引受けましょう！」カートンが叫んだ。「僕はなんにも聞かない、条件もつけない。ミス・マネット、僕たちに迫ってきている一大群集がいるんです。僕にはそれが見える――あの稲妻の光でね」彼がこの最後の一句を言い添えたとき、一瞬早く目もあざやかな稲妻が空を切ってひらめいた。そしてそれは、ゆっくり窓によりかかっている彼の姿を、あざやかに照らし出していたのだ。

「そして耳にも聞える！」一しきり雷鳴がとどろいたとき、もう一度彼は言い添えた。「そうれ、来ますよ、見るまに、おそろしい勢いで！」

そうだ、彼の予言したのは、沛然《はいぜん》たる豪雨の来襲だった。思わず彼も話をやめた。とても聞き取れたものでなかったからである。それにしても忘れられないほどの大夕立だった。しかもそれが、まるで奔流のような雨を伴って起ったのであるが、とにかく炸裂《さくれつ》と稲妻と豪雨とが一瞬の絶え間もなく襲うのであり、とうとう夜中月がのぼるころまで続いた。

長靴《ながぐつ》をはき、提灯《ちょうちん》を持ったジェリーを供にして、やっとミスター・ロリーがクラークンウエルへと帰途についたのは、ちょうど聖ポール寺の大鐘が、晴れ上がった空に一時を打っていた時だった。ソーホーからクラークンウェルまでには、ところどころ人気《ひとけ》のない道があり、追いはぎの用心に、いつもミスター・ロリーは、ジェリーを用心棒に頼むのだった。もっともいつもなら、用事はもうたっぷり二時間は早く終っていたのだろうが。

「いや、もうひどい晩だったなあ！」とミスター・ロリーが言った。「まるで死人まで墓場から飛び出して来そうな晩だったぞ」

「えへえ、そんなおっかねえ晩は——見たこともねえし——見たくもござんせんからねえ」ジェリーが答えた。

「じゃ、おやすみなさい、カートンさん」ミスター・ロリーは言った。「それからダーニーさんも。今夜のような晩、まあ二度とごいっしょに見ることはありますまいからねえ！」

いや、おそらくあるだろう。何万という群集が、喚声をあげ、怒号しながら、彼らに向っても殺到してくる日を、おそらく見るだろう。

第七章　パリでの貴族

ある朝、宮廷でも最大の権力者のひとりと見なされているさるモンセニュール（大公貴族）が、パリの宏壮《こうそう》なその邸館で、二週間目ごとのいわゆる接見の儀を行なっていた。大公は、いちばん奥の間にいる。ここここそは、それに続く部屋々々にいる帰依者《きえしゃ》たちの群れにとって、いわば内陣中の内陣、聖所中の至聖所といってよかった。いまや彼は、チョコレートを一杯飲むところだった。もともと彼は、なんでもやすやすとかみ下せるほうで、だからこそ（数こそ少ないが）、そこらの不平家たちは、いまに見ろ、たちまちフランスまで呑《の》んでしまうだろうなどとまで、取沙汰《とりざた》しているのだった。だが、この朝のチョコレートだけは、コックのほかに、まだ大の男実に四人の手をわずらわさなければ、なんとしても大公の咽喉《のど》には通らないのだった。

そうだ、この幸福なチョコレートを彼の唇《くちびる》まで運ぶためには、四人の男、しかも満身きらびやかな装飾を花のように着けた四人の男を必要とした。中でもその長《おさ》と呼ばれる男に至っては、主人大公の自らたれたもう高貴、典雅な範とまさに競い合うかのごとく、常住そのポケットには少なくとも二個以上の金時計を秘めていないでは、生きていられないというありさまだった。最初の侍者が、チョコレート・ポットをうやうやしく御前へ運ぶ。とつぎの侍者が、そのために特にできているサジようのもので、かき回し泡《あわ》だてるのだ。つぎは三人目、これは光栄のナプキンを捧呈《ほうてい》する。さて最後の侍者が（これが金時計二つの男だが）、やっとチョコレートを注《つ》ぎ奉《たてまつ》るという次第。こうしてこの貴族にとっては、これらチョコレート係の侍者四人のうち、どの一人が欠けても、もはや天が下にその敬仰の高位を維持することができないのだった。もし彼のチョコレートが、かりにも三人の侍者によって給仕されたなどという不祥事が発生しようものなら、けだし家名の汚《けが》れは甚大《じんだい》であったろうし、もし二人にでもなれば、愧死《きし》していたに相違ない。

この大公は、昨夜もあるささやかな晩餐《ばんさん》によばれていたが、その晩は、まことにすばらしい喜劇と歌劇が演ぜられた。彼がささやかな晩餐に出かけるのは、ほとんど毎晩のことで、いつもあか抜けした美しい人たちにかこまれていた。彼は深い教養の持主であった上に、非常に感受性の強い男だったものだから、毎日退屈な政務や国家の機密ばかり扱っている彼の心には、喜劇や歌劇のほうが、全フランスの窮乏よりもはるかに強い影響力をもっていた。いやはや、フランスにとって幸福《しあわせ》なことだ！　もっとも同じように恵まれた国々にとっては、どこでもいつもそうであったわけであり――たとえばイギリスなどにしても、あの国を売った悲しむべき「陽気なスチュアート」時代（訳注　チャールズ二世（一六三〇―八五）、カトリックでフランス王ルイ十四世と通じ、新教徒国オランダ侵略を援助したために国民から離反された。享楽好きなために「陽気な」とあだなされた）がやはりその通りだった。

ところでこの貴族は、社会全般の動きについては、一つまことにあっぱれな考えをもっていた。つまり、いっさいのものは、それぞれおのが道を歩むにまかせておけばよいというのであった。ところが、他方一つ一つの社会的動きについていうと、これはまたまるで別の、やはりまことにあっぱれな考えをもっていた。つまり、それらはすべて彼の意志どおり――いいかえれば、すべて彼自身の権力を強め、彼自身の財庫をふとらせるためにあらなければならないというのだった。さらにまた彼自身の全般的ないし個別的快楽については、もう一つ別のあっぱれ高邁《こうまい》な考えをもっているのであって、つまりそれは、世界は彼の快楽のためにあるのだ、というのだった。そして彼のこの理法の主題は、「大公のたまいけるは、地とこれに盈《み》てるものはわがものなればなり」というのであり、原文とは代名詞一つ違っているだけで（訳注　コリント前書第十章第二十六節。ここの「わが」もの」が「主のもの」と代名詞一つ違っているだけ）、もちろんそんなことは大したことではなかった。

だが、彼は、そのうちいつのまにか公私ともに財政困難という俗事が、そっと忍び寄っていることにやっと気がついた。そんなわけで、これまた公私ともに、いやでもあの収税請負人というものと深く結託せざるを得なくなった。国家財政に関していえば、どうせ彼はなんにもわからないのだから、自然すべてはそれのわかる人間に任せるよりほかなかった。一方私的経済についていえば、これはもう収税請負人はうんとふところが暖かいのに反して、貴族のほうは、何代かにわたる贅沢《ぜいたく》と浪費とで、すっかり貧乏になっていた。そんなわけで、大公はまず修道院にいた妹を、ベールをかぶる（彼女としてはいちばん廉《やす》くつくかぶりものなのだが）その直前に連れもどして（訳注　ベールをかぶるとは、いわゆる出家して尼になること）、家格は賤《いや》しいが、金はうんと持っているある収税請負人に、いわば褒美として与えたのだった。ところで、その収税請負人も、今日は馬子《まご》にも衣裳《いしょう》、頭に黄金のりんごのついた杖《つえ》をつき、ちゃんとさっきから控えの部屋に現われており、しきりにみんなから平身低頭の礼を受けている——もっともむろん例外はある。それはいわば大公の血につながる一段上位の人間たちで、彼らは、彼の妻をも含めて、みんなこの収税請負人を最大の侮蔑《ぶべつ》をこめて見下ろしている。

この収税請負人というのは、おそろしく豪奢《ごうしゃ》をきわめた男だった。廐舎《きゅうしゃ》には三十頭の馬がおり、広間には二十四人の家僕が奉仕し、そして彼の妻には、六人の侍女がかしずいていた。手の及ぶかぎり略奪し、徴発することだけが仕事だと公言するのが、この収税請負人だったが、しかし考えてみると、今日この邸館に伺候《しこう》している貴顕紳士の中にあって、少なくとも最も真実な生きた人間といえば、彼一人だったといってもよい——もっとも彼の夫婦関係がどこまで社会道徳に貢献していたか、それは別だが。

というのは、今日この部屋々々の光景、なるほどそれらは見た目には美しく、また当代の趣味と、そして技巧の限りを尽して飾り立ててあるとはいえ、決して健全、堅実なものではなかった。他方に厳としてあるボロとナイトキャップだけをつけたかかし同然の人たちの群れ（しかもそれは、決して遠いところの問題ではない。あのノートル・ダム寺院の塔に上ってさえ見れば、双方ほとんど等距離に、この貧富両極の相は望み見られるのだが）、かりにもしそれとあわせ考えるものが、今日のこの邸館の人たちの中に一人でもいたならば、これはまたおそろしく後味の悪い光景だったに相違ない。軍事知識などはゼロという陸軍軍人たち。船のことなどは何一つ知らぬ海軍軍人たち。政務などは考えたこともない文官たち。色好みの目、みだらな舌、そして生活ときた日には放縦《ほうしょう》そのものという俗物中の俗物、厚顔無恥の聖職者たち。そのどれ一つを取ってみても、それぞれ職能にふさわしい人間などは、一人としていない。しかも公然その職能を名のることによって、いわば大嘘《おおうそ》をついているのである。多少親疎《しんそ》の差別はあるとはいえ、これらが一人残らず大公の取巻きなのであり、そのお蔭《かげ》で、みんななにか余得のある公職にはめこんでもらっているのだった。彼らの数は何十何百と数えるくらいいた。しかもまだそのほかにも、大公や国務とはなんの関係もないし、また現実的利害や、まっすぐ何か真の現世的目的につながるような生活とは、なんら関係ないという人々もまた、劣らずぞくぞくと押し掛けていた。たとえばありもしない病気を勝手につくり出し、それで高い治療を施してうんと産をなしたという医者たち、これが控えの間で、しきりに廷臣の患者たちに愛嬌《あいきょう》の微笑をふりまいている。かと思えば、国に関係するくだらぬ悪習には一々矯正《きょうせい》の救治策を見つけながら、一つでも肝心の罪悪を本気で根本から除去することには、なに一つ献策をしないという山師ども、これもまたこの接見の席で、手あたりしだい人をつかまえては、うまい話を巧みに吹き込んでいる。まだある。無神論者の哲学者どもだ。これはまた言葉一つで世界の改造をやり、トランプの山にも似たはかないバベルの塔を築いて、それで天によじ登ろうという連中だが、それが今やはりこの大公召集接見の席で、錬金という秘法にばかり血眼《ちまなこ》になっている、これも無神論者の化学者どもと話している。まこと最高の教養を受けてきた最上の紳士たち——といってもこの教育とは、驚くべきこの時代にあっては、いや、当時だけではない、今もなおそうなのであるが、結局通常の人間がもつ関心事にはいっさい無関心になることによって、その果が知られる（訳注 マタイ伝第七章第十六節）という性質のものであり、今日この大公邸に集まっているそうした最高教養の紳士たちもまた、まことにその点では模範的ともいうべき倦怠《けんたい》状況を示していた。そしてまたそれなればこそ、現に彼らがあとに残してきている花のパリのそれぞれの家庭では、今日もしこの大公取巻きの集まりの中に、かりにスパイがいたとしても（事実このお行儀よい連中の中の、まず半分はそうだったかもしれぬのだが）、いわゆるこの上流、天使のような淑女たちの中に、たった一人でも、その態度、容姿、自ら母と言いうる人妻を見いだすことは困難であったかもしれぬ。ただ子どもという厄介《やっかい》な生物をこの世にもたらすという行為——それだけでは、決して母という名まえの裏づけにはならないのだが——その行為以外には、母であるなどということは、まったく知られていない上流社会だった。百姓の女たちだけが、赤ん坊などという野暮なものを手もとにおいて育てるのであり、およそこの美と魅力の世界では、六十の祖母もまるで二十歳《はたち》の娘のように盛装し、そして飲み食いした。

いわば非現実という癩患《らいかん》が、すべて大公に伺候する人たちの相貌《そうぼう》を醜くしていた。もっともいちばん外の控えの間に集まっていた人々の中には、ほんの例外的なわずか六人ではあったが、すでに数年前から、漠然《ばくぜん》とながら世態の誤りをひそかに憂慮していた人たちもいた。そしてそれを矯正する一つの方法として、彼らの中のさらに半数は、痙攣派《けいれんは》（訳注　十七世紀フランスに起った狂信的キリスト教徒の一派。ジャンセニズムの一派だった）と呼ばれる狂信的一派に加わっており、現に今も、いっそこの場で泡をふいて狂いまわり、わめきながらてんかん状態に陥ることによって、未来に対する最もわかりやすい、いわば道標を示してやるのもよくはないか、あるいは大公のために、よき指針になるかもしれないからなどと、ひそかに考えていたところだった。もっともこれら狂信者のほかに、あとの三人というのは、また別の教派に飛び込んでいた。それはすべて「真理の中心」という合言葉を使って、世態を矯正しようというのであり、すなわち彼らによると、人間はいまや真理の中心からはずれてしまった――それはもはやたいして論証の必要もないが――同時にまた円周の外に逸脱しているというのでもない。してみると人間としては、断食《だんじき》し、精霊を見ることによって、なんとかこの円周から飛び出さないようにするとともに、他方ではなるべく中心のほうへ押し戻《もど》るようにしなければならぬ、というのだった。そんなわけで、自然彼らの間では、精霊との交通ということがしきりに言われ、――事実それは多大の益をもたらしてもいたが、ただ表に表われるということが絶えてない。

だが、ただ一つせめてもの慰めというのは、いまこの大邸館に集まっている人々は、みんな一点のすきもない服装をしていたことである。もしあの最後の審判日が、必ず盛装日に当るということさえ確実であれば、おそらくここにいる人たちは、一人残らず永遠に正しいとされたかもしれぬ。髪は一面に縮らせて、髪白粉《おしろい》をふり、針金のようにピンと立てているし、美しい顔の肌《はだ》は、念入りにみがき上げてつやつやさせている。見た目にもきらびやかな佩剣《はいけん》、そして嗅覚《きゅうかく》にまで心してかおらせた満身の芳香、これなら、なるほど、どんなものでも永久に保つにちがいない。最高の教養を身につけた完璧《かんぺき》の紳士たちは、彼らがものうげに動くたびに鳴る小さな飾り物を、いっぱいにぶら下げており、こうしたわずらわしい金色の装身具は、まるで小さな金鈴のように音を立てて鳴った。そうした金属性の響き、さらさらと鳴る絹や錦《にしき》や上質麻の衣《きぬ》ずれの音などで、あたりの空気は、あのサン・タントアーヌの恐ろしい飢餓など、たちまちのうちに吹き飛ばさんばかりの勢いで、わき立っていた。

いっさいのものをちゃんとあるべき秩序に保たせる、服飾こそは、護符であり、呪文《じゅもん》であった。誰《だれ》も彼もみんな、いわば永久に終ることのない仮装舞踏会のために装っているのだった。上はテュイルリー宮殿（訳注 もとパリの中央にあり、代々のルイ王の宮殿であった）にはじまり、全貴族や全宮廷、さらには議院、法廷、その他いっさいの社会層（ただし、あのかかしどもだけは別だ）を経て、下は死刑執行吏にまで及んでいる。それは仮装舞踏会であった。事実、死刑執行吏までが、この呪文にしたがって、職務執行の際には、ちゃんと「髪をちぢらせ、髪白粉をふり、金モールの上着、エナメル短靴《たんか》、そしてまた白絹の長靴下《ながくつした》を着用するよう」要求されていたのだった。そんなわけで、絞首刑《こうしゅけい》のとき、車裂きのときには——首斬《くびき》り斧《おの》の場合は珍しかった——わがムシュー・パリ（と、パリの死刑執行吏のことを、その他の地方の同業聖職者たち、たとえばムシュー・オルレアン等々の間では、そう呼ぶのが、教会まがいのならわしだったが）、その彼は、必ず前述のような優雅な服装で、職務を主宰した。だが、それにしてもキリスト紀元一七八〇年のこの日、この大公邸の接見の儀に伺候していた中の何人《なんびと》が、はたしてこの髪をちぢらせ、髪白粉をふり、金モール、エナメル靴、そしてまた白絹靴下という死刑執行吏を支えにしてやっと立つこの社会制度に、やがてはその運命の日がくることを考えたであろうか！

さてわが大公閣下は、やがてチョコレートも飲み終り、四人の侍者もホッと肩の荷をおろすと、つぎはサッと至聖所の扉《とびら》を開かせて、その姿を現わした。さあ、これはまたなんという従順さ、なんという阿諛《あゆ》追従《ついしょう》ぶり、そしてまたなんという情けない卑屈さだろう！　身心ともに、ペコペコして、ひたすらへいつくばるそのていたらくは、本来ならば神の前にこそ示すべきものを、あますところなくささげつくしたとさえいえよう――道理で、これら大公崇拝者たちが、一方神に関しては、まったくの無関心であったというのも、理由の一つはここにあった。

こちらにはなにか約束のひと言を、あちらには快い微笑を、そしてまた一人の幸福な奴隷《どれい》には、一片の私語を、また別の奴隷には、軽く手を振って見せるというあんばいで、まことに愛想よく、大公は部屋々々を経めぐり、そして最後は、最も遠い真理の円周の果てまで行った。そして、そこでクルリとまわって、いま来た通りを引返しながら、それぞれ適当に時を過すと、再びあのチョコレートの妖精《ようせい》に導かれて、至聖所に姿を消し、もはや二度とは現われなかった。

こうして一場のショーが終ると、それとない部屋のざわめきは、たちまちちょっとした嵐《あらし》に変り、あの小さな金鈴の響きも、ぞろぞろ階下へ降りて行った。まもなく、さしもの伺候者たちも、あとに残ったのは、たった一人になり、その人物は、片方の脇《わき》には帽子を、そして片方の手には嗅《か》ぎたばこ入れを持ちながら、ズラリと並ぶ鏡の前を通って、出口の方へ進んで行った。

「チェッ、悪魔にでもさらわれてしまえ！」彼は、最後の扉のところで、一瞬足をとめたかと思うと、至聖所のほうを振り返って、つぶやいた。

が、そう言ったあと、まるで足の埃《ほこり》でも払うように、指先の嗅ぎたばこを静かに払い落すと、そのまま静かに階段を降りて行った。

年ごろは六十くらいか。りゅうとした服装をし、昂然《こうぜん》とかまえた、そしてまるで精巧な仮面のような顔をした男だった。透き通るかと思うばかりの蒼白《そうはく》な顔、だが、目鼻立ちは、実にはっきりしており、しかも、何かぴんとはりつめたようなきびしさが、あふれている。ただ一つ、鼻だけが、それもほかの点はすべて美しい、形のよい鼻なのだが、ただ二つの鼻孔の上のところだけが、ほんの心持くぼんだように、ひきつっている。いわばこの二つのひきつりだけが、彼の顔に表われた小さな変化だった。それは、ときどきとめどもなく色が変るかと思えば、またかすかな脈搏《みゃくはく》でも打つかのように、大きくなったり、ちぢまったりもする。

そしてそんなときには、顔全体が、妙に陰険、残忍そうに見えるのだった。よく観察してみると、そういう表情になる原因というのは、口の線と眼窩《がんか》の線とが、あまりにも横ざまに、そしてまた細く伸びているせいだったかもしれない。だが、それにしても、やはり美男といってよく、かなり目につく顔だった。

　ところで、その顔の持主は、階段を降りて、庭に出ると、そのまま馬車に乗って帰って行った。接見の間も、彼はほとんど誰とも口をきかず、立っているところも、一人、みんなから離れて別だった。そういえば、大公の態度からしてが、もっと何か暖かいものであってもよかろうのに、と思えるほどだった。そういう事情など考え合せると、いま平民どもが、彼の馬の前にリスの子のように逃げ惑い、ときには危うく轢《ひ》き殺されそうになるのを見てさえ、彼はひどくうれしいらしかった。御者は、まるで敵陣に突撃でもするかのような勢いで、馬車を駆る。しかも、物に狂ったようなこの御しぶりを目《ま》のあたり見ながら、彼は、一言制しようとするでもなければ、眉《まゆ》一つ動かすでもない。歩道すらない狭い街通り、それをただ奔馬のように車を飛ばすのだが、貴族たちの習慣——それは当然、市民たちの生命を脅《おびや》かしたり、生れもつかぬ不具にしたりする危険の多いことは、当時がいかに見ザル、言ワザル、聞カザルの土地柄《がら》、時代柄であっても、時には不満の声がもれてこないわけではなかった。だが、そんなことを、あらためて反省してみる貴族などは、まずいなかった。そんなわけで、他のすべての事柄についてと同様、この問題に関しても、あわれな平民どもとしては、ただできるだけ、危険から逃げるようにしているよりほかないのだった。

馬車は、恐ろしい音を立て、また今の人にはほとんどわからないような冷酷な非情さで、韋駄天《いだてん》走りに街々を駆け抜けていた。まるで飛ぶように角をまわると、女たちは金切り声をあげて逃げ惑うし、男は男で、あわててお互い抱き合うやら、ひきずるようにして子どもたちを避《よ》けさせるやら、いや、もうたいへんな騒ぎだった。とうとう、共同噴水栓《ふんすいせん》のある、とある街角を勢いよく曲った時だった。車輪の一つが、突然ハッとさせるように、ガタンとなったかと思うと、たちまち何人かの口からけたたましい叫びが上がり、馬はいっせいに後脚で立ってはね上がった。

だが、またそれがなければ、おそらく馬車は止まらなかっただろう。馬車がけが人だけをあとに残して、そのまま轢き逃げをしてしまうことなどは、決して珍しくなかったし、それがまた当りまえでもあったのである。だが、この場合は、驚いた従者がすぐとび降りると、続いて大ぜいの手が馬の手綱にかかった。

「どうかしたか？」馬車の主が、静かに顔を出して聞いた。

ナイトキャップをかぶったノッポの男が一人、馬の脚の間から、何か包みのようなものを抱え上げ、すばやく共同噴水栓の台石の上に置いたかと思うと、たちまち泥濘《ぬかるみ》の中にへたりこみ、そのまま身を投げかけるようにして、野獣のようにわめきだした。

「恐れ入りましてございます、侯爵さま！」ボロを着たおとなしそうな男が答えた。「子どもでございます」

「それにしても、なぜあのような不愉快なわめき声を立てるのだ？　あの男の子どもだとでもいうのか？」

「恐れ入ります、侯爵さま、――可哀《かわい》そうに――そうなんでございます」

噴水栓は少しばかり離れていた。というのは、通りは、噴水栓のところで、十二、三ヤード平方ほどの広場に広がっていたからである。ところで、ノッポの男は、突然立ち上がったかと思うと、やにわに馬車をめがけて駆け寄ってきた。一瞬、侯爵の手が剣の柄《つか》にかかった。

「人殺し！」男は狂ったように声を上げた。そして両腕をいっぱいに頭上に伸ばし、恐ろしい形相で侯爵をにらみつけた。「死んだッ！」

たちまち人だかりがして、じっと侯爵を見つめている。もっとも見つめているその目は、たいていいただ目を皿《さら》のようにしてながめているだけで、目に見えて怒りだとか脅迫だとかの気配はまったくなかった。別に何か言うわけでもない。初めこそ叫び声をあげたが、あとは静まり返って、ただ黙って見ているだけ。さっき答えたおとなしそうな男も、その声は、まるで借りてきたねこのように気力はなかった。侯爵は、まるで穴から出てきたねずみでもあるかのように、群集の顔をじろりとながめまわした。

彼は金入れを取り出した。

「きさまたち、自分のことも、子どものことも見てやれないというのか。驚き入った話だ。いつも決ってきさまたちの誰かが邪魔をしおる。お蔭《かげ》で、わしの馬などどれだけ害を受けたかわからん。おい、あの男にこれをやれ！」

言いながら、金貨を一枚投げて、従者に拾わせた。まるで金貨の落ちるのを見のがすまいとでもするかのように、人々の首が一斉《いっせい》に前に伸びた。ノッポの男が、もう一度、この世の声とも思えないような声で、「死んだッ！」と叫んだ。

だが、その瞬間サッと道が開いて、もう一人別の男が現われると、彼も叫ぶのをやめた。そして男の姿を見ると、たちまちその肩に倒れかかったようになって、噴水栓の方を指さしながら、泣きじゃくりをはじめた。噴水栓のそばでは、何人かの女が、動かない包みをのぞきこむようにしながら、静かに動いていた。だが、そのまた女たちも、男たち同様、口はひと言もきかなかった。

「ああ、わかった、よくわかった」あとから来た男が言った。「気を落すんじゃねえ、ギャスパール！ あのチビにしてみろ、生きてなどいるよりは、ああして死んだ方が幸福なんだよ。苦しみも知らねえで、アッというまに死んじまったんだからな。生きてたところで、あんなしあわせな生き方は、一時間だってできたろうかよ、なあ？」

「おいおい、その方は哲学者じゃな」と侯爵が、にこにこしながら、声をかけた。「名まえはなんという？」

「ドファルジュと申します」

「商売は？」

「侯爵さま、酒屋でございます」

「では、これを拾え、哲学者の酒屋とやら」言いながら、侯爵はまた金貨を一枚投げた。「好きなように使うがよい。おいおい、馬だ。馬は大丈夫だな？」

あとはもう二度と群集の方など顧みるまでもなく、侯爵は、ぐっと座席に反りかえると、まるで偶然なにかちょっとした器物を破損して、その弁償はもう済ませたし、またそれくらいの余裕なら、いつでもあるといわんばかりの無関心さで、今やちょうど駆け去ろうという時だった。悠然《ゆうぜん》とかまえた彼の態度が、にわかにキッとなった。金貨が一枚、馬車の中に飛び込んできて、カチンと床に音をたてたからだった。

「待て！」侯爵が叫んだ。「馬をとめて！　投げたのは誰だ？」

彼は、つい今酒屋のドファルジュが立っていたあたりを見た。だが、あの哀れな父親は、相変らず舗石《しきいし》の上に腹ばいになったまま倒れているし、またすぐそばにいるのは、何か編物をしながら立っている、色の浅黒い、がっしりした女が一人だけだった。

「野良犬《のらいぬ》どもが！」侯爵が叫んだ。だが、案外穏やかな調子で、例の鼻のところのくぼみ以外は、顔色一つ変えていなかった。「なんならきさまたち、一人残らず踏み殺して、この世から根絶やしにしてやってもいいのだが。いま馬車に金貨を投げつけおった犯人、わかって、この近くにでもおれば、一気にひき殺して通ってやるのだが」

市民たちは、完全にふるえ上がっていた。そこは長い、苦しい経験で、いかにこの種の人物が、ちゃんと法の範囲内で、いや、法の範囲などどうでもよい、どんなことでもやれるものだということは、いやというほど知り抜いていただけに、一人として声を立て、手をあげるものがいないのはもちろん、仰いで正視できるものすらいなかった。そうだ、男の中にはいなかった。だが、ただ一人、例の編物をしていた女だけは、じっと目をあげて、まっこうから侯爵を見すえていた。だが、侯爵にとっては、そんなものに目を留めることさえ、威厳にかかわった。侮蔑《ぶべつ》にみちた視線を、女と、そしてすべてのねずみどもにチラリとくれると、そのまま再び座席にそりかえって、あらためて、「やれ！」と命じた。

馬車は駆け去った。そして見るまに、あとからぞくぞく他の馬車が続いた。大臣、国家的山師、収税請負人、法律家、聖職者、歌劇役者、喜劇役者――今や仮装舞踏会は、輝かしいばかりの流れをなして、通り過ぎた。ねずみどもは、ぞろぞろ穴からはい出して、見物に出ていたが、何時間となく立ちつくしてながめていた。たびたび軍隊や警官隊が、彼らとこの景観との間を隔てて過ぎ、いわば一つの障壁を作り上げるので、市民たちは、あるいはその蔭《かげ》にこそこそと隠れたり、あるいはその間からそっとのぞき見をするのだった。さきの父親は、例の包みを抱き上げると、いつのまにかとっくに姿を消していたが、それが噴水栓の台石におかれていた間、優しく世話していた女たちは、相変らずすわったまま、噴水のほとばしりと、そして仮装舞踏会の通り過ぎて行くのを、じっといつまでもながめていた――ところで、さっきからひときわ目立っていた編物の女だが、これはまたまるで「運命」のように、一瞬の休みもなく、相変らずまだ編み針を動かし続けている。噴水栓はほとばしり続け、水もまた勢いよく流れすぎる。やがて日は流れて、夜となり、このパリでも、多くの生命が、定命にしたがって、死の国へと流れ去った。歳月、人を待たず。ねずみどもは、再びその暗い穴の中で、お互い身を寄せ合うようにして眠り、仮装舞踏会の晩餐《ばんさん》は、再びあかあかと照明の下にかがやいていた。すべては、それぞれおのが道を流れていたのだった。

第八章　田舎での貴族

美しい風景。穀物は明るく実っているが、穂は細々とやせている。当然麦の実っているべきはずのところに、貧相なライ麦の畑。これも小麦がわりのエンドウ、ソラマメなど、文字どおりの蔬菜《そさい》畑。そこに働いている農民たち同様、非情の作物類にまで、何かいやいやながら伸びたとでも言いたいような気配——まるでいっさいをあきらめて、このまま枯れてしまいたいとでも言いたげな力なさが、ありありと見てとれる。

わが侯爵《こうしやく》閣下をのせた、四頭立てに御者二人という物々しい（そうだ、もっと軽装で結構だったのだ）旅行馬車は、今や険しい丘を、あえぎあえぎよじ上っているところだった。侯爵の顔は、赤々と燃えていたが、何もそれは、彼の高い育ちを傷つけるものでは少しもなかった。それは、内心から起ったものではない。落日という——これればかりは、彼の力でもどうにもならぬ外部の条件からきたものだったからである。

今や丘の頂上にさしかかった馬車に、夕日がまっこうから射《さ》し込んで、乗り手の体は、一面真っ赤に染められていた。「だが、もうすぐ沈みきるだろうな」と、侯爵は、両手をチラとながめて言った。

事実、夕日はすでに傾きつくして、いましも地平線に沈むところだった。車輪に重い輪止めをつけ、きな臭いにおいを立てながら、もうもうたる砂塵《さじん》を巻いて、馬車が下り坂にかかったころには、赤い夕映えはみるみる消えて、太陽も侯爵も、降り終って、やっと輪止めがはずされたときは、もはや夕焼けのなごりはなに一つなかった。

ただ、あとに残ったものは、目の前に広がる、険しい起伏の山野、――丘のふもとにつらなる小さな村、村の背後に続く広々とした野と丘、教会の塔、風車、狩猟用の森、そして牢獄《ろう》《ごく》代用になっている堡塁《ほるい》の立つ岩山だけだった。夜の闇《やみ》が深まるにつれて、だんだん黒くなってゆくこれらの景観を、侯爵は、あらためて故国《くに》入りをする人間として、悠然とながめわたしていた。

村というのは、たった一本、貧相な通りがあるきり、そしてそこには、これも貧相な酒つくり場、貧相な鞣皮《なめしがわ》工場、貧相な居酒屋、駅馬中継ぎ用の貧相な廐舎《きゅうしゃ》、貧相な共同水汲《みずく》み場など、それぞれおきまりの貧相な施設が並んでいる。もちろん村民もまた、貧乏人ばかりだった。みんな実に貧しく、今も、あるものは戸口にすわって、夕食用であろう、貧相な玉ねぎを刻んでいたし、また多くのものは、水汲み場に集まって、何か葉っぱだの、草だの、そのほか、とにかく食べられる限りは、あらゆる植物類を採ってきて、洗っていた。なぜ貧乏暮しをしなければならないか、彼らの顔には、はっきりその跡が表われていた。国税、教会税、領主税、地方税、そのほか何やかやの数多《あまた》諸税が、小さな村の厳《いか》めしい登記にしたがって、あちらへもこちらへも納められなければならなかった。むしろ村そのものが、よくもまあ飲まれてしまわないで残っているものだと、その方がむしろ不思議なくらいだった。

子どもの姿はほとんど見られないし、犬などは、一匹もいなかった。結局、村人たちにとって、この世での見通しといえば、次の二つのいずれかしかなかった――つまり、粉挽《こなひ》き場の下にあるこの小さな村で、ただ生命をつなぐだけという最低の生活で我慢するか、でなければ、あの断崖《だんがい》の上に高く、睥睨《へいげい》するようにそびえる牢獄の中に捕われの身となり、そして死ぬか、というだけだった。

供の者の一人が、まず先触れに走り、ついで御者のふる鞭《むち》が、まるで復讐の魔女《フューリーズ》(訳注 ギリシア神話に出るこの三姉妹の女神、頭髪が蛇になっていたので、この場合鞭に擬した)にでも侍《かし》ずかれてきたかのように、彼らの頭上に、蛇《へび》のようにしないながら、夜空を切ってピューッと鳴ると、やがて侯爵の馬車は、宿駅の門のところまで来て止まった。水汲み場のすぐそばだったので、農夫たちは、仕事をやめて、彼の方を仰ぎ見た。侯爵も、彼らの姿をながめわたしたが、そこに見たものは(むろん彼自身、気がついたわけではないが)、貧苦にやつれはてた彼らの顔、そして体の、いよいよ確実に痩《こ》け落ちている姿だった。それは、やがてフランス人のやせこけといえば、いわばイギリス人にとっての偏見になり、事実はなくなってからも、なお百年近くはそのまま残ったほどだった。

侯爵は、彼の前に並んでうなだれている従順そのものの顔を、あらためてながめまわした。ちょうどそれは、先に彼と同類の貴族たちが、さらに宮廷の大公の前に示したのと、まさに同じ格好だったが、ただ一つ、違う点といえば、ここのこの顔は、いずれもただ耐え忍ぶためだけに、うなだれているのであり、決してご機嫌《きげん》とりのそれではなかったことだ。が、そのとき、ふと道路直しの人夫が一人、群れの中に加わった。

「あの男を連れてまいれ！」供の者に、侯爵が言った。

男は、帽子を片手に、さっそく引立てられてきた。そしてほかの連中は、たちまち、あのパリの共同噴水栓《ふんすいせん》の場合と同じように、ぐるっと取囲んで、聞き耳を立てた。

「その方は、確か途中で見かけたな！」

「さようでございます。確かにお殿さまの車は、てまえのそばを通ってまいられました」

「丘を上っている時と、丘の頂とで、たしか二度だったな？」

「はい、さようでございます」

「だが、何をあんなにじっと見ておったのだ？」

「あの男を見ておりましたのでございます」

言いながら、彼は、ちょっと身をかがめると、青い色をしたボロ帽子で、馬車の下を指した。見ていた村民たちも、一斉《いっせい》に車の下をのぞいた。

「あの男とはなんだ？　なぜそんなところを見ておる？」

「恐れ入りますが、お殿さま、その男というのは、輪止めの鎖にぶら下がっていたのでございます」

「だから、誰《だれ》がだ？」

「はい、その男がでございます」

「この馬鹿者《ばかもの》どもが、悪魔にでもさらわれてしまうがよい！　その男の名まえは、なんというのだ？　その方ならば、この辺の人間はみんな知っているはず。誰だ、と聞いているのだ」

「なにとぞお情けをお願い申上げます！　それが、その男と申しますのは、この辺の者ではございませんので。まだ一度も顔も見たことのない男でございまして」

「鎖にぶら下がっていたというのか？　つまり、首をくくろうとでもいうのか？」

「いえ、恐れ入りますが、そこのところが、なんとも不思議なことでございまして。つまり、頭を、こんなふうに仰向《あおむ》けにしまして——」

言いながら、彼は、体を斜めに馬車の方へかしげ、ぐっとそのままそり返ると、顔は空ざまに振り仰いだまま、頭のほうはガックリとたれた。そしてまた元の姿勢に戻《もど》ると、またしてもモジモジ帽子をひねくりまわしながら、ペコリと一つ、頭を下げた。

「して、どんな男だった？」

「それが、お殿さま、粉屋よりももっと真っ白で、体じゅうまるで埃《ほこり》だらけ、まるで幽霊のように真っ白で、しかも幽霊みたいにノッポな男でございました」

聞くと、とたんに村民たちの群れは、大きく揺れ動いた。だが、彼らの目は、お互い表情を見交わすまでもなく、サッとばかりに侯爵の方に注がれた。おそらくこの偉い侯爵にも、やはり良心を苦しめる幽霊などがあるものかどうか、それが確かめたかったためでもあろうか。

「やれやれ、手柄者《てがらもの》だぞ、きさまは！　余の車に、泥棒《どろぼう》めがとりついているのを見つけながら、その鰐口《わにぐち》をあけてみるだけの気もきかなかったとはな！」さすがに彼も、こんな虫けら風情《ふぜい》を相手に腹を立てるのはおとなげないと、賢明にも気がついたのであろうか。「馬鹿馬鹿しい！　ギャベール、この男は、わきへ引き立てろ！」

ムシュー・ギャベールは、この村の駅長であり、ついでに、ある種の徴税の仕事も兼ねていた。ひどくペコペコした様子で出てきて、いまの尋問にも手を貸していたが、言われると、そこはいかにも役人気取りで、人夫の服の袖《そで》のところをつかんだ。

「さあ！　こっちへ来い！」

「ところで、その浮浪人とやらが、今夜もしこの村に宿をとるようだったらばな、ギャベール、しっかり検束しておいて、盗みなど働かせないようにするのだぞ」

「閣下、仰《おお》せかしこまってございます。喜んで、そのように取計らいいたしますでございます」

「だが、その男は逃げうせたと申すのだな？——なに、今のあの罰当りは、どこへ行った？」

そのとき、その罰当りは、すでに数人のある特別な仲間どもといっしょに、馬車の下にもぐり込み、例の青帽子で、問題の鎖を教えていた。だが、またほかの、これもある特別の仲間どもが数人、すばやく彼を引きずり出すと、ハァハァ息を切らせている彼を、侯爵の前へ連れてきた。

「その男というのは、あの輪止めをつけに馬車を止めたとき、すばやく逃げてしまったと申すのだな？」

「さようでございます。まるで川へでもとびこむみたいに、頭から先に、一目散に山腹を駆け降りてまいりました」

「ギャベール、しっかり手配をするのだぞ。さあ、出発！」

鎖をのぞきこんでいた例の仲間たちは、まだ羊のように、車の間に頭を突っ込んでいたが、そこへ突然、車が動き出したのだから、危うく五体が助かったというのは、まったくの幸運といってよかった。もっとも、彼らには、五体以外ほとんど助かるものはなかったろうし、またそうでもなければ、とてもこう幸運にはいかなかったかもしれない。

馬車は、勢いよく村を駆け抜け、すぐと背後の上り坂にかかったが、間もなくそれは、急勾配《こうばい》にはばまれてしまった。次第に速力は鈍り、人の歩みと変らなくなってしまい、何かいろいろと芳《かぐ》わしい、夏の夜の香りの中を、あえぐように上っていた。復讐《フユアリーズ》の魔女の代りに、今はイトユウのような無数のブヨの群れに悩まされながら、御者たちは、鞭の革紐《かわひも》の先を繕っていた。従者は、馬のすぐわきを歩き、先触れの供は、はるか前をぼんやりと、馬を打たせているのが聞えていた。

丘がいちばん険しくなったところに、小さな墓地があり、十字架と、建てたばかりの大きなキリスト像とが立っていた。みすぼらしい木彫の像で、いずれ誰か素人《しろうと》の田舎彫刻家でもが刻んだものであろうが、できばえは、よく研究して、実物——というのは、おそらく彫刻家自身の姿であろう——さながらだった。つまり、不気味なほどやせ細っているのである。

だんだん悪くなってゆく世相、それでいて、まだどん底だとはいえない暗澹《あんたん》たる世相の、いわばそのまま象徴かとさえ思えるこのキリスト像の前に、女が一人ひざまずいていた。馬車が近づいてくると、女は顔をあげて、馬車の扉《とびら》のところへ進み出た。

「ああ、お殿さまでございますか！　お殿さま、お願いでございます」

侯爵は、うるさいとばかり声を立てたが、さすがに顔色だけは変えないで、顔を出した。

「どうしたというのだ！　何事じゃ？　またしても願いごとだな！」

「お殿さま、お慈悲でございます！　森番でございます家《うち》の亭主《ていしゅ》が――」

「亭主がどうしたというのだ？　森番がどうしたというのだ？　きさまの言うことは、決っている。また何か払えないというのだな？」

「いいえ、納めるものは、みんな納めましてございます。いいえ、主人が死んだのでございます」

「なるほど、永眠したというわけか。生き返らせる力など、余にはない」

「ああ、そうじゃございません、お殿さま！　主人は、あの向こう、あのショボショボと生えた草の下に、眠っているのでございます」

「それで？」

「ところが、お殿さま、そうしたショボショボ草の生えたところが、幾らでもあるんでございます」

「だから、どうしたというのだ？」

ひどく老婆《ろうば》じみて見えたが、ほんとうは若いのだった。悲しみに、何もかも取乱したという格好で、静脈の浮いて見える、節くれ立った両手を、代る代る懸命にふり絞りながら、とうとう片手を馬車の扉にかけた——まるでそれが人間の胸であり、こうして訴えかける手を、そのまま感じてでももらえるかのように、優しく、愛撫《あいぶ》でもするように撫《な》でるのだった。

「お殿さま、お聞きくださいませ！　お殿さま、どうぞお聞きくださいませ、わたくしのこのお願いを！　わたくしの亭主は、貧がもとでなくなりました。貧ゆえに死ぬものが、いくらでもおります。まだまだ、これからも出るはずでございます」

「だから、どうしたというのだ？　そいつらを養う力が、このわしにあるというのか？」

「お殿さま、そんなことは、わたくしなど、一向に存じませんが、わたくしは、そんなことをお願い申しているのではございません。わたくしのお願いは、こうなんでございます。どうか亭主の眠っております場所に、石なりと、木なりと、亭主の名まえを書きつけまして、建てさせていただきたいのでございます。でなければ、そんな場所など、すぐ忘れられてしまうに決っております。それでは、いつか同じ病気で、わたくしが死にましたときにも、どこかさっぱりわからなくなって、わたくしは、別のショボショボ草の生えたところに埋められないとは限りません。お殿さま、死んで行くものは、たいへんな数でございますし、どんどんふえるばかりでございましょう。たいへんな貧の苦しみでございます。お殿さま！　お殿さま！」

従者が来て、彼女を扉口《とぐち》から押しのけた。と、急に馬車は早足で駆け出し、間もなく御者が、いっそう馬の脚を速めると、女はたちまちはるか背後に取残され、再び侯爵は、復讐《フュアリ》の魔女《リーズ》たちに守られながら、あと彼の城館までに残る一、二リーグ（訳注　一リーグは約三マイル）の道を、見るまにちぢめていた。

あたりには、快い夏の夜の芳香《かおり》が一面にたちこめており、それはまた、あの慈雨のように、ほど遠くない水汲み場に集まっているボロボロ服の埃だらけ、そして労役に疲れはてた人々の上にも、公平にたちこめていた。ところで、さっきの道路人夫だが、彼は、その集まった連中に対し、いわば彼の全存在ともいうべき例の青い帽子をふりまわしながら、とめどもなく、その幽霊のような男というのの話を述べ立てていた。だが、そのうちには、だんだん彼らもしびれを切らしたものか、一人去り、二人去り、間もなく小さな窓々に、明るい灯《ひ》がまたたくようになった。だが、それらの灯も、やがて窓が暗くなり、空には、星の数がふえるころになると、まるで消されたというよりは、むしろそのまま大空に打ち上げられたかのように見えた。

そのころ、侯爵の頭上には、高々と屋根をあげた大きな城館、そしてまた鬱蒼《うつそう》たる大木の森が、ようやくその影を落しかけていた。そしてその影は、馬車の車輪が止まるのと同時に、明るいたいまつの光と変り、ついで城の大扉が、ゆっくりと開いた。

「シャルルがくるはずだが、もうイギリスから着いておるか？」

「殿、まだでございます」

第九章 ゴルゴンの首

侯爵《こうしゃく》の城館は、見るからに巨大な建物だった。前には大きな石畳の庭があり、石造の階段が二つ、ずっと左右から上って、表玄関の前の石のテラスで一つになる。何から何まで石造で、どっしりとした石の欄干、石の甕《かめ》、石の花、そしてまたどちらを向いても、石を刻んだ人間の顔、獅子《しし》の頭だった。まるでこの建物が竣工《しゅんこう》した二百年前、すべてが、あのゴルゴン（訳注 ギリシア神話に出る女性。一にらみされると、すべてが石に化したという）の一にらみにでもあったみたいなながめだった。

侯爵は、馬車から降りると、たいまつを先に立てて、浅い段になった広い石段を上って行った。時ならぬ明りに、夜の闇《やみ》はかき乱され、はるか森の中の大きな廐舎《きゅうしゃ》の屋根に巣くっているふくろうが、ひと声高く抗議の叫びをあげたほどだった。だが、なにしろほかは、物音一つしない静寂だったので、石段を上るたいまつ、そしてまた玄関大扉の前に掲げられていたたいまつの火が、こうした夜の戸外というよりは、まるで閉め切った壮麗な広間でも燃えているような感じがする。ふくろうの声のほかは、何一つ物音はしない。わずかに聞えるのは、石の水盤に落ちる噴水の水音だけだった。というのは、その晩は、夜が、何時間となくじっと息を殺し、それからホッと長い、低い溜息《ためいき》を一つもらしたかと思うと、また再び息をつめるといわれる、あのうば玉の闇の一夜だったからだ。

大扉が、鏘然《そうぜん》と後ろ手に閉まると、静かに玄関広間を横切って進んだ。暗い、陰気な広間——周りには古い猪《しし》猟の槍《やり》や、刀剣や、狩猟用短剣などが並んでおり、さらにもっと無気味なのは、数知れぬ多くの百姓たちが、今こそ「死」という恩人のもとに憩《いこ》っているが、かつては領主の怒りにふれ、したたかそれで打たれた、大きな乗馬笞《むち》や乗馬鞭《むち》の展観であった。しっかり戸締りがされて、真っ暗な大きな部屋々々はむしろ避けて、侯爵は、相変らずたいまつの火を先立てながら、階段を上り、廊下に開いた、とある扉口まで行った。扉が開いてはいると、そこは寝室と控えの間が二つ——三部屋からなる彼の私室だった。高々とした天井、絨毯《じゅうたん》なしの冷やっとする床。さては冬のあいだ火を燃やす大きな薪架《しんか》など、いずれも貴族はなやかなりし時代、そして国にふさわしい、あらゆる贅《ぜい》が尽してあった。永劫《えいごう》絶ゆることなき現王統の先々代——ルイ十四世期風の様式が、ここ、この豪奢《ごうしゃ》な調度類にも、もちろんいちばん目立ったが、同時に、いわばフランス史歴代のさし絵ともいうべきさまざまの時代ものもまた、ちゃんと混じっていた。

三つ目の奥の部屋に、二人分の夕食が調えられていた。円形の部屋で、そこはこの城の、ちょうど火消し器（訳注　長い棒の先に先のとがった円筒形のものがついており、これで蠟燭の火を消して歩いた）の形をした塔が四つある、その一つの中になっていた。天井の高い、小さな部屋で、窓はいっぱいにあけ放ったままで、ベニス風ブラインドだけがぴったりと降ろしてあった。そんなわけで、暗い夜の闇は、石の色をした幅広いブラインドの板と、ちょうど互いちがいに、幾つかの細い黒の横線になって、うかがわれるだけだった。

「甥《おい》めは、まだ着かぬそうだな」夕食の支度を、軽くながめやりながら、侯爵が言った。

「さようでございます。でも、殿とごいっしょのこととばかり存じておりましたが」

「うむ！　では、今夜着くことは、まずあるまいな。だが、食卓はこのままにしておくがよい。十五分もすれば、わしは来るから」

確かに十五分すると、侯爵は、着替えをして現われ、ひとり豪勢な食卓についた。彼の椅《い》子《す》は、ちょうど窓と向き合いになっていた。彼はスープを飲み終り、さてボルドー酒のグラスを唇《くちびる》まで上げたところだったが、突然それを下に置いたかと思うと、

「なんだ、あれは？」と、側《そば》の黒い横線と石色の横線とのだんだらを、じっと見つめながら、静かに言った。

「殿？　あれと仰せられますと？」

「あのブラインドの外だ。ブラインドを上げろ！」

ブラインドは上げられた。

「どうじゃ？」

「殿、なんでもございません。ただ木立と夜の闇だけでございます」

言っておいて、侍僕《じぼく》は、ブラインドをさっと開き、虚《うつ》ろな外の闇をのぞき込んだ。そして今度は、その闇を背にして立つと、改めて命令を待った。

「よろしい」侯爵は、悠然《ゆうぜん》としていう。「元どおり閉めろ！」

ブラインドは元どおり閉められ、侯爵は食事を続けた。が、ちょうど半ばほど終ったとき、

またしてもグラスを手にしたまま、ふと食べるのをやめた。車の音が聞えたからである。それは、勢いよく近づいてきて、城館の前でピタリと止まった。

「だれが着いたのか、聞いてまいれ」

侯爵の甥だった。午後早く、すでに侯爵の背後、五、六リーグのところまでは来ていたのだった。ぐんぐん飛ばして、距離を縮めてきたのだが、とうとう途中では追いつけなかったというわけ。侯爵の馬車が先行していることは、みちみち宿駅で話を聞いていた。

侯爵は言った。食事の用意ができているから、すぐ来るように伝えろ、とのことだった。まもなく、彼は姿を現わした。イギリスではチャールズ・ダーニーと呼ばれていた、その当人だった。

侯爵は、ひどく慇懃《いんぎん》に迎えたが、どうしたわけか、握手はしなかった。

「パリは、昨日お発《た》ちになったんですね？」食卓につきながら、彼が聞いた。

「そうだ。おまえは？」

「わたしは、まっすぐに来ました」

「ロンドンから？」

「そうです」

「ずいぶんかかったわけだな」侯爵はニッコリ笑った。

「どういたしまして。直行して来たんですよ」

「これは失敬！　いや、わしの言ったのはな、べつに途中が長かったというわけじゃない、いよいよ出かけるのに、ひどく手間取ったということなのだ」

「いや、実は」と、甥は、ちょっとここで言葉を切りながら、「いろんな用事がありましてね」

「なるほど、そうだろう」叔父は答えた。

給仕がいる間、これ以上二人の間には、なんの言葉も交わされなかった。コーヒーが出、二人きりになると、甥は叔父の方を見上げ、あの立派な仮面にも似た顔と、ぴったり視線を合せながら、話を切り出した。

「ところで、わたしの帰国しましたのはね、多分もうお察しかとも思うんですが、あの国を出たときから考えていた目的を、今後も続けて行くためなんです。お蔭《かげ》で、思いがけない大きな危険にも遭いました。だが、これはあくまで神聖な目的なんです。たとえそのために仆《たお》れるようなことがありましても、わたしは、決してやめないつもりです」

「仆れるだけはよけいだな」と叔父は言った。「それまで言わなくともよい」

「いいえ、仮にわたしが、死の一歩手前まで行ったとしてもですよ」と甥は言い返した。「はたして、叔父上、あなたが制止してくださったかどうか、わたしは疑問に思いますねえ」

事実、とたんに例の鼻のくぼみが深くなり、あの冷酷な顔の細い横じわが急に伸びたかとさえ思えたその表情を考えると、そうした不吉な予感も決して無理ではなかった。もちろん叔父は、如才なく否定の身振りはして見せたが、それは明らかに、ただ育ちのよさがさせた一片の儀礼というだけのこと、安心などできるものではなかった。

「ほんとうのことを言えばですねえ」と甥の言葉はなおも続く。「少なくともわたしの知る限り、むしろ叔父上は、わたしが深い嫌疑《けんぎ》に包まれたとき、わざわざそれに輪をかけるような噂《うわさ》を流されたじゃありませんか」

「とんでもない」と叔父は朗らかに打消す。

「まあ、それはどうだか知りませんがね」と彼は、深い疑いをこめたまま叔父の顔をチラリとながめて続ける。「とにかく叔父上の方針というのは、なんとしても、わたしを止めさせようとおっしゃるんでしょう。しかもそのためには、手段の当否などはいっさい考えない」

「それなら、確かに、わしはそう言った」二つのくぼみが、ピクピクと脈搏《みゃくはく》のように震えた。「その点は、一つ思い出してもらいたいな、とっくの昔に、ちゃんとそう言ってあることだ」

「覚えています」

「それはどうもありがとう」侯爵は言った——ひどく優しい口調だった。

言葉の余韻が、まるでなにか楽器の音のように、消え残っていた。

「結局するとですね」と甥はまだやめない。「わたしが、こうして今もなおフランスでつかまらないでいるというのは、叔父上にはまことに不運、そしてわたしは、幸運というところでしょうかねえ」

「どうもよくわからんな」侯爵は、コーヒーを一口すすって、言った。「ぜひ一つ説明してもらえまいか？」

「わたしは思うんですが、つまり、もし叔父上が宮廷の不興をお買いになって、ここ何年か、今のような日蔭の身になっておられるという、そういうことさえなければですよ、おそらくわたしは、とっくに拘禁令状を受けて、いつ果てるともない牢獄《ろうごく》生活にぶちこまれていたんじゃないでしょうかねえ」

「それは、そうかもしれない」驚くほど冷静な口調で、叔父は言う。「家門の名誉とあれば、それくらいの憂《う》き目は見させたろうな。いや、これは少し言い過ぎたかな」

「だが、幸いなことに、一昨日の接見の儀は、相変らず冷たいものだったようですね」

「いや、幸いなことに、とまでは言いたくないな」相変らず、態度、口調は、物静かなものである。「必ずしもそうとは思わないからな。一人静かに考える機会を与えられるということは、まんざら悪いものではない。人間の運命を変えるという点じゃ、なまじ自分一人の力で、どうこうしようというよりは、はるかに大きな効果があるかもしれんからな。だが、幾らこんなことを論じ合ったところで意味はない。確かにおまえも言うとおり、わしはいま不遇の身だ。少しばかりおまえを懲《こ》らしめてやろうというこうした処置も、家門の権力、名誉を救おうという工夫も、さては少々おまえを痛い目にあわせてやろうという親心も、今では伝手《つて》でも求めて、うるさくお願いするのでなければ、なんにもお許しが出ないという始末だ。願い出るものは、数知れぬほどだが、許されるものは、まあ実に少ない！　以前は、こんなことはなかったのだが、そういう点、すべてフランスはもう末世だな。つい何代か前までは、このあたりの平民どもに対して、生殺与奪の権を握っておられたものだ。この部屋からでも、幾人そうした犬どもが引かれて行って、縊《くび》り殺されたかしれない。また、これはわし自身見て知っているが、この隣の部屋——あの寝室だが、現にあそこである男が、娘のこと——といっても、その男の娘だぞ——そのことで、なにかきわどい、思い上がったことを申上げたとかで、いきなり短剣で刺し殺されたというような例《ためし》もある。それから思えば、すっかり特権はなくなった。新しい哲学などが流行《はや》り出したからな。今では、わしたちの地位を主張することさえ、どんな厄介《やっかい》なことをかもし出すかもしれん。（しれんと言うのだ。出すだろうとまでは、どうも言いたくない）ああ、それにしても天道非なり、まことに非なりじゃ！」

侯爵は、小さく一つまみ嗅《か》ぎたばこをかぐと、頭を振った。自分という祖国再生のための偉材が、このとおり現にまだいるのに、なんという国のありさまだとでも言わんばかり。だが、そこはどこまでも貴族らしく、まことに悠揚、閑雅になげいて見せた。

「特権的地位の主張ということなら、わたしたち、昔も今も、ちっとも変りないじゃありませんか」甥の顔には深い憂愁が漂っている。「だもんで、わたしたちの家名は、フランスじゅうでもいちばん蛇蝎《だかつ》視されているはずですよ」

「それはむしろ望むところだ」叔父は言う。「高貴のものが蛇蝎視されるというのはな、卑《ひ》賤《せん》のものが、われにもなく払っている敬意の表われといってよい」

「でも、おそらくこのあたり一帯で」と甥の語調は少しも変らない。「叔父上、わたしの顔を見て、心からの敬意を表わしてくれるものなど、一人としていませんよ。あるものは、ただ恐怖と隷従《れいじゅう》からくる、暗い、陰鬱《いんうつ》な敬意、それだけです」

「それこそ、家門の偉大さに対する敬意というもの。つまり、われわれ一家が、今日《こんにち》までその偉大さを伝えてきた、それに対する当然の敬意ともいうべきものだな。はっはっ！」言いながら、彼はまたしても一つ嗅ぎたばこを嗅ぎ、軽く脚を組んだ。
が、相手は、片肱《かたひじ》をテーブルについたまま、いかにもなにか思い屈したとでもいうように、力なくその目を片手で押えている。美しい仮面の顔は、じっとそれを横目にながめていたが、その瞳《ひとみ》には、仮面が偽る無関心さなどとはおよそ遠い、えぐるように鋭い凝視、そしてまた嫌悪《けんお》が、こめられていた。

「弾圧だけが不易の哲学なのだ。おまえは恐怖と隷従の敬意と言ったが、いいか、それだけがあの犬どもを鞭の前にひざまずかせるのだ。この家の屋根が」と、ここで侯爵は天井を仰ぎながら、「大空をさえぎって続く限りはな」

だが、どうやらそれは、侯爵の考えているほど長くは、続かないかもしれぬ。やがてこれから数年後、この城館が呈すべきはずの光景、いや、ここばかりではない、同じような幾十の城館が、これも同じ数年後に見せるべき光景を、もしこの夜、侯爵が見ることができたとすれば、おそらく彼は、それらの真っ黒に焼け落ち、略奪に荒らし尽された、恐ろしい幾十の廃墟《はいきょ》の中に、はたしてどれをわが城館のそれと確認すべきか、はたと戸惑いしたのではなかろうか。また彼が誇示したあの屋根にしてもである。大空をさえぎるという、それは同じ、一つことにしても、意味は全く別だろうかもしれぬ——つまり、その屋根の鉛は、今や何万という小銃の筒先《つつさき》から射《う》ち出され（訳注　フランス革命では市民軍が、屋根の鉛などを熔かして、銃弾を造った）、それが見事命中した人たちの眼《まなこ》から、永久に大空をさえぎろうというのかもしれなかったからだ。

「だが、おまえなどがなんと言おうと、とにかくわしは、家門の名誉と安泰を守る。だが、きっとおまえも、疲れているに違いない。今夜の議論は、この辺で切り上げようか？」

「いいえ、もうしばらく」

「一時間か、なんなら？」

「叔父上、わたしたちは過ちを犯してきているのです。そして今過ちの実を刈り取っているのです」

「わしたちが過ちを犯した？」オウム返しに、侯爵は復誦《ふくしょう》した。そして不審そうにニコニコ笑いながら、軽く甥を、次には自分を、指さした。

「そうです、栄誉あるわたしたちの家がです。この栄誉というやつは、叔父上にも、わたしにも、二人ともに重大な問題なのですが、ただその重大さの意味が、あまりにも違うのです。わたしの父の代だけでも、わたしたちは、おびただしい過ちを犯しています。とにかくなんであろうと、わたしたちの快楽の妨げをした人間は、片っぱしから制裁して行ったのですからね。そうです、父の時代のことなどお話しする必要はなかったんですねえ。そのままそれは、叔父上の時代だったんですもの。父と双生の兄弟、共同の相続人、そしてまた父の直接世継でもあった叔父上を、どうして父とは別に切り離して考えられます？」

「離してくれたよ、死というやつが！」

「だけど、そのあと」と甥は答えた。「この恐ろしい組織と制度に金縛りにされ、その責任だけはとらされて、何一つ実権はないのが、わたしです。つまり、母の口から聞いた最後の願いを実現したい、そしてこれも母の最後の眼差《まなざ》し——明らかにそれは、慈悲を施し、罪の償いをしてほしいというふうに訴えていたと思うのですが、いかにそれに答えようと思っても、助けを求めてもだめ、力を求めてもだめ、そしてそのために、わたしは苦しんでいるのです」

「そんなものを、いかにわしに期待してもな」と、侯爵《こうしゃく》は、人差指で甥《おい》の胸を小突きながら(そのとき、二人は暖炉の前に並んで立っていたのだ)、言った。「まず永久にむだだろうな、これだけは言っておく」

彼は、嗅ぎたばこ入れを片手に、静かに甥の顔をながめながら、立っていたが、白皙《はくせき》といってもよい彼の顔の、例の細い横じわは、急に一本々々、キッと緊張に張りつめたかのように見え、あの冷酷さ、狡猾《こうかつ》さが、ありありと見えた。

彼は、もう一度、相手の胸を突いたが、それは、まるで彼の指先が、鋭利な短剣の切尖《きっさき》のように、しかもまことに見事な手並みで、いきなり彼のからだを刺し貫いたかのようだった。「だがな、わしは、どこまでも、これまで生きてきた制度をそのままに、永続を願って死ぬつもりだ」

言い終ると、最後にもう一つまみ嗅ぎたばこを嗅いで、あとは箱をポケットにしまった。

「おまえも、もっと道理のわかる人間になってだな」と、彼は、卓上の小さな呼鈴を鳴らしながら、言い添えた。「生れながらの運命には、ちゃんと従う方が、いいのじゃないかな。だが、ムシュー・シャルル、おまえには、もう見込みはなさそうだ」

「ここの財産も、そしてフランスも、もうわたしには縁のない存在です」彼は、悲しそうに言った。「どちらも、わたしは捨てました」

「捨てるというが、はたして二つとも、おまえのものかな？　なるほど、フランスはそうかもしれない。だが、財産の方はそうかな？　なるほど、言うにも足りぬほどのものかもしれぬが、それにしても、もうおまえのものだとでもいうのかね？」

「いや、わたしの今言いましたのはね、なにも今ほしいと言っているのではありません。ただ、仮にそれが、明日にでも叔父上から譲られるようなことになりましたら――」

「まずそんなことはあるまいな、わしのうぬぼれかもしれぬが」

「いや、これから二十年後だっていいんですが――」

「これはどうも、思いもかけないお世辞をありがとう」と侯爵が口を挟《はさ》む。「だが、やはりその方がうれしいな」

「それにしても、わたしは棄権したいと思います。そしてどこかほかで、もっと別の生活がしたいんです。捨てるといったところで、なんでもありません。だって、それは、ただ不幸と悲惨の累積《るいせき》だけなんですからねえ」

「ほう、なるほどねえ！」と侯爵は、豪華な部屋をながめまわしながら、言った。

「なるほど、見た目には一応立派でしょうねえ。だが、大空の下、白日の光の中で、ほんとうの姿を見てごらんなさい、それはただ、浪費と、乱脈と、搾取《さくしゅ》と、負債と、抵当と、圧制と、飢餓と、赤貧と、そして悲惨との塔、しかもくずれかかっている塔なんですからね」

「ほう、なるほど」と侯爵は、いかにも満足そうに、再び相槌《あいづち》を打った。

「それで、仮にもしわたしのものになるとすればですよ、わたしは、むしろもっと適当な人に、いっさい任せますねえ（仮にそんなことができるとしてなんですが）。わたしは、むしろその財産を、それが持つ大きな重圧から、徐々に解放してくれるような人に、一任したいと思いますね。そうなれば、ここを離れることもできないで、長い間苦しみの限りを耐え忍んできたあの不幸な人たちも、せめて次の代には、もっと苦しみが減りましょう。だが、それは、わたしにはできない。そこにこの財産、そしてまた全フランスの呪《のろ》いがあるのです」

「ところで、おまえだが」と叔父は言う。「少しよけいなことを聞くようだが、許してもらいたい。つまり、おまえはだな、その新しい哲学に従って、喜んで生きて行くつもりかな？」

「もちろん、生きてゆくためには、ほかの同胞の多くが——そうです、たとえ背後に貴族という後光を負っているにしてもですよ——おそらくいつかは、しなければならなくなるはずのこと、それをしなくちゃならないと思います——つまり、働くということですね」

「たとえば、イギリスでかな？」

「そうです。そうなれば、このフランスにおける限り、家門の名誉は大丈夫です。わたしのために汚《けが》されるということはありませんし、しかもフランスにさえいなければ、これまた家名の傷つけようもありません。つまり、家名など背負って歩いてはいませんからね」

さっきの呼鈴は、隣の寝室に明りをつけさせるためだったのだ。通路の扉《とびら》越しに、パッと明りのつくのが見えた。侯爵は、チラとその方をながめておいて、家令の足音の遠ざかるのを、じっと耳を立てて聞いていた。が、それからまた、静かに笑顔を甥の方に向けると、

「よほどイギリスが気に入ったようだな。おまえも、まあどうやらうまくやってるらしいところを見ると」

「それは、前にも申上げましたでしょう。イギリスで、なんとかまあやっているについては、確かに叔父上のお蔭《かげ》かもしれませんからね。でも、そのほかの点じゃ、イギリスは、わたしにとっての避難港なんです」

「そうだ、なんでも自画自賛屋のイギリス人どもは、言ってるようだな、イギリスは、おびただしい人間にとっての避難港だとか。そういえば、やはりフランス人で一人、難を避けているのを知っておろうな？　医者だが？」

「知っています」

「娘がいっしょであろう？」

「そうです」

「ふむ、そうか。おまえも疲れたろう。では、おやすみ！」

彼は、いとも慇懃《いんぎん》に頭を下げたが、笑みをたたえたその顔には、なにか秘密の影があった。そしてその言葉には、何か一抹《いちまつ》不可解な響きが感じられて、それが強く甥の目と耳とを打った。そして同時に、あの目の縁のまっすぐな細い線、薄い糸のような唇《くちびる》、さてはまた例の鼻のくぼみが、まるで美貌《びぼう》の悪魔とでもいった冷嘲《れいちょう》を浮べて、軽くゆがんだ。

「なるほど」と侯爵は、もう一度繰返した。「あの娘を連れた医者だな。なるほど。それで新哲学の始まりというわけか！　疲れたろう。おやすみ！」

　彼のこの顔に向って聞き返すよりは、まだしも城館の外を飾るあの石彫の顔に向って聞いた方がよかったろう。扉口《とぐち》の方へ進みながら、甥は、ちらとその顔をうかがったが、もちろんむだだった。

「おやすみ！」叔父はもう一度言った。「明日の朝また会おう。楽しみにしているからな。ゆっくりおやすみ！　さあ、明りをつけて、この甥をあちらの部屋へ案内するのだ！」だが、そのあと、ひそかに、「もっとも、なんならベッドの中で、そのまま焼き殺してしまってもよいぞ」とつぶやいてから、小さな呼鈴を鳴らして、家令を今度は自分の寝室の方へ呼んだ。

　家令が来て、やがてまたさがって行くと、侯爵は、ゆっくりくつろいだ部屋着のままで、部屋の中をぐるぐる回り始めた。この静かな暑い晩を、なんとか安眠のとれるようにとだった。柔らかいスリッパをはいた足は、足音一つ立てず、ただ衣《きぬ》ずれの音だけが、サラサラと動くにつれて鳴った。まるでしなやかな虎《とら》のような動きだった。あたかもあの物語に出る悪侯爵――改悛《かいしゅん》の見込みがないために、ときどき一定時間の間だけ、魔法の力で虎に変えられるのだが、今やそれが、元の人間に戻《もど》ろうとしているのか、それとも虎になりかかっているのか、まさにその瞬間とでもいった印象だった。

　なまめかしい寝室の中を、端から端までずっと歩く。と、今日一日旅の印象の断片が、次次と自然に心に浮んでくる。あえぐように上ったあの日没の山道、美しい落日、下り道、粉ひき小屋、断崖《だんがい》の上にそびえていた牢獄《ろうごく》、窪地《くぼち》の底の小さな村、水汲《みずく》み場にいた百姓たち、そして馬車の鎖を指し示していた青帽の道路人夫等々。そしてその水汲み場は、またあのパリの共同噴水栓《ふんすいせん》、台石に置かれていた小さな包み、それをのぞきこむようにかがみ込んでいた女たち、さらには両手を高くあげて、「人殺し!」と叫んでいたノッポの男のことなどを思い出させた。

「やっと涼しくなった。これなら寝られよう」侯爵は言った。

大きな暖炉の上に、一つだけ明りを消し残したまま、彼は、寝台の周りに、薄い紗《しゃ》の帳《とばり》を深くたらした。そして静かに目を閉じようとしたとき、彼は、深夜の静寂を破って、何か長い溜息《ためいき》のようなものを、ふと耳にしたような気がした。

外壁を飾る石造の顔は、ひどく重苦しい三時間ばかりを、じっと一心に夜の闇《やみ》を見つめていた。これもやはり重苦しい三時間ばかり、廐舎《きゅうしゃ》の馬どもは、一斉《いっせい》に秣架《まぐさかけ》を鳴らし、犬どもはほえ続け、そしてふくろうさえもが、いつも詩人たちによって歌われるふくろうの声とは、およそ似ても似つかない鳴き声を響かせていた。だが、彼らの目にははっきり見えていることも、決してこれを口外しないのが、これらの生物のかたくなな性情だったのだ。

重苦しい三時間ばかりもの間、城館の石の顔は、――人間の顔も、獅子《しし》の顔も――ただじっと夜の闇を見入っていた。見渡す限り、死の闇が立ちこめ、路上という路上の土ほこりまでが、死の闇によって、いっそうの静寂さを添えられていた。墓地のあの貧相な雑草の茂みまでが、今はもう誰《だれ》のものやら、けじめもつかぬまでになっていたし、例の十字架上の聖像も、どうやら打ち見た限りでは、しばらく下に降り立っているかに見えた。村では、収税人たちも、納税者たちも、今はぐっすり眠っている。おそらくは、飢えたものに限ってそうするように、盛大な饗宴《きょうえん》の夢でも見ていたのだろうか、それともまた苦役の奴隷や、軛《くびき》をかけられた牛などがよく見るという、安らかな休息をでも夢みていたのだろうか、とにかくやせこけた村人たちも、深い眠りに落ちて、夢の中だけでは、自由な、食べ飽きた人間になっていた。

見る者も聞く者もいないが、同じこの三時間ばかりを、水汲み場の泉は相変らず流れ、城館の噴水もまた、絶えまなく落ち続けていた――そしていずれも、「時」の泉から流れ続ける分秒にも似て、音もなく闇に飲まれて行くのだった。だが、やがてこれら二つの灰色の流れが、やっと亡霊のように、薄明の中に見え出したころ、城館の石の首もまた、おもむろに目を開いた。

あたりは次第々々に明るくなり、ついに陽光がパッと梢《こずえ》の頂をかすめたかと思うと、丘のあたりは、たちまち輝きにあふれた。朝の輝きの中に、城館の噴水の水は、たちまち血の色に変り、石彫の顔もまた真紅の色に映えた。小鳥たちは、高らかに喜びの歌をかなで、風雨に打たれた侯爵の寝室の窓敷居には、これも一羽の小鳥が止まって、およそ美しい歌声を、胸いっぱいに歌い上げていた。と、その瞬間、すぐそばの石の顔が一つ、まるであきれたように目を見はり、ポッカリ口をあいて、顎《あご》を落したかと思うと、急にガックリ何かにおびえたかのように見えた。

日は高く上り、村の動きも再び始まった。窓は一斉に開かれ、ガタピシする扉口も閂《かんぬき》がはずされると、人々は一斉に震えながら――まださわやかな朝の空気は冷たかった――外へ出てきた。村人たちの間では、またしても軽減を知らぬ一日の苦役が始まるのだった。水汲み場へ行く者、野良《のら》へ出る者。掘ったり、鋤《す》いたりしている男女がいるかと思えば、あわれな家畜類に餌《えさ》をやり、骨だらけの牛をひいて、ほんの形ばかり、路傍にある小さな牧草地へとゆく男女もいる。教会や例の十字架の前には、一人二人ぬかずく人たちの姿も見える。十字架の前のお祈りに、ついでにお相伴をつとめている牛どもは、いい機会とばかり、その下の雑草を朝食に食べていた。

城館の方は、やはり威容にふさわしく、ゆっくりと、だが、はっきりと確実に目をさます。初めは、まず猪《しし》猟用の槍《やり》と短剣とが、ポツンと昔ながらに赤く染まり、ついで朝の光の中に、燦然《さんぜん》と輝き出すのだった。扉も窓も、一斉にあけ広げられ、廐舎の中では、馬どもが扉口から流れ込むさわやかな朝の光を、肩越しにふりかえる。格子《こうし》窓の外では、木の葉がキラキラ光りながら、サラサラと鳴り、犬どもは、放たれるのを待ち切れないかのように、鎖を強くひっぱって、一斉に後脚で立ち上がる。

もっとも、すべてこうしたことは、毎日朝の立ち返るごとに繰返される決った些事《さじ》といってもよかった。だが、この朝ひどく違っていたのは、城館の大鐘がたちまち高らかに鳴りわたり、あわただしく階段を上り降りする人々の姿だった。またテラスの上は、にわかに人の往来が激しくなり、あちらでもこちらでも騒がしい靴音《くつおと》、そしてあわてて、馬に鞍《くら》を置かせたと見るまもなく、一目散に駆け去る人たちのあったことである。

ところで、この騒然たる気配を、例の半白の道路人夫に伝えたのは、どこのどんな風だったのだろうか？　そのときすでに彼は、村の背後の丘の頂で、仕事にかかっていたし、すぐそばの積み石の上には、鳥さえついばむ気にならないほど粗末な（おまけに、量も少ない）弁当包みが、のっかっていた。穀物の粒をついばんで、遠くへ運ぶ空の鳥でもが、たまたま種子《たね》でもまくように、その一粒を彼の上にふと落したのであろうか？　それはとにかく、道路人夫は、この蒸し暑い朝を、まるで気でも狂ったみたいに、膝《ひざ》まで深い土ほこりを蹴《け》散《ち》らしながら、まっしぐらに丘を駆け降りていた。そして水汲み場にたどりつくまで、ついに一度として足を休めなかった。

村人たちは、一人残らず水汲み場に集まっていた。相変らず元気のない面持《おももち》で、何かヒソヒソ小声でささやき合ってはいるが、ただ鈍い好奇心と驚きのほかには、これといった感情は、なに一つ表われていなかった。大急ぎで引っぱり出して来、なんでもその辺あり合せのものにつないだ牛の群れが、あるものは、ただぼんやりとながめているかと思えば、あるものはまた長々と寝そべって、いずれはあたりをブラブラ歩いているうちに拾ったものであろう、あまり嚙《か》みがいもない食べ物を、しきりに反芻《はんすう》しているのだった。城館の家臣たち、宿駅の人々、そしてまた収税関係の役人たちは、みんな何かの武器を手にして、ぼんやり気抜けしたような顔で、道路の反対側に押し固まっている。そのころ、道路人夫は、五十人ばかりもいたろうか、親しい仲間たちの間に入ると、しきりに例の青帽で自分の胸をたたいていた。そもそもこれは、なんの前兆だったのであろうか？　また同じころ、例のムシュー・ギャベールが、馬にまたがった召使の背後に押し上げられたかと思うと、そのままるで新版レオノーラ物語（訳注　ドイツに広まった十字軍伝説の女主人公。ある夜遠征に出ていた恋人に起され、その背後にまたがって連れ去られるが、それは実は恋人の亡霊だったという話。ドイツ、イギリスなどでよくバラッドや物語類の題材になっている）でも見るように（二人を乗せたまま）、一目散に駆け去ったというのは、果たして何の前兆だったのであろうか？

いや、それこそはあの城館の中に、また一つ石の首がふえたということの前兆だったのだ。この夜、ゴルゴンの目は、再び城館をながめわたしたのだった。そしてただ一つ、まだ欠けていた石の首、言葉をかえていえば、もうすでに二百年近くも待たれていたもう一つの石の首を、今日この日付け加えたのだった。

その首は、侯爵《こうしゃく》の枕《まくら》の上に横たわっていた。まるで美しい仮面のように見えた。突然ハッと驚いて、怒気を表わしたのがそのまま石に化した、それは見事な仮面だった。首に続いた石の胴体の心臓部には、一本の短刀が深く突き刺さっており、柄《つか》には、一枚の紙片が巻かれていたが、それには、こんな走り書きがあった――

「早々に墓場へ送れ！　ジャック記す」

第十章　二つの約束

それから一年の歳月が流れ、チャールズ・ダーニーは、イギリスで、フランス文学に通じた高級フランス語教師として、身を立てていた。今日ならば、おそらく教授になっていたかもしれない。だが、当時にあっては、ただの一家庭教師にしかすぎなかった。青年で、いま世界じゅうで使われている生きた国語の勉強に興味をもち、しかもその暇もあるというような人間がいると、そこへ行って、いっしょに本を読み、その豊富な知識や想像の所産に関して、それへの趣味を育て上げるのだった。おまけに彼は、それらについて立派な英語で書き、また直接立派な英語に翻訳することもできた。当時そうした教師は、珍しかった。かつては王族だったものや、将来王位につくはずだったなどという連中が、今では教師で食っているなどというのは、まだなかったし、また落ちぶれた旧貴族が、いつのまにかテルソン銀行の台帳からは消えて、とうとうコックになり、大工になっているというのも、まだいなかった。学識教養が深く、しぜん生徒の勉強をかぎりなく楽しい、また有益なものにしてくれる家庭教師という意味で、また二つには、単なる辞書的知識のほかに、さらに直接何ものかを与えることによって、研究効果を上げさせてくれる好翻訳者として、若いミスター・ダーニーの名声は、たちまち喧伝《けんでん》され、激励も受けた。おまけに、彼は、故国の情勢にもよく通じていたし、しかも当時は、ようやくフランスへの興味が高まりつつある時だった。そんなわけで、彼自身の根気、勤勉もあったが、とにかく非常な繁盛ぶりだった。

ロンドンでの彼には、もはや黄金の舗道を歩きたい気持もなければ、バラの褥《しとね》に寝たい気もなかった。もし彼に、そうした高望みがあったならば、おそらく彼は成功しなかったであろう。彼はただ働くことだけを望んだ。そしてそれを見つけ、やり、しかもできるだけ誠実に果たしてのけた。そこにこそ、成功の鍵《かぎ》はあったのだ。

生活の一部は、ケンブリッジで過した。ここでは大学生たちに本を読んでやった。つまり、ギリシア語やラテン語を、税関経由で輸入するのでなく、ヨーロッパ国語の密輸入を、いわば黙認の形で営む密輸業者として、教えていたのだった。そしてそのほかの時間は、ロンドンで送った。

ところで、あのエデンの園が常夏《とこなつ》を誇った大昔から、今はすべて末法の世、たいていは寒い冬であるという今日に至るまで、およそ男の世界のたどる道は、ただ一つ――つまり、チャールズ・ダーニーの歩んだ道だが――それはただ女の道、そして恋の道だったのだ。

彼は、あの危難の日以来、ルーシー・マネットを恋していたのだった。あのいたわりをこめて話しかけてくれた声音《こわね》、あれほどなつかしい、優しい声を、彼はまだ聞いたことがなかった。また彼が、いわばわがために掘られた墓穴の前に立たされていたとき、面と向い合った彼女の顔、およそこれほど優しく美しい顔を見たことがない。だが、そのことは、まだ彼女にも一度も話していなかった。高まる海波を越え、さらに長い長い土ほこり道を過ぎて、あの遠い古城——今では彼自身にとってさえ、何か漠《ばく》とした夢幻のようになってしまった石造の城郭——そこであの暗殺事件があってから、すでに一年が経《た》っている。だが、まだ胸の思いについては、ただのひと言すら、言葉に出しては打明けていなかった。

それについては、いろいろ理由のあることは、彼自身いちばんよく知っていた。再び夏がめぐってきたある日のことだった。つい最近ケンブリッジの出張教授から帰ってきたばかりの彼は、ふと足をあの静かなソーホーの一画に向けた。一度心のたけを、父ドクトルに打明けたいと思ったからだった。夏の日も暮れかけているころで、ルーシーがミス・プロスと外出していることも、わかっていた。

ドクトルは、窓ぎわの肱掛椅子《ひじかけいす》にすわって、本を読んでいた。かつてあの受難のもとにあっては、よく支えの力にもなったが、同時にまたその苦痛をいっそう激しいものにする原因でもあった彼の精力が、ようやくこのごろになって回復していた。今では実に精力絶倫、しかも剛毅《ごうき》な意志と、強力な決断と、そして旺盛《おうせい》な行動力の持主になっていた。もっとも元気さのあまり、ときには多少にわかに癇癖《かんぺき》を起すこともある。とりわけその他の諸機能が、元どおり回復し始めたころ、よくそんなことがあったのだが、しかしそれとて、決してたびたび見られたわけではなく、だんだんまれになっていた。

勉強はずいぶんするが、ほとんど睡眠はとらず、しかもそのひどい疲労に楽々と耐え、いつも変らず実に元気だった。その彼を、今やダーニーがたずねて来たのだった。彼の姿を見ると、ドクトルは本を置いて、手を差伸べた。

「おお、チャールズ・ダーニー君！ よく来てくだすった。この三、四日、もうお帰りだろうと心待ちにしていたもんですよ。昨日も、ストライバー、カートン両君が見えてくれてね、もう君も帰っているはずだ、なんて噂《うわさ》をしてたところですよ」

「そこまでわたしのことを、気にかけてもらうのは、たいへん光栄なんですが」と彼の答えは、ドクトルに対しては、ひどく慇懃《いんぎん》だったが、あとの二人に対しては、いささか冷やかな口調のようにも見えた。そして「で、お嬢さまは――」

「ああ、元気ですとも」ダーニーのちょっと口ごもったのを受けて、すぐにドクトルが言った。「君が帰ったことを聞けば、みんな大喜びだろうなあ。彼女《あれ》は、ちょっと家の用で出かけているんだが、なに、すぐに帰ってくるはずだからね」

「先生、お嬢さまのお留守なことは、存じてました。むしろわざとお留守を知ってお伺いしたようなわけなんです。ちょっとお話し申上げたいことがございましてね」

二人とも、ちょっと言葉がとぎれた。

「なるほどねえ」ドクトルは言ったが、明らかに何か困ったような表情を見せた。「じゃ、まあその椅子をこっちへ持って来たまえ。ところで、それで？」

言われたとおり、ダーニーは、椅子を引寄せた。だが、どうやらいっそう言いにくそうに見えた。そしてやっと口を切った時には、

「こちらへ参りましてからは、一年半ばかり、ほんとに親しくさせていただきまして、なんともうれしいことなのですが、それだけに、これから申上げますことが、もしかして――」

何かさえぎるかのように、ドクトルが手を差伸べたのを見て、彼も、ちょっと言葉を切った。そしてドクトルは、ちょっとしばらく差伸べたままにしていたが、やがてそれを引いたかと思うと、

「話というのは、ルーシーのことかね？」

「そうなんです」

「わたしにはね、今だけじゃない、いつでもそうなんだが、あの子のことを話すのは、辛《つら》いんだよ。また、ダーニー君、今の君のような口調で、あの子のことを話されるのを聞くのも、非常に辛いんだねえ」

「でも、先生、それは熱烈な賞讃《しょうさん》、心からの尊敬、そして深い愛の声なんですがねえ」それは深い尊敬といってもよい口調だった。

またちょっと沈黙があったが、やがてまたドクトルが言った。

「それはわかる。決して誤解などしてはいない。そりゃ、そうだろう」

迷惑らしい様子は、いよいよ明らかだった。しかもそれは、どうやら娘のことにはいっさい触れてもらいたくない、という気持から出ているらしいことがわかると、さすがのダーニーも、多少のためらいを感じた。

「申上げてもいいでしょうか？」

またちょっと沈黙。

「まあ、言いたまえ」

「先生は、もうわたしの申上げたいと思っていますことを、どうやらお察しになっておられるようですが、どんなに真剣な気持で申上げているか、また実際、どんなに真剣な気持だかと申しますことは、わたしのほんとうの心の秘密、またもう長い間、胸いっぱいにいだいていました希望、不安、おそれ、そうしたものをお話し申上げるのでなければ、とうていわかっていただけるはずはないと思うのです。先生、わたしは、心からお嬢さまをお慕い申上げております。ほんとに心から、何もかも忘れ、身も心もささげて、お慕い申上げているのです。仮にもこの世に愛というものがあるとしますならば、わたしこそ、お嬢さまを愛しています。きっと先生も恋をなすった覚えはおありでしょう。そうでしたら、どうか先生のその恋を、そのままわたしの恋とお考えください！」

ドクトルは、じっと顔をそむけ、目は床に伏せたまま聞いていたが、この最後の一句を聞くと、またあわてて手を差伸べながら、叫んだ。

「君、よしてくれ、その話は！　言ってもらいたくない！　お願いだ、その話は、思い出させないでほしい！」

それは、いかにもほんとに苦しそうな叫びだった。ずっとあとまで、はっきりダーニーの耳に残っていたほどの叫びだった。彼は、差伸べていた手を、強く振った。もうよしてくれと、訴えかけているかのようだった。ダーニーも、それを察して、そのまま黙ってしまった。

「いや、どうもすまなかった」とドクトルは、しばらくすると、声を落して言った。「君がルーシーを愛してくれていることを、疑うわけじゃない。その点は、安心していてもらっていい」

　彼は、すわったまま、ダーニーの方を向いたが、相手を見ようともしなければ、目を上げることさえしなかった。顎《あご》をがっくり片手の上に落し、白髪が顔いっぱいにたれ下がっていた。

「で、君はルーシーには話したのかね？」

「いいえ」

「手紙でも言ってないんだね？」

「そうです」

「君がそれだけ自分を押えてくれたというのは、きっと彼女《あれ》の父親のことを考えてくれたからに相違ない。それを知っていながら、知らない顔をするのは、やはり卑怯《ひきよう》というものだろうな。父親として、きみに感謝します」

　言いながら、片手を差伸べたが、目はやはり伏せたままだった。

「よくわかっています」ダーニーは、丁重に出た。「先生、ほとんど毎日のように、あなた方にお目にかかっているぼくですもの。あなたとお嬢さまとの間には、世間普通のとは違った特別の深い愛情、それはそうした愛情が生れるに至った事情を知らなければ、とてもわからない、したがって同じ父子《おやこ》の情愛とはいっても、ちょっとほかに類例のないような愛情のつながりがあることくらい、どうしてわからないはずがあります？　わかっています、先生――どうしてわからんわけがありますか？――そりゃ、ちゃんと一人前の女になられたお嬢さまとしての愛情、孝心ということもおありでしょうが、なおその上に、お嬢さまの胸の中には、あなたに対する、そう、まるで幼児のような愛情、信頼感をいだいておられるのです。子供の時分、孤児同然でおられたものですから、今では全身全霊で、ただあなた一人を愛しておられる。今の年ごろ、今の人となりからくるいっさいの誠実、いっさいの熱情の上に、まだあなたと別れておられた幼年時代の真心、愛情までいっしょに合せて、あなたを愛しておられるのです。ほんとによくわかります。仮にあなたが、あの世から生き返っていらしったのだったとしても、お嬢さまの目には、とても今のあなたがそうであるほど、それほど神さまのようなお父さまとしては、映らなかったでしょう。お嬢さまが、あなたの胸にいだかれていらっしゃる時、あなたの首を巻いている手は、赤ん坊の手、少女の手、女の手、それをみんな一つにしたものなんです。あなたを愛することによって、そこにお嬢さまと同じ年ごろの亡《な》きお母さまの面影《おもかげ》をしのび、そして愛しておられるのです。またお父さまのあなたにしても、わたしと同じ年ごろだったお父さまを愛し、悲しみに砕かれておられたころのお母さまを愛し、さらにまたあの恐ろしいあなたの迫害、そしてそれからの幸運な脱出という事実を通して、お父さまのあなたを愛しておられるのです。わかっています。そのことは、あなたのお宅で、あなた方と親しくさせていただきまして以来、いつもよくわかっていました」

ドクトルは、うなだれたまま、じっと無言ですわっている。幾分呼吸がはずんできたようではあったが、ほかに心の動揺らしい気配は、いっさい押えて見せなかった。

「先生、すべてこうしたことを、わたしは初めから知っていました。そしてお嬢さまとあなたのことは、すべて今申上げましたような、神聖な光の中で見ていましたので、男として我慢できる限りは、我慢してきました。たとえ僕《ぼく》の愛情――そうです、僕の愛情をもってしてでも――それをあなた方お二人の中に持ち込みますことは、何かあなたの一生の中に、あまりふさわしからぬものを持ち込むような気がしたのです。いや、今でもそんな気がしています。だが、それでもお嬢さまを愛さずにはいられません。天に誓って申します、ほんとに僕は愛しています」

「そりゃ、そうだろう」とドクトルは、悲しそうに答えた。「今までも、それはわかっていた。なるほど、そうだろう」

「だが、どうか誤解なさらないでください」

悲しげなドクトルの声を聞くと、どうやらとがめられてでもいるような気になったらしい。ダーニーは、言葉をついだ。「仮に僕が幸いにしてですよ、将来お嬢さまと結婚できることになるとしてですね、もしそのために、いつかあなた方お二人に、別れていただかなければならないなどということが起るのでしたら、僕は、決してこんなことを申上げることもできませんし、また申上げるつもりもありません。そんなことは、とうてい望みえないことだということもわかっていますし、またそれはさもしい根性だともいえましょう。たとえ遠い将来のことにせよ、仮にも僕が、そんな希望をいだいたり、胸に秘めたりしようものなら――そうです、一度でもそんな下心を持ったとしたら、――また持ち得るとしたらですね――とても今こんなふうに、あなたのこの手にさわることはできないはずです」

言いながら、彼は、自分の手をドクトルの手の上に重ねた。

「ねえ、先生、そうですとも。あなたと同じように、みずから進んで祖国を捨てたわたしです。祖国のあの動乱と弾圧と悲惨とに追われてきたわたしです。祖国を外に、自分一人の力で生きながら、より幸福な未来を信じているという点も、あなたと同じです。わたしの願いは、ただあなたと運命を共にし、あなたと生活、家庭を共にし、そして最後まであなたに従っていきたいという、ただそれだけなのです。あなたの子どもとして、伴侶《はんりょ》として、また味方としてのお嬢さまの特権を、別に分けていただきたいというのではありません。むしろそれに力を貸して、もしこんなことが言えますならばですが、お嬢さまとあなたとのつながりを、もっともっと強いものにしたいと思ってるんです」

彼の手は、まだおぼつかなげに、ドクトルの手の上に重ねられていた。ほんの一瞬だったが、といってまんざら冷淡でもなく、ドクトルは、その手にこたえると、静かに両手を椅子の肱にかけ、二人の話が始まって以来、初めて顔を上げた。顔には、明らかに何か苦悩の色が表われている。いつもよく彼の顔に表われる、何か暗い疑惑、恐怖に近い表情——明らかにそれとの闘いらしかった。

「ダーニー君、君の言葉は、実に男らしい、そしてうれしい。君の気持もよくわかった。心からお礼を言うし、わたしの気持も、すっかり——いや、すっかりとはいくまいだろうが——お話しよう。ところで、君には、ルーシーの方でも君を愛しているという、何か確信でもあるのかね?」

「いいえ、それがないんです。まだなんにもないんです」

「すると、今それをわたしに話しておいて、このさい一気にそれを確かめたいというのが、君のこの告白の目的なんだね?」

「いや、そうでもありません。そんなことは、まだここ当分望めないかもしれませんし、といってまた(間違っているかもしれませんが)、明日にでも来るかもしれません」

「そこで、君は、何かわたしに、手引きでもしてほしいというのかね?」

「お願いするわけじゃございません。でも、ただ思いますことはですね、もしあなたさえいいとお考えになるならば、それはしていただくことができるんじゃないか、ということなんです」

「じゃ、わたしに、なにか約束をしろと言うんだね?」

「そうなんです」

「じゃ、その約束というのは?」

「わたしもよくわかっているのですが、これは、もうあなたがはいってくださらなければ、とても望みはなかろうと思うんです。仮に今お嬢さまが、わたしのことを思っていてくださると仮定してもですよ——誤解なさらないでください。もちろん、わたしはそんな大それたうぬぼれなど持っているわけじゃありませんがね——ただ仮定として、仮にそうであったとしてもですよ、あなたに対するお嬢さまの愛情と衝突するようなら、とてもわたしなど受入れていただく余地のないことは、よく知っています」

「だが、もしそうだとしてもだね、まだほかにどんな問題が残っているか、おわかりかね？」

「それは、もちろんわかっています。もしだれか求婚問題について、お父さまのあなたから、何かひと言でも賛成のお言葉があれば、それはもうお嬢さまご自身の意向、いや、全世界よりももっと大きな力がある、と思います。だからこそ、先生、わたしは」とダーニーは、ひどく遠慮勝ちながらも、きっぱりと言い切った。「たとえどんなことがあろうと、そのひと言だけはお願いしたくないと思っているのです」

「それは、確かにそうだろう。だがね、ダーニー君、いったい人間というものは、完全に阻隔し合っている同士の間よりも、非常に愛し合っている同士の間に、かえってわからないことがあるものなんだ。つまり、後者の方が、はるかに微妙で、なかなかわからないんだねえ。その点だけは、娘でありながら、ルーシーの心は、いちばんわたしにわからない。何を考えているか、それさえさっぱりわからない」

「じゃ、失礼ですが、もしかしてお嬢さまには――」と、そこまで言って口ごもったのを、すかさず父親が引取った。

「ほかにも求婚者があると思うか、というんだろう？」

「そうです、それなんです」

ドクトルは、しばらく考えていたが、

「君は、ここでカートン君に会ったろう。それから、ストライバー君も、ときどきくる。だから、もしあるとすれば、まずその二人のどちらか、そのほかにはないねえ」

「それとも、二人ともか」

「二人ともとは考えたことがない。同様に、どちらかとも、まず思わないんだがね。ところで、君はわたしに約束しろと言った。いったい、どんな約束なんだね？」

「つまりですね、いつかお嬢さまの方から、今わたしが申上げたような告白を、お聞きになるようなことがありましたら、その時はですね、今わたしが申上げましたことを、先生もまた信じてくださることを、ちゃんとはっきり言っていただきたいのです。どうかわたしを信じていただいて、仮にもわたしの不利になるようなことは、おっしゃらないでいただきたいのです。この問題に関するわたしの利害関係については、もうこれ以上何も申上げません。お願いはこれだけです。これをお願いするについての条件、また先生として当然要求なすってしかるべき条件については、わたしは、いますぐにもちゃんと守りましょう」

「よろしい、無条件でお約束しよう」とドクトルは言った。「君の目的というのは、純粋に、そしてまたほんとうに今、君が言ったとおりだと信じよう。君の意向というのは、わたしと、わたしのもう一つの分身、しかもはるかに大事な分身との絆《きずな》を、そのまま続けるためでこそあれ、決して弱めようというのではないことを信じよう。そしてもし彼女《あれ》が、自分の完全な幸福にとっては、なんとしても君が絶対必要な人間だとでも言い出すようなことがあったら、わたしは、喜んで彼女を君にさしあげよう。ところで、もし、——ダーニー君、もしもだねえ——」

ダーニーは、感謝をこめて、彼の手を握っていた。そして二人手をつなぎ合ったまま、ドクトルは言った。

「想像にせよ、ちゃんとした理由にせよ、懸念《けねん》にせよ、はたまたそのほかのなんにせよ、仮にも彼女《あれ》が心から愛している人間にとって不利なような条件が、もしあったとしてもだねえ、——ただその直接責任者が、その男でさえなければ——わたしは、過去現在ともに、彼女《あれ》のためを思って、いっさい忘れてしまうことにしようからね。とにかく彼女《あれ》は、わたしにとってのいっさい、苦難よりも、迫害よりも、はるかに以上のものなんだ。少なくともわたしにとっては——いや、こんな話はつまらん。よそう」

だが、不思議にも、その時彼は、急にポツンと押し黙り、それといっしょに、異様な眼差《まなざ》しをして、じっと彼を見つめた。ダーニーは、一瞬握られている手が、氷のようになったかと思った。そしてドクトルの手がゆるむのといっしょに、パタリと下に落ちた。

「君は、さっきなんとか言ったねえ」ドクトルは、再び顔をほころばせながら、言った。「なんと言ったんだね?」

ダーニーは、なんと答えていいか、わからなかった。だが、そういえば、条件の話をしていたことを思い出して、それでやっとホッとしたのか、

「先生の方で、それだけわたしを信頼してくださるのでしたら、わたしもまた、同じ信頼でお報いしなければいけないと思います。ところで、わたしの名まえはですね、母方の姓をほ

んのちょっと変えただけですが、それにしても、まだ覚えていらっしゃると思いますが、決して本名ではありません。だから、その本名と、なぜイギリスへ来るようになったかということを、申上げておきたいと思います」

「よしたまえ！」ドクトルは言った。

「いいえ、申上げたいと思います。先生のご信頼に対し、よりよくこたえるためにも、またわたしの秘密をなくすためにも、申上げておきたいと思います」

「よしたまえ！」

彼は、一瞬手で両耳を押えたかと思うと、次にはさらに、両手で相手の唇《くちびる》を封じさえした。

「それはね、わたしが聞きたいと言った時に、話してくれたまえ。今はいけない。君の求婚が成功し、そしてルーシーが、君を愛するようになったら、一つ結婚式の朝、聞かしてもらおう。約束してくれるかね？」

「結構ですとも」

「じゃ、握手。彼女《あれ》は、もうすぐ帰ってくると思うが、今夜は、わたしたち二人でいるのを見られない方がいい、と思うな。だから、帰りたまえ！　さよなら！」

チャールズ・ダーニーが帰って行った時は、もう暗くなっていた。そしてルーシーが帰ったのは、それから一時間後、もっと暗くなっていた。彼女は、一人大急ぎで、部屋にはいって行った――ミス・プロスは、まっすぐ三階へ上がってしまったのだ。だが、見ると、驚いたことに、ドクトルの読書用椅子《いす》には父の姿はない。

「お父さま！　お父さま！」彼女は呼んだ。

答えはなかった。だが、ふと聞き耳を立てると、彼の寝室から、何か金鎚《かなづち》でもたたいているような音が聞える。さっと間の部屋を抜けて、寝室の扉口《とぐち》をのぞきこんだが、とたんに、何かものにでもおびえたように駆け戻《もど》ると、体じゅうの血も凍るような思いで、思わず心の中で叫んだ。「ああ、どうしましょう！　どうしましょう！」

だが、不安はほんの一瞬だけだった。また引返すと、そっと扉《とびら》をノックして、小声に名を呼んでみた。と、声に応じて、例の物音はぴたりとやみ、やがて父の姿が現われた。それから長い間、二人は部屋の中を歩きまわっていた。

その晩、彼女はベッドから降りて、父の寝顔をのぞきこんでみた。ぐっすり眠っているようだった。そしてあの靴《くつ》つくりの道具箱も、あの半製品の古い靴も、そっくりいつものままだった。

第十一章　双幅の一枚

「シドニー」と、その同じ晩、というよりもすでに明け方、ミスター・ストライバーは、彼の山犬に向って言った。「ポンチをもう一杯。ちょっと君に話がある」

シドニーは、その晩も、前の晩も、そのまた前の晩も、いや、何日間となく毎晩ぶっ続けに、昼夜兼行で働いていた。長期休廷期がくる前に、ミスター・ストライバーの書類を、一挙にかたづけてしまう必要があったからだった。だが、とうとうその調べもすんだ。ストライバーの延滞仕事も、見事にかたづき、やがて十一月が、大気の霧と裁判所の霧とをいっしょにもってきて（訳注　最後ミケルマス期の法廷が開かれること）、再び儲《もう》け仕事ができるまで、いっさい仕事からは解放の形だった。

だが、これほど刻苦勉励したにもかかわらず、シドニーの顔は、少しもはずまず、酒の機《き》嫌《げん》も相変らず薄らいでいなかった。むしろ徹夜をするので、例のぬれタオルの必要はいよいよ度重なるし、またそれに応じて、タオルを当てる前の酒の量は、ますますふえるばかりだった。そして今タオルのターバンをとって、この六時間、たびたび新しく絞り直した洗面器の中へ、ポイと投げ捨てた時には、もう完全にへとへとになっていた。

「おい、頼んだポンチ、こしらえてるのかい？」でっぷり太ったストライバーが、両手をバンドに突っ込んだまま、仰向《あおむ》けに寝そべっている長椅子から、クルリとふりかえって言った。

「こしらえてるよ」

「ところで、ねえ、シドニー。ちょっと話があるんだ。驚くかもしれんが、この話を聞いたら、きっと君も、僕《ぼく》を見直してくれるんじゃないかな。いつも僕のことを、ひどくチャッカリ屋みたいに思ってるらしいんだが。つまり、僕はね、結婚しようと思うんだ」

「ええッ？」

「そうなんだよ。何も金のためじゃないんだぜ。どうだね、君の意見は？」

「別に、どうって言うことはないがね。だが、相手というのは、誰《だれ》なんだね？」

「当ててみろよ」

「僕の知ってる女？」

「当てろ、って言ってるんだよ」

「とてもそんな気にはならないねえ。まだ朝っぱらの五時だし、頭の中は、まるで脳味噌《のうみそ》がグラグラ煮えくりかえってるようなもんだからねえ。ぜひとも当てさせたいというんなら、一つ晩飯でもおごるんだな」

「うむ、それじゃ、言ってやろう」と、ゆっくり起き上がって、ストライバーは言った。「もっとも、言ったところで、君には、とてもわかりそうにはないがね。なにしろ君という男は、およそ鈍感なぼくねんじんだからな」

「そうだよ、そして君は」とシドニーは、ポンチを混ぜ合せながら、やりかえす。「なるほど、多感な詩人だよ」

「おい！」とストライバーは、意気揚々と高笑いしながら言う。「そりゃね、僕は何も自分がロマンスの化身だなんてはうぬぼれないよ（それくらいのことは、僕だってわかってる）。だが、それにしても、君よりは優しい心の持主のつもりだからな」

「そりゃ、強《し》いて言えば、君の方が、より運がいいというだけさ」

「そんなこっちゃない。僕の言う意味はな、僕の方が、そうだ——僕の方が——」

「なんだ、そのことなら、女に甘いってことだろう？」

「そうだ！　女に甘い？　それもいいだろう。つまり、僕の言ってる意味はだな」と、まだポンチを作りかけているシドニーを顧みて、得意然として言う。「僕という人間は、女性との交際において、君などよりも、はるかに女へのサービスということを考える、また努力もする。そして事実、それにはどうしたらよいかということも、よく知っているというわけだな」

「なるほど、もっと続けたまえ」

「いや、待った。それよりも前にね」とストライバーは、ひどく高飛車に頭をふりふり続ける。「このことだけは、はっきり言っておいてやろう。いったい君はね、ドクトル・マネットの家へ行ったことじゃ、僕に負けない。いや、僕よりも多いかもしれないね。ところがだ、あそこでの君の仏頂面《ぶっちょうづら》にいたっては、僕は、もう実に恥ずかしい思いばかりしている！　君の態度ときた日には、全くひと言も口をきかない、全くの仏頂面で、あれじゃまるでふてくされだよ。実際、僕は恥ずかしくてたまらん！」

「だが、少しは恥ずかしく思うのも、法律商売の男には、かえっていいかもしれないねえ」シドニーも負けていない。「僕などは、大いに君から感謝してもらっていいはずだ」

「どっこい、そんなことで逃げようたって、だめだぜ」と、まるで被告の第二答弁でも引受けたみたいに、ストライバーもやりかえす。「とんでもない、シドニー、これだけは君に言ってやるのが、僕の義務だと思ってる――つまり、君のために、はっきり面と向って言ってやるんだがね――実際、君という男は、ああした交際では、全くもって困った代物《しろもの》。つまり、実に不愉快な男だってことよ」

シドニーは、自分で作ったポンチの大杯を、グッと飲み干しながら、大声に笑った。

「僕なんか見ろ！」いよいよストライバーは威丈高だ。「僕はね、君なんかよりちゃんと生活の独立もあるんだから、ほんとうを言えば、サービスをする必要なんかないんだ。それだのに、する——なぜだか、わかるかね?」

「だが、君がそんなサービスをしてる図なんて、まだいっぺんだって見たことないねえ」シドニーがつぶやくように言う。

「つまりね、その方が得だからするんだ。ちゃんと主義信念があって、やってるんだな。まあ、見ろよ! なかなかうまく行っている」

「だが、君の結婚話とかいう方は、一向に出ないじゃないか」シドニー・カートンは、さりげなくチクリと言う。「ぜひそいつは頑張《がんば》ってもらいたいねえ。僕の方はね——これはもう、今さらどうにもならんということが、まだわからんのかねえ?」

それには、幾らか軽蔑《けいべつ》の口調さえ交っていた。

「そんなことを考える必要はないさ」ストライバーの答えは、むしろなだめでもするような口吻《こうふん》だった。

「もちろん、そんな必要はないさ。そんなことはわかってる」とシドニー・カートン。「だが、誰だね、その女性というのは?」

「それじゃ、名まえを言うがね、君、気を悪くはしないだろうな?」いよいよこれから告白をしようというのに、相手を驚かすまいというのであろうか、ひどく友情をでも強調するかのように、「というのはね、いったい君という男は、口と心とがしばしば違う。もっとも、いっしょだろうと、そんなことは、別にたいしたことじゃないかもしれんがね。つまり、今僕がこんな前置きをするというのはね、いつか君は、この女性のことを、けなすように言ったことがあるからなんだ」

「僕が？」

「そうさ、しかもこの部屋でさ」

シドニー・カートンは、まず自分の前のポンチをながめ、次には得意満面の友人を見やった。それからポンチをひと飲み、そしてまた得々とした顔の友人を見た。

「君はね、このお嬢さんのことを、金髪のお人形さんと言ったさ。お嬢さんというのは、ミス・マネットのことなんだよ。シドニー、もし君がだよ、仮にもこうしたことに関して、細かい心づかいや、繊細な神経の持主だというならばね、やはりそうした言い方に対しては、僕も少なからず憤《いきどお》りを感じたろうと思うねえ。だが、君の場合は違う。もともとそうした神経の全然ない男なんだ。だからこそ、僕は、君のその言葉を思い出しても、少しも腹は立たん。ちょうどさっぱり絵のわからない人間が、幾ら僕の絵を見て、なんと言おうと、また全然音楽に耳のない人間が、僕の作曲に対してなんと批評をしようと、そんなことは、蚊の鳴くほどにも感じないのと同じだね」

カートンは、ポンチのガブ飲みを続けた。大杯を傾けては、ストライバーの顔をながめている。

「さあ、これでみんな話した」とミスター・ストライバーは言った。「財産のことなんか、どうだっていい。とにかく実にいいお嬢さんだからな。僕は、もうしたいとおりにすることにした。それに、まあ、したいことをやれるだけの余裕はあるつもりさ。あの娘《ひと》も、僕とさえ結婚すれば、今でもすでに相当の成功くらいまでには行っているばかりか、今ちょうど日の出の勢いという人間、そして何はともあれ、ある程度の知名人を夫に持つわけだからね。あの娘《ひと》にとっても、ちょっとした好運というわけだが、また事実、立派にそれにふさわしい女性だよ、あの娘《ひと》は。驚いた？」

カートンは、相変らずポンチのグラスを傾けながら、「驚いたって？　なぜだね？」

「じゃ、賛成だね？」

カートンは、またしてもポンチを飲みながら、「あたりまえじゃないか」

「なるほど！　じゃ、君は、この問題、僕が思っていたより、簡単に考えてくれるらしいな。また僕のことについても、思ってたよりあっさりしてるようだな。もっとも君とは古い相棒のこの僕が、一度思い立ったからには、必ずやりとげなくちゃおかん人間だということくらいは、きっと知ってるだろうけどね。ところで、そうだ、シドニー、僕も、もう今のような生活は、つくづくいやになっちまったんだ。何かほかに変化でもあれば、まだしもなんだが、それも全くないんだからね。やっぱり家庭にでも帰りたいというような気持になった時、ちゃんと家のあるのは、いいもんだろうからな（なに、いやな時は、帰らなきゃあいいさ）。

それに、あのミス・マネットという娘《ひと》はね、社会のどこにいたって、ちゃんと立派にやっていける人だと思うし、僕としては、ありがたいことばかりだよ、ね。まあ、そんなわけで、決心したというわけさ。そこで、こんどは、シドニー、君の番だが、僕は一つ、君の将来について、忠告しておきたいねえ。どうだ、君はだいぶ困ってるんだろう。いや、実際困ってるはずだ。第一、君は金の価値というものを、ちっとも知らない。だから、貧乏暮しをして、いや、もうすぐ行きついちまうに決ってる。そしてあとは、貧と病気さ。ほんとうの話、そろそろ面倒を見てくれる女のことを、考えなくちゃならん時期だぜ」

いかにも羽振りのよさをたのむかのような彼のこうした口調は、いよいよ彼を思い上がったふうに見せ、それだけにまた輪をかけて鼻持ちならぬ男にしていた。

「だからこそ、勧めたいんだが」とストライバーは、いよいよいい気になってくる。「この問題、ひとつ本気に考えるんだな。やり方は違うが、僕も真剣に考えた。だから、君も、そこは君流でいいから、考えるんだよ。つまり、結婚さ。だれか身辺の面倒を見てくれる人間をおくんだねえ。なるほど、君は、女との交際など面白《おもしろ》くないというし、またそんなことはわかりもしない、腕もない、という方だろうが、そんなことは、どうだっていい。とにかく、誰か見つけるんだねえ。ちょっとした小金でも持った、誰かちゃんとした女——たとえば下宿のおかみとか、間貸しの女主人《あるじ》とか、まあ、そんなところだろうが、とにかく結婚するんだねえ。まさかという時もあるからな。ともあれ、これがまず君の当面の問題。シドニー、少しは考えてみるんだねえ」

「よし、考えよう」とシドニーは答えた。

第十二章 粋人

さて、寛仁大度《かんじんたいど》にも、彼の好運のすべてを、あげてミス・マネットに贈ろうという決心をしたミスター・ストライバーは、同じことなら彼女のその幸福を、彼が長期休廷で田舎へ行く前に、早く彼女にも知らせてしまったら、と決心した。ところで、その点は、いろいろ胸の中で考えた末、結局到達した結論というのは、それにはまずいっさいの予備手続きを、前に済ませてしまった方がよい。そして実際の結婚は、ミケルマス期の一、二週間前にするか、それともミケルマス期とヒラリー期との間にある短いクリスマス休みにしたものか、そうしたことは、そのあとゆっくり取決める暇はあるだろう、というのだった。

彼の立場の有利さについては、一点の疑念も持っていなかったし、むしろ判決までの見通しさえ、すでにはっきり見て取っていた。いわゆる世俗物質上の根拠——考える意味のあるのは、ただその点だけだった——については、すでに陪審員たちとも話し合ってみたが、どうやらこれは明々白々の事件であり、彼としてはなに一つ弱点は考えられなかった。彼は、自分をいわば原告として召し出してみた。だが、その証拠の信憑性《しんぴょうせい》をくつがえしうるものは、なに一つとしてなかった。ついには被告側弁護人もその弁護を放棄するし、陪審員は、別室合議の必要さえ認めなかった。こうして裁判の結果、裁判長ストライバーは、これほど世にも明白な事件はあり得ない、と確信した。

そこで彼は、まず長期休廷の仕事始めに、ひとつミス・マネットに、ボクスホール遊園（訳注　テイムズ川南岸ランベスにあった有名な遊楽地）へご案内したいということを、正式に申出てみた。それがだめだとなると、それならラニラ遊園（訳注　同じくテイムズ川北岸チェル・レーにあった）は、と言い出した。不思議なことに、それもだめということになったので、今度は仕方がない、みずからソーホーへまかり出て、いよいよその気高い決心を公表することにした。

そんなわけで、長期休廷が始まってまだほんの間もない一日、ミスター・ストライバーは、テンプルから、肩で風を切って、ソーホーへと出かけた。その彼の体が、まだテンプル・バーの聖ダンスタン教会側にあり（訳注　つまり、ソーホーと反対側の意）、かよわい人間などははねとばすかのように、舗道の上をまことに意気揚々と、今やソーホーに向って首を突っ込もうというその瞬間、もし彼の姿を望見したものがあったならば、おそらく彼の立場の強固さを、心から信じたに違いない。

たまたま道は、テルソン銀行の前を通っていた。銀行は彼の取引銀行だったし、おまけにミスター・ロリーは、マネット家の親しい出入りとして、彼も知っていたので、いっそのこと、今ちょっと立ち寄って、ソーホーの空に瑞雲《ずいうん》浮ぶという吉報を、ひとつミスター・ロリーにも聞かせてやろうかという気がふと起った。扉《とびら》を押すと、それは弱い咽喉声《のどごえ》のように、ギーッときしんで開いた。ころぶように段を二つ降り、二人並んだ老出納係のわきを通り抜け、いきなりかび臭い奥の部屋へ飛び込むと、いつものとおり、ミスター・ロリーは、大きな罫紙《けいし》の帳簿を前にして、すわっていた。そばの窓には、鉄の格子《こうし》が何本か縦にはいっており、まるで窓にまで、数字記入の罫が引かれ、そして天《あめ》が下のものはことごとく、〆高《しめだか》として、そこに書き込まれているかのようだった。

「よう、ロリー君！」ミスター・ストライバーが声をかける。「こんにちは。元気だろうねえ！」

いつ、どんな場所にいても、ひどくかさ高に、のさばって見えるのが、ストライバーの持って生れた特徴だった。とりわけテルソン銀行の建物の中では、それがひどい。はるか遠くのすみで仕事をしている老行員たちまでが、まるで彼が来たために、にわかに壁ぎわへでも押しつめられたかのように、険しい顔をして彼を見た。はるかずっと奥の方で、ゆうゆうと新聞を読んでいた頭取さえが、これもまた責任を背負った彼のチョッキの中に、いきなり頭でも突っ込まれたみたいに、急にむずかしい顔になって眉《まゆ》をひそめた。

だが、そこは抜け目のないミスター・ロリーのこと、そうした場合の模範的応答とでもいわんばかりに、いとも静かに、「これは、これは、ストライバーさん。いかがです？」と答えて、手を握った。しかもその握手には、頭取のにらみが行内を圧している場合、いつもこの行員たちが、お得意の客を相手にする握手と同様、一種独特の仕方があった。つまり、それは、あくまでもテルソン銀行を代表してやっているのであって、いわば完全に自分を消した握手だった。

「何かご用でございましょうか？」完全な事務屋としての、ミスター・ロリーがきいた。

「いや、なに、そうじゃないんでね。実は、全くの私用でおたずねしたわけなんだ。つまり、ちょっと君とだけ話したいことがあってね」

「ああ、そうでございますか」と、耳はさっそく彼の方へ向けながら、目はすばやく遠くの頭取の方をチラリと見た。

「実はねえ」と言いながら、ストライバーは、親しげに両腕を机についた。が、そうなるとまた、ゆうに普通の二倍はあるその机が、まるで彼のためには、小机にも足りぬほど小さく見えるのだった。「実はね、今僕《ぼく》は、あの可愛《かわい》らしいミス・マネット、あのお嬢さんに結婚申込みに出かけるところなんでね」

「ヘッへえ、なるほどねえ！」とミスター・ロリーは、顎《あご》を撫《な》で撫で、不審そうに相手を見上げながら、言った。

「ヘッへえ、だと？　ねえ、ロリー君」ストライバーは、ひと足《あし》体を退《ひ》いて言う。「ヘッへえ、ときたねえ。そりゃ、君、どういう意味なんだい？」

「いえ、わたくしの申しました意味はですね」と、相変らず事務屋の答えだ。「もちろん先生の味方として、先生のお立場も十分考えましたうえで申上げておりますんで、先生としましては、まことに結構なお話だと存じております――いえ、もうわたくしの申上げます意味だなんて、そりゃ、もうなんとでも、先生のお察しどおりのもんなんでございますが、ただですな――こりゃ、もう先生もご存じだと思うんですが――」と、そこまで言ったかと思うと、急に言葉を切って、まことに奇妙なふうに頭を振った。まるで胸の中では、何か思わず押え切れないものでもあるというのか、「そこが、先生、あまりにも先生すぎて困るところでしてねえ」とでも言い添えているかのようだった。

「なんだと！」ストライバーは、目をむき、大きな呼吸を一つフーッと吹いて、まるで食ってでもかかるように、平手でピシャリと机を打った。「何を言ってるんだか、さっぱりわからん！　この首縊《くびつく》り野郎が！」

首縊りの支度とでもいうところか、ミスター・ロリーは、小さな仮髪《かずら》の両耳のところを、ちょっと直して、鵞《が》ペンの羽根を口にかんだ。

「くそったれめが！」ストライバーは、にらみつけるようにして、言う。「僕には資格がないとでもいうのか？」

「どういたしまして、ありますとも。資格は十分でございますとも！　資格なんてことでしたら、もちろんおありになりますとも」

「じゃ、商売の方がだめだとでもいうのか？」

「いや、どうも！　ご商売の方なら、たいしたもんでございますよ」

「じゃ、出世の見込みは？」

「そりゃ、ご出世の方でしたら、なおさら」とミスター・ロリーは、またしても同意を表わせるのが、うれしかった。「誰《だれ》一人お疑い申上げる者などございません」

「じゃ、いったい、君は何がいいたいんだね？」と、ストライバーは反問したが、事実は、目に見えてへこたれているようだった。

「いや、なに、その——で、これからお出かけになるところなんですか、あそこへ？」

「質問に答えろ、さっさと！」言いながら、ストライバーは、もう一度机をげんこで打った。

「じゃ、もしわたくしだったら、参りませんねえ」

「なぜだ？　それじゃ、ひとつ糾問するがね」と、まるで法廷弁論でもするかのように、人差指を相手の胸もとで振り振り、聞く。「君は実務屋だろう。実務屋である以上は、ちゃんとした理由があるに違いない。その理由を聞かしてもらいたいね。なぜ君だったら行かないのだ？」

「それはですね」とロリーは答える。「わたくしならですよ、ちゃんとした成功の確信でもなければ、そんな用事に出かけられるもんですか」

「吐《ぬ》かしたな！　だが、これはどうも驚いた話を聞いたもんだ」

ミスター・ロリーは、遠くの頭取の方をチラリと見た。そして次の瞬間には、カンカンになっているストライバーに、チラリと視線を移した。

「君は、実務屋なんだよ——いい年をした男なんだよ——いやさ、経験も相当にある人間なんだよ——しかも、所もあるに、銀行でだぜ。それが、つい今も立派に成功する三つのおもな理由がよ、はっきりあると認めながら、こんどはないと吐かす！　それでも、ちゃんと頭がついてるのか！」まるでそれは、相手が頭なしの胴体だけで言ったのだったら、まだしもあたりまえだ、驚くに足りん、とでも言いたげな言い方だった。

「いや、成功と申しましたのはね、あのお嬢さまに対する成功率のことを申上げたんでございまして」と、ミスター・ロリーは、軽くストライバーの腕をたたきながら、言った。「わたくしの場合、成功率の根拠、理由というようなことを申上げますとすれば、それは、もちろんあのお嬢さまに対して、そうした効果があるかないか、その辺の根拠、理由を申上げているだけでありまして、なんといっても、先生、あのお嬢さま——あのお嬢さまのことがまずいちばんでございますよ」

「じゃ、君の言う意味はだな」とストライバーは、大きく肱《ひじ》を張って言う。「今問題のあのお嬢さんは、要するに気取り屋のあほうにすぎないという、これが君の十分考えたうえでの見解だというのだな」

「いいえ、そういうわけではございません。わたくしの申上げております意味はですな」ミスター・ロリーは、すっかり赤くなっていた。「あのお嬢さまの悪口など、誰にも言わせるもんじゃございません。もし仮に趣味低劣、性質傲岸《ごうがん》にして、あのお嬢さまの悪口を、しかもこの机の前で、言わないじゃいられないという男が、——いや、もちろん、そんな男はいないと思うんでございますがね——仮にもしいたとしますならばですな、これはもうなんとテルソン銀行が申しましょうとも、わたくしは断然たしなめてやるつもりでございます。つまり、そのことを申上げたかったんで」

いくら腹が立っても、声だけは低声《こごえ》に押えて言わなければならない、お蔭《かげ》で、先にストライバーがカッとなった時は、危うく血管まで破裂せんばかりの危険状態になったものだが、こんどロリーがおこる番になってみると、これもまた血管の状態は、ふだんはそれこそ常態の見本みたいな男なのだが、やはり赤信号の出たことは同じだった。

「それがわたくしの申上げたいと思いましたことなんで、その点、誤解のないようにお願いしたいもんでございますねえ」

ミスター・ストライバーは、さっきからしきりに簿記円棒の端をしゃぶっていたが、今度はそれで、コツコツ音の出るほど、われとわが歯をたたきはじめた。きっとあとで、歯痛を起したに違いない。そして突然、気まずい沈黙を破るように、

「とにかくこれは、近ごろ珍しい話だ、ね、ロリー君。つまり、君は責任をもって言うんだね？　この僕——高等法院弁護士ストライバーが、ソーホーへ行って、結婚申込みをやるなどというのはまずいと——」

「だが、いったい先生は、わたくしの助言など、ほんとに求めていらっしゃるんですか？」

「そうだとも」

「では、よろしい。さしあげましょうが、それはもう、先生、今ちゃんとわたくしの忠告どおり、先生の口からおっしゃいました」

「それなら、僕の言えることもこれだけだな、つまり、こんなベラボーな話ってものは——ハッ、ハッ、ハッ」と、そこで一つ、ヤケ笑いのようなのをしておいて、「古往今来、聞いたことがないねえ」

「いえ、まあお聞きください」とミスター・ロリーは、もう一度続ける。「銀行屋としては

ですね、わたくし、この問題について発言する資格は、なんにもございません。つまり、銀行屋としての限り、なんにも存じませんからでございます。だから、ただあのお嬢さまをだっこしてさしあげたこともあり、お嬢さま並びにあのお父さまの信頼もこうむっていれば、こちらもまた心からおいたわしさを感じております、古い昔からのお知合いとして、これは申上げたのでございます。よろしゅうございますか、いまの先生のお話も、決してわたくしの方からお伺いしたのではございませんから。いかがでしょう、わたくしの申しますことは、間違っておりますでしょうか？」

「間違ってやしないよ！」ストライバーは、ほえるように言う。「僕はね、常識問題について、第三者の意見など求める気は毛頭ないからな。そんなことは、自分で考え、自分で決める。ところで、僕はね、ある見解について、十分考えたものと見る。ところが、君はだね、なに、そんなのはてんで子どもっぽい大甘《おおあま》だと言う。その点、僕としちゃ、全く初耳なんだが、もっとも、君の方が正しいかもしれんな」

「ええと、先生、わたくしの考えはわたくしの考え、正しいかどうかは、わたくしが決めます」ミスター・ロリーは、たちまち真っ赤になって、言い返した。「誤解のありませんようにお願いしたいんですが、わたくしはどうも、誰彼によらず、――ええ、たとえこの銀行内でございましても――自分の考えを、他人さまからああだ、こうだと言われますことは、まっぴらご免でございまして」

「いや、どうも！　これは失敬！」とストライバーはひるんだ。

「お聞き入れいただいて、ありがとうございます。ところで、先生、わたくしの申上げかけていましたことはですね——仮に先生がいらっしゃるといたしますな、そこで先生の勘違いだったなんてことになるのは、先生としてもお辛《つら》いに違いない。またあのマネット先生にしてもですよ、あんまりはっきりおっしゃることは、これもお辛いに違いない。それから、これは、お嬢さまだって同じだ、と思うんでございますよ、ね。そこで、このわたくしが、あのご一家と親しくさせていただいておりますことは、先生も、よくご存じのはずですから、そこで考えますのはですね、もし先生さえ賛成していただけますならば、この際、わたくしが、別に先生との協定とか、代理とか申すんじゃございませんでね、ただフラッと行って、多少この問題に関します新しい観察なり、判断をしてまいりまして、それによっては、先ほどのご忠告は訂正してもよろしゅうございます。それでもまだ納得がおいきになりませんようでしたら、今度こそは、ご自身で当ってごらんになるのもよろしかろうし、もしまたご納得の上、しかもわたくしの意見も、今のとおりだということになりましたら、これはもう八方みんな、できることなら、言わないですませたいと思っておりますことを、そのまま言わないですむということにもなりましょうし、その辺、いかがなもんでございましょうな、お考えは？」

「でも、それじゃ、ずっとロンドンにいなきゃならないんだね？」

「なに、ほんの五、六時間でございますよ。ソーホーへは、夕方になれば伺えますし、そのあと、さっそく事務所の方へお寄りいたしますから」

「じゃ、頼むとしよう。そして僕は行かない、とね。それにまた、それほどのぼせているわけでもないからな。とにかく、頼む。だが、今夜はきっと寄ってくれるだろうな。じゃ、失敬」

言いながら、ミスター・ストライバーは、クルリと踵《くびす》を返すと、恐ろしい勢いで、銀行を飛び出して行った。お蔭で、行内の空気は猛烈な風を起し、それに抗して立っているには、勘定台の奥で頭をたれた例の二人の老行員など、やっと残る老いの体力をふりしぼって、必死に足を踏ん張っていなければならないほどだった。いかにも弱々しいこれら二人の老人は、もともといつ見てもお辞儀ばかりしているので、つい世上でも、あれは一人客を送り出すと、そのまま次の客が入ってくるまで、誰もいないからっぽの行内に、そのまま頭をたれて待っているのではないか、という噂《うわさ》さえ流れていたほどだった。

ところで、ストライバーだが、さすがに彼も馬鹿《ばか》ではなかった。あの銀行屋が、ああまではっきり言うからには、少なくとも何か心証上の確信くらいはあってのことに違いないと、そこはちゃんと見て取った。思いもかけない苦い丸薬には違いなかったが、どうせ飲まねばならぬとなった以上は、彼は、いさぎよく飲んだ。そしてゴクリと咽喉《のど》を通すと、こんどは例の法廷用人差指を上げて、大きくテンプル一帯をグルリと指したかと思うと、「ようし、こうなった以上、脱出路は一つ、誤りはみんな、おまえたちの方へおっつけてしまうことさ、な」とつぶやいた。

もっともこれは、オールド・ベイリーの三百代言《さんびゃくだいげん》どもが、よく使う手だったが、それを考えついて、実はストライバーもホッとなった。「お嬢さん、とんだ僕の勘違いにして片づけようなんて、そうは問屋が卸しませんぜ。きっと今に、逆転させてお目にかけるから」

そんなわけで、その晩おそく、十時ごろになって、ミスター・ロリーが事務所を訪れたときには、ミスター・ストライバーは、わざわざそのために取散らした書物や書類の中に埋まって、今朝した話題のことなど、どこ吹く風とでもいわんばかりの、ケロリとした顔付きだった。ミスター・ロリーの姿を見ると、びっくりしたような顔までした。そして、すっかり何かを考え込んででもいたかのような芝居を見せた。

人のよいミスター・ロリーは、なんとかうまく問題の話題へ、相手の方から向いてくるように、それでもたっぷり三十分ばかりは、骨折っていたが、それもだめだとわかると、仕方なく切り出した。「ところで、ソーホーへ行ってまいりましたがね」

「ソーホー？」相手はオウム返しにきき返したが、相変らずケロリとしたものだった。「ああ、なるほどねえ！　ええと、そういえば、なんのこと考えてたっけかなあ？」

「そこで、今朝お話し申上げましたわたくしの考えでございますがね、これはもう誤りないこと、疑いございません。ちゃんと確かめてまいりました。ですから、同じことを、もう一度申上げますが」

「いや、それはどうも残念だねえ」と相手は、ひどく快い調子で受け流す。「君のためにもね、それからまたあの親父《おやじ》さんのためにもね。いや、よくわかってる、どうもこの問題はね、あの一家にとっては、痛いところらしいんだねえ。だから、この話は、もうこれでよそう」

「どうもよくわかりませんなあ」

「そりゃ、多分わからんだろう」うなずくみたいに、頭をふりふり、ストライバーは言う。まるで相手をなだめすかして、このまま話を打切ろうとでもいうかのような口吻《くちぶり》だった。

「だが、なに、かまわないよ、かまわないとも」

「いいえ、どうして、かまいますよ」ミスター・ロリーは食い下がる。

「なに、かまうもんか。大丈夫、ちっともかまわない。そもそも僕《ぼく》がだねえ、常識も何もない人間に、何か常識でもあるかのように考えたり、またちゃんとした向上心など、ひとかけらもない人間相手に、それでも何かまっとうな向上心くらいはあるだろうと考えたこと、これがすべて間違いだったんだが、今じゃその誤りもわかった。そして、そのために、別に損をしたわけでもない。若いお嬢さんなんてのは、よくこうした馬鹿なまねをやっちまうんだねえ。そしてあとは、落ちぶれて、貧乏して、初めて後悔するってもんさ。で、つまり、ぼく自身の立場を離れて見ればだねえ、この問題がだめになったことは、まことに残念というところだろうな。だって見たまえ、この話、うまくいったとしたら、どうだ？　世間的見方からいえば、いずれは僕の方の損というところだったんだろうからね。したがって、自分中心に考えればだねえ、むしろ僕は、こわれて幸い、ありがたい、理由は同じ、つまり、世間的にいえば、いずれ僕の損だったんだろうからさ——ねえ、君、どうせこの話、できても、僕の得になどなりっこなかったことは、今さら説明するまでもあるまい？　まあ、そんなわけで、結局なんにも損はしていない。別にあの娘さんに結婚申込みをしてしまったというわけじゃなし、それに、これはまあ、君だけとの話だが、よく考えてみるとだねえ、いずれにしても、果たしてそこまで行っていたかどうか、それすら僕は疑問だと思うな。いや、もうロリー君、頭の悪い娘っ子のうぬぼれ、虚栄、無分別というものはね、なんとも舵《かじ》の取りようがない。そんな大それたことは、考えないに限る。考えれば、きっとあと失望するに決ってるからね。だから、もうこの話はよそうよ、ね、ロリー君。正直なところ、僕以外の人間のことを考えると、残念でしたと申上げたいところだが、僕自身については、これはもうまことに結構、文句なしというところさ。それから、君にも大いに感謝するねえ、とにかく君に当ってみて、あのご忠言もいただけたんだからな。やはりあの娘さんのことは、君の方がよく知っている。君の言うとおり、どうせうまくいく話じゃなかったんだろうねえ」

あっけにとられたのは、ミスター・ロリーだった。だんだん怪しくなってくる彼の頭めがけて、ある限りのおうような、寛大な、そして上機嫌《じょうきげん》な言葉を、雨のように投げかけながら、ぐんぐん体ごと扉口《とぐち》の方へ押しつけてくるストライバーの顔を、ただポカンと、馬鹿みたいにながめているだけだった。「まあこの話は、この辺がうまい切り上げ時さ、ねえ、ロリー君！　そしてもうこれ以上は、持ち出さないこと。だが、君の意見を聞かせてもらえたことについては、もう一度、ありがとう、お礼を言うよ。じゃ、失敬！」

すっかりわからなくなったミスター・ロリーの頭が、やっと元《もと》へ戻ったのは、夜の街へ出て、しばらく経《た》ってからだった。一方ストライバーの方は、長椅子《ながいす》にぐったりとなったまま、目は天井をながめてまたたいていた。

第十三章　不粋者

シドニー・カートン——仮にもしどこか、彼の存在が光を放つような場所があったとしても、少なくともそれは、ドクトル・マネットの家では絶対なかった。彼がここへ、しげしげ来るようになってから、もう一年たつが、いつ見ても、それは、相変らずのむっつり屋、気むずかし屋だった。一度物をいう気になると、なかなかの能弁だったくせに、いわばあの黒雲のような無興味、そして無感動、それがいつも彼の印象に、一種救いがたい暗さを漂わせていたのだが、その暗雲を通して、彼の内なる光が輝き出すことは、きわめてまれであった。

もっともその彼も、この家を取巻くあたりの街々や、そしてまたそれらの街々の舗道になっている無心の敷き石には、どうやら関心があったらしい。いくら酒をあおっても、ほんの束《つか》の間《ま》の喜びさえ得られないような時、幾夜となく、ただぼんやりと、憂いに沈んで、この街々をさまよう彼の姿が見られたし、またそうかと思えば、ひどくわびしい朝の白々《しらじら》明けに、やはりここで、一人悄然《しょうぜん》とたたずんでいたり、しかもそれは、たとえば静かな平和の時が、ふだんは忘れて及びもつかぬようなよきものを、かえって思い出させるというあれにも似てか、朝の早い陽光が、はるか遠い教会の尖塔《せんとう》や、高い建物の造型美を、くっきり浮び上がらせる、そのころまで、そのまま続いているということであった。そのせいか、そうでなくても空き勝ちなテンプル・コートの彼のベッドは、ますます主人を迎える晩を少なくしていた。そして、ときおりそれに身を横たえることはあっても、せいぜいそれは数分間、たちまち起き出すと、またしてもソーホーのこの界隈《かいわい》をさまようのだった。

八月にはいったある日だった。ミスター・ストライバーは、（「あの結婚話は、考え直すことにした」と、山犬に語ったまま）その多感な心を抱いて、デヴォンシアのほうへ行ってしまっており、都の街々に咲く夏花の色や香りが、悪《あ》しき人の心には善の、病める人たちには健康の、そして老いたる人々には青春の、それぞれ思い出を漂わせているころだったが、シドニーの脚は、相変らずまだ同じあの敷き石を踏んでいた。だが、思い屈したような、力ない足取りが、ふと何か思いついたらしく見えると、急に元気よくなって、その決心を果たすためだろうか、ドクトルの家の戸口に立った。

通されたのは階上だったが、見ると、ルーシーが、たった一人きりで針仕事をしている。彼といっしょだと、なぜか彼女は、いつもくつろげなかった。それでこの日も、彼女のテーブルのそばに来てすわる彼を見ながら、迎える態度には、妙に何かぎごちなさがあった。だが、二言三言《ふたことみこと》、これはもう型どおりの挨拶《あいさつ》があったあと、ふと彼の顔を見上げてみると、確かにいつもとは違っている。

「あら、どこかお悪いんですの、カートンさん？」

「いいえ。でも、ミス・マネット、僕《ぼく》の今のような生活ですがね、これは、健康にはよくありませんねえ。それにしても、こうした放埒《ほうらつ》な生活の果ては、どういうことになるのでしょう？　また僕自身としても、どう考えるべきなんでしょう？」

「ええ、ほんと、そんな生活ばかり――あら、ご免遊ばせ。でも、もう半分口にしてしまったわけですから、申上げてしまいますけど――そんな生活ばかり続けてらっしゃるの、残念じゃございません？」

「そうですとも、ほんとうに恥ずかしいことです！」

「じゃ、なぜお改めにならないの？」

言いながら、もう一度、優しく彼の顔を見たが、なんと驚いたことに、両眼にはいっぱい涙をためているのだ。声まで、もう涙声になって、

「それが、もう手遅れなんです。よくなる見込みはない。だんだん落ちて行って、悪くなるばかりでしょう」

彼女のテーブルに片肱《かたひじ》つくと、そっと手で目をおおった。二人とも、ちょっと言葉がなかったが、かすかにテーブルが震えていた。

彼がこんな心の弱りを見せたことは、いまだかつて一度もない。彼女は、途方にくれてしまった。顔こそ上げなかったが、それは彼にもわかったらしい。

「いや、どうもご免なさい、お嬢さま。お話し申上げようと思ったことが、まだはっきりまとまらないうちに、すっかりもう取乱してしまって。でも、聞いてくださいますか？」

「ええ、そりゃ、もう少しでもあなたのためになるんでしたら、そしてそれで、あなたが快《よ》くおなりになるというんでしたら、喜んで伺いますわよ、わたし！」

「その優しいお心づかいが、僕にはうれしいんです！」

しばらくすると、彼は、顔をおおった手を放した。そして、今度は語調もしっかりと、

「どうかお聞きになっても、こわがらないでください。どんなことを申上げても、びっくりなさらないでください。つまり、僕という人間はですね、子どものまま死んでしまったも同然なんです。僕の一生というのは、全部ことごとく、こと志と違ったことばかりなんです」

「あら、そんなことありませんわ。まだまだこれからじゃありませんの。もっともっと自分でも立派な人間になれる方だと、わたくし、そう思ってますわよ」

「いいえ、お嬢さま、あなたに対して、とおっしゃってください。そうすれば、そんな馬鹿なはずはない、――そう、そこが苦しいところなんですが、ちゃんと心の底では、そんなことがあるもんか、とわかっていながらも、――やっぱり、そのお言葉は、僕は一生忘れないでしょう！」

彼女は、まっさおになって、震えていた。だが、気がついたものか、さっそく彼は、自分はもうはっきりだめだとあきらめているから、と言って、彼女の心を安心させた。そしてその点が、この種の会談としては、ちょっとほかに類例のないものになったのだった。

「ところで、ミス・マネット、今あなたの前にいる男の愛情――それはもうご存じのとおりの飲んだくれ、すさみはてた自暴自棄で、いわば完全に一生を棒に振ってしまった哀れな人間ですが、その男の愛にですね、仮にもしあなたがこたえてくださるというようなことがあったとしてもですよ、僕は、うれしい心をあえて押えて、今ここではっきり申上げますが、

それはただあなたを不幸にする。悲しみと悔いに導く。そしてあなたをそこない、はずかしめ、その男といっしょに地獄落ちの道づれにするだけのことだということを、はっきり知っているつもりです。しかも事実は、あなたから優しい心などかけていただけるはずがないことは、よく承知しています。そんなことは、お願いもしません。そういうことのあり得ないことを、僕は感謝してさえいます」

「じゃ、愛情がなければ、あなたをお助け申すことはできない、とおっしゃいますの？　わたしには、あなたの生活をもっといい道に返してさしあげる——あら、またご免遊ばせ！——そんな力はない、とおっしゃいますの？　せっかくそこまで打明けておっしゃってくださいましたのに、それにお報いする力は、わたしにはない、とおっしゃいますの？　今のお話、やっぱり一つの告白のように、わたしうかがいましたけど」彼女は、ちょっとためらっていたようだが、目にいっぱい涙を浮べると、優しく言葉を続けた。「だって、あんなお話、ほかの方には、よもやなさらないと思いますわ。だとすると、少しでもそれを、あなたのおためになるように、わたしにはしてさしあげることができないんでしょうか、ね、カートンさん？」

彼は、頭を横に振った。

「だめですねえ。お嬢さま、だめですよ。もう少し僕の申上げることを聞いてさえくだされば、それでもう、あなたの僕にしてくださることは、おしまいなんです。ところで、これだけは知っていただきたいのですが、お嬢さま、あなたは僕の魂の最後の夢でした。僕は堕落していします。だが、それにもかかわらず、あなたとお父さまがごいっしょにいられる姿、そしてまたあなたの力で、こんなにも温かい家庭になっているお二人の生活を見ていますと、僕としては、もうそんなものはとっくに消えてしまったとばかり思っていた昔の思い出の影が、たまらなくよみがえってくるのです。それさえ感じないほど、まだ堕落はしていないのです。あなたを存じ上げてからは、そんなこともう二度と苦しむものかと思っていた悔恨の念に、絶えず苦しめられてきました。そして、これももう永久に失われてしまったものとばかり思っていました遠い昔の声が、再び立ち上がれとささやきかけるのを聞くのでした。そうだ、もう一度努力してみよう、新規まき直しをしてみよう、そして懶惰《らんだ》と肉欲とをかなぐり捨てて、もう一度あきらめた戦いを闘ってみようと、なんとなくそんな決心もしてみました。だが、夢でした。みんな夢でした。結局なんにもならず、眠ったものは、気がついてみると、やはり眠った時のままだったというわけなんです。でも、ただこのことばだけは覚えていていただきたい。僕にその夢をいだかせてくださったのは、お嬢さま、あなたなのです」

「でも、その夢、もうちっとも残っていませんの？　ねえ、カートンさん、もう一度、考え直していただきたいわ！　ねえ、もう一度、やってみてちょうだい！」

「いえ、だめです、お嬢さま！　その夢の間じゅう、僕ははっきりわかりました、僕という人間が、全くそれに値しない人間だということがですね。でも、僕には一つ弱みがありました。そしてそれは、今でもまだあるんですが、なんとか次のことだけは、あなたに知っておいていただきたいということなんです。つまり、あなたという方は、死灰のようなこの僕に、突如として、生命の火を点じてくださったのです——もちろんそれは、火まで僕と似ているというんでしょうか、なんの生気をもたらすでもなく、何を照らすでもなく、なんの役にも立たず、ただいたずらに燃えつきてしまうしかない火なんですが」

「でも、カートンさん、たいへん残念なことですが、あなたとわたしがお友だちになって以来、かえってあなたは不幸になったとおっしゃるんですから——」

「いや、それはやめてください。というのは、もしこの僕が、少しでもよくなる見込みのある人間でしたら、それは、もちろんあなたのお力でよくなっていたはずなんですから。僕の堕落する原因が、あなただなんて、そんなことは絶対にない」

「いいえ、いいえ、今おっしゃったようなあなたのお気持、それが、なにはともあれ、わたしのせいだとおっしゃるんでしょう——はっきり申上げれば、これがわたしの申しました意味なんですが、もしそうだとすれば、こんどはあなたのお役に立つように、何かわたしにできるようなことはございませんでしょうかしら？　あなたのおためになれるような力は、わたしには、なんにもないのでしょうか？」

「いいえ、お嬢さま、僕は、今の僕としてできる最善のことをするために、今日まいったわけです。どうせ僕の一生は、道を踏み誤った人間の一生です。でも、どうかそうした僕が、これから死ぬまで、僕にとっては最後の希望だったお嬢さまに、とにかくほんとの僕の心を申上げたということの思い出だけは、持ち続けさせていただきたいのです。そしてまたついでには、そうした今の僕にも、まだあなたから悲しみあわれんでいただけたようなものが、とにかくまだ多少は残っていたということもですね」

「でも、それさえ残っていれば、まだまだいいことだってできるはずですわ。ねえ、カートンさん、どうかそれを信じてくださるように、ほんとに心から、繰返しお願いいたしますわ」

「いや、もうどうかそんなことは信じないでください。僕という人間は、僕自身もう試験ずみなんです。今じゃ、もうはっきりわかっています。こんな話は、あなたを困らせるだけでしょうから、大急ぎで切り上げます。でも、これから今日のことを思い出すごとにですね、どうかこのことだけは信じさせてください。つまり、僕の最後の告白が、お嬢さま、あなたのこの清浄無垢《むく》な胸に収められ、それは、あなたの胸だけに残って、ほかには誰《だれ》一人永久に知る者はいないということをですねえ」

「ええ、いいですわ、それがあなたにとって、お慰めになるというんでしたら」

「そしてその秘密は、今後あなたにとっていちばん大事な人になるはずの方に対しても、ですよ」

「カートンさん」何か大きな感動でも押えるかのように、彼女は、ちょっと言葉を切ったが、「だって、秘密は、あなたの秘密なんでしょう。わたしのじゃありませんわねえ。だから、もちろん、それは尊重しますわよ、お約束してもいいわ」

「それはどうもありがとう。では、もう一度、ご機嫌《きげん》よう」

言いながら、彼は、彼女の手をとって、唇《くちびる》に押しあてた。そして扉口《とぐち》の方へ歩み寄った。

「ところで、お嬢さま、ご心配はご無用です。この問題については、たとえつい何かの拍子にせよ、もう二度と決して申上げることはありませんから。二度ともうこの話は出しません。もし今僕《ぼく》が、このまま死んでしまえば、それはいちばん確実なわけですが、そうでなくとも、今後確実さには変りないはずです。そしてその僕が死んでゆくときにも、これが僕一生の最後の告白であったということ、そして僕の名まえも、過ちも、不幸も、それらはみんな優しくあなたの胸にいだかれているということ――それだけを、神聖なよき思い出として持っていたいのです。そのためにも、ほんとに心から感謝します。そして祝福を祈らせてください。そのほかの時は、どうか幸福で、明るいお心を！」

それは、これまでいつも見せていた彼とは、およそ違っていた。それにしても、なんという人生の浪費だったことか。そしてまたことさらに本性を押え、ゆがめた生活だったことか、それを思うと悲しかった。扉口に立って振返っている彼の姿を見ると、ルーシー・マネットは、悲しみに泣いた。

「悲しんでなんかいただかなくていいんです！」彼は言った。「そんなふうに思っていただくほどの人間じゃないんです。一、二時間もしてごらんなさい。またしても僕は、いつもの下等な仲間たち、そしてまた彼らのやることを軽蔑《けいべつ》しながら、しかもいつの間にか誘い込まれてしまっているのです。そうなればもう、そこら街じゅうをうごめいているあの人間のくずどもと、少しも変りはない。とうていあなたのそんな涙にふさわしいような人間じゃないんです。さあ、もっとケロッとしていてください！　でも、ただ僕のこの胸の底ではですね、あなたに対してだけは、永久に今のこの僕であるはずです。たとえ外見は、全く今までどおりの僕だとしてもですね。このことだけは信じていただきたい、それが、たった一つのことを除いては最後のお願いなんです」

「信じますわ、カートンさん」

「ところで、最後にもう一つ、お願いがあるんです。それさえ申上げてしまえば、僕は、おいとまをします。あなたとはなんの共通するところもない、いわば越えがたい溝《みぞ》を挟《はさ》んでいるみたいなその訪問者は、永久にもうあなたの前から姿を消してしまうはずです。もっとも、お願いといっても、申上げるのはむだかもしれません。が、とにかくそれは僕の心の底からのお願いなんです。つまり、僕は、お嬢さま、あなたのためなら、そしてまたあなたにとって大事な方のためなら、どんなことでもしたいということです。これまでの僕の生活は、とても人のための犠牲になるなどと、そんな大きなことの言えるようなものではありませんが、それでももしそんな機会があり、また僕にもそんなことのできる資格がありましたら、あなたのため、またあなたにとって大事な方々のためなら、僕は喜んで一身を犠牲にするつもりです。あなたも、もっと静かな中で考えてくださる時には、どうか僕のこの気持だけは、ほんとに心からの真剣な願いであることを信じていただきたいのです。いずれあなたをめぐって、新しい人間関係——そうです、それは、今もあなたの存在によって、その美しさを添えられているこの家庭に、さらにいっそう強く、いっそう深く、あなたを結びつける絆《きずな》になるでしょうし――またあなたに、不断の喜びと光とを与える、いちばん大事な絆にもなるわけでしょうが――そうした人間関係ができる日が、きっと来るはずですし、しかも決して遠いことではないはずです。ねえ、ミス・マネット、誰か知らぬが、幸福な父親と瓜《うり》二つのような小さな顔が、あなたの顔を仰ぎ見るとき、そしてあなた自身の明るい美しさをそのままの生命が、新しくあなたの脚もとですくすくと生長してゆくのをご覧になる時に、ときどきでいいですから、どうかぜひ思い出してください。あなたの愛するこの生命を、あなたから奪わせないためには、いつでも喜んで一身を犠牲にしてもよいという人間が、ちゃんと一人いるということですね」

そして彼は、もう一度「さよなら！」を言い、さらに最後の「どうかお幸福《しあわせ》に！」を祈って、帰って行った。

第十四章　正直な商人

フリート街、例によって、あの異様な小僧をそばにはべらせ、例の腰掛に腰をおろしたミスター・ジェレマイア・クランチャーの目の前は、毎日それこそありとあらゆる世上の象《すがた》が、流れ動いていた。昼間あの人の出盛るころのフリート街にすわってみるがよい、おそらく誰でも、あのおびただしい二つの人の流れに、目もくらみ、耳も聾《ろう》せんばかりの思いを経験しないものは、一人としていないに相違ない。それらの流れの一つは、いつも変らず太陽とともに西に向って進み、そしてもう一つは、これはまた太陽とは逆に、東へ東へと流れる。しかもそれら二つとも、やがて行き着く果ては同じ、あの太陽が沈んでゆく赤と紫の夕焼け空、その見えぬかなたに広がる曠野《こうや》だったのだ！（訳注　西方にある死の国を意味する）

ミスター・クランチャーは、いつものように藁しべをくわえて、じっとこうした二つの流れをながめている。まるであの物語に聞く、何百年となく、じっと川の流れの見張り役を務めているという異教徒の男にも似ていた——ただ違う点といえば、小僧ジェリーには、その流れのかれる日を待つ気持など、微塵《みじん》もなかったというだけだ（訳注　この伝説の出典不明。アメリカ・インディアンの物語にあるともいう）。また仮に、何かを待つ気持はあったにしたところで、それは、とうてい大きな期待とはいえなかったろう。というのは、彼の仕事は、ここテルソン銀行側から人の流れを横切って、いわば向う岸まで、心臆《おく》した女どもを（といっても、それは、たいていもうでっぷり肥えた、中年過ぎの女ばかりだったが）、水先案内することであったが、それから受ける手当というのは、ほんの零細にすぎなかったからだ。そこで、こうしたお伴《とも》の、いずれ一度々々は、ほんの何秒間かのことにすぎなかったが、そこはクランチャー、ただ漫然とは見のがしていなかった。必ず決って、一つ奥さまのご健康を祝って乾杯いたしとうございますからと、強くせがんでかかるのであり、そして、それはありがとう、それでは、と恵んでもらえるその心づけで、上にも言ったような彼の財政を、うまく補っているのだった。

むかし詩人は、街中に腰掛を出してすわり、いわば衆人環視の中で瞑想《めいそう》にふけったという。

ミスター・クランチャーもまた、街中にすわってはいたが、そこは詩人ではないから、考えることはできるだけ省略し、ただひたすらあたりをながめてだけいる。

ある日のことだった。例によって、こうしてすわっていたが、ちょうどその時刻は人通りもまれで、行き暮れた女の姿もほとんど見えなかった。したがって、商売の方もひどく暇で、そのせいもあってか、ついまたかかあのやつ、いまごろはとりわけて「平蹲《へいつくば》って」いやがるに違いないなどと、強く舌打ちしている時だった。ふと気がついてみると、フリート街を西へ、見慣れぬ人の流れが動いてくるのに気がついた。目をやってみると、どうやら何か葬式の列らしい。そしてそれには、何か群集の反感でもあるというのか、大きな騒ぎになっていた。

「おい、坊主《ぼうず》」とミスター・クランチャーが、息子の方を顧みながら言った。「お葬式《とむれえ》だぞ」

「よう、万歳《ばんぜえ》！」とジェリーが大声に叫んだ。

思わずおどり上がったこのちびっこ紳士の叫びには、妙にいわくありげな響きがあった。だが、大紳士の方は、どうもそれが疳《かん》にさわったらしく、すきをうかがったとみると、いきなり小僧の耳をなぐりつけた。

「なんてことぬかしゃがるんでえ！　なにがばんぜえだよゥ！　このおッとうによ、何を、いってえ言うつもりなんだよゥ、このがきったれめが！　てめえも、だんだん手にほえなくなってきやがったな！」ちいちゃな相手を、じろじろながめまわしながら、わめく。「こいつめ、何がばんぜえだ！　黙って、静かにしてろい！　でねえと、もういっちょう、ひっぱたくぜ！　わかったか！」

「なんにも、悪いつもりで言ったんじゃねえよ」頬《ほお》をさすりさすり、子どもながらに、ジェリーは抗弁した。

「そんなら、やめろってんだ！　悪いつもりじゃァねえと、へん、そんな言いわけはまっぴらだ！　それよりか、この上に乗って、あの人だかりを見てみろ！」

子どもは言われるとおりにした。そして群集は近づいてきた。彼らは、薄汚ない霊柩車《れいきゆうしや》と、これも薄汚ない一台の葬送馬車とを取巻いて、しきりに罵声《ばせい》をあげているのだった。馬車に乗った葬送者はたった一人、役柄《やくがら》の手前もあってか、よごれてはいるが、とにかく必要な喪服だけは威儀をつくろっていたが、この役柄、どうやらあまりありがたいものではないらしかった。馬車を取巻く弥次馬《やじうま》たちの数は、いよいよふえるばかりであり、あざける、イーッをする、そればかりか、「やァい！　犬！　ペッ！　犬！　やァい！」等々と、そのほかここには書けない言葉まで、あらゆる罵声が飛んでいた。

葬式といえば、どんなのでも、ミスター・クランチャーにとっては、見のがすことのできない絶好の機会だった。葬式がテルソン銀行の前を通る時は、彼は、それこそ全身を注意の固まりのように緊張させて、興奮するのだった。したがって、この珍しいお相伴《しようばん》の加わった葬式は、いよいよ彼を興奮させた。いきなりやってきた男をつかまえて、彼は聞いた。

「なんだね、兄弟《きようでえ》？　どうしたというんだね？」

「なに、そんなこと知るもんか」言いながらも、彼も、「やい！　犬！　ペッ！　犬め！」

を繰返している。

ミスター・クランチャーは、別の男をつかまえた。「誰だね、ありゃ？」「知るもんか、おれが！」言いながら、これもまた両手を口にあてると、びっくりするほど猛烈な勢いで、「犬め！　やァい！　ペッペッ！　犬めったら！」と絶叫するのだった。

だが、とうとうこの事件の意味について、もっとよく知っている男にぶつかった。ミスター・クランチャーは、この男から、葬式は、ロジャー・クライという男の葬式であることを教えられた。

「で、そいつは、スパイだったんかね？」

「そう、オールド・ベイリーのスパイだったんだな」そう答えると、彼はまた「やァい！　ペッ！　ペッだ！　やい、オールド・ベイリーのスパイよーッ！」とやりだした。

「なるほど、そうか！」クランチャーは、いつか彼が一役買ったあの公判のことを思い出しながら、叫んだ。「そういえば、そいつ、見たことがあるぞ。死んだかね？」

「そう、くたばりゃがった。見事にくたばりゃがった」そしてまた「やーい、やつら引っぱり出せッ！　あの犬らをな！　そうれ、引きずり出しちまえ！　犬め！」

もともと、ちゃんとしたなんの考えもないところへ投げ込まれた、これは思いつきだった。たちまち弥次馬たちは、ワッとばかりに飛びついて、引きずり出せ！　引っぱり出せ！の声高い連呼のうちに、とうとう二台の車を囲んで、止めてしまった。寄って集《たか》って馬車の扉《とびら》をこじあけると、例のたった一人の会葬者も、たまらず取っ組み合いをやりながら、自分から逃げ出してくる。一瞬、たちまち群集の手にとりこになったかと見えたが、そこは恐ろしくすばしこい男らしく、うまく相手のすきをねらったと見ると、外套《がいとう》も、帽子も、帽子につけた喪章リボンも、白ハンカチも、そのほか喪章めいたものは、いっさいかなぐり捨てて、アッという間に横丁の奥へ姿を消してしまっていた。

残して行ったそれらの品物を、弥次馬たちは、大喜びでズタズタに引き裂き、パッと四方にまき散らしたが、他方あたりの商人たちは、大急ぎで店を閉めてしまった。なにしろ当時の群集というのは、一度やりだしたら、止めどがなく、それだけに恐るべき怪物として、すっかり怖気《おぞけ》をふるわれていたのだ。現に、もうすでに霊柩車は開かれて、棺まで引きずり出されていたのだが、その時ちょうど、いくらか頭のよい男が一人、歓呼のうちに、ある代案を提出した。むしろこのまま、とにかく目的地まで送り込もうではないか、というのである。ちょうど何か実際的な提案がほしい時だっただけに、さっそくこの案は大かっさいをもって迎えられ、たちまち馬車の中へは八人、外には十二人ほどが飛びつくし、一方霊柩車の方の屋根にも、なんとかそれぞれ工夫して、乗れる限りの人数がひしめき合って乗った。ところで、こうした篤志家《とくしか》たちの中で、最初の馬車に乗り込んだ連中の中に、ジェリー・クランチャーがいた。例の忍返《しのびがえ》し然とした蓬頭《ほうとう》を、ソッといちばん奥の片すみに隠し、こっそりテルソン銀行からの目をのがれていたのである。

もちろんこの模様替えには、葬儀屋の方から抗議が出た。だが、すぐそばにはテイムズ川があるうえに、弥次馬の中からは、言うことをきかぬ奴《やつ》らには、水風呂《みずぶろ》がいちばんききめがあるぞ、などという声まで飛び出す始末なので、これはもうたちまち勢いにのまれてしまった。模様替えになった葬列は、改めて動き出した。煙突掃除人が霊柩車を駆り――もちろん隣には、本職の御者がすわって、厳重に監督し、それぞれ必要な助言は与えていたが――一方、葬送馬車の方は、これもパイ売りの男が、一人閣僚を従えて、御していた。やがて葬列は、ストランド街を少しばかり行ったところで、そのころ街の人気者の一つだった熊《くま》使いを一人、追加の景物として加えていた。お蔭《かげ》で、ひどく汚ない真っ黒な熊が一頭、ノソノソとついてゆく行列のあたりでは、とんだ葬式らしい趣を出していた。

こうしてビールをあおり、パイプを吹かし、大声で歌いながら、限りなく道化た悲しみの列は、ただもう雑然として進んで行った。一足ごとに新手が加わるし、街並みの商店は、早手まわしに、みんなバタバタと表扉《おもてど》を閉めてしまった。行き先というのは、はるか郊外に出た聖パンクラスの古教会だった。やがて到着すると、しゃにむに墓場になだれこんだ。結局ロジャー・クライの遺体は、この道化葬式の手で埋められ、みんなすっかり大満足の態《てい》だった。

さて死人の始末がついてみると、弥次馬というものは、また何か新しい遊びがほしくなる。すると、またしても誰《だれ》か頭のよい男が（案外、さっきのと同一人物かもしれなかったが）、さっそく案を持ち出した。誰でもそこいらの通行人を、勝手にオールド・ベイリーのイヌに仕立て上げ、いじめてやろうというのだった。それは思いつき、さっそく実行と決ったのはよいが、お蔭で、オールド・ベイリーの近くなど、生れて一度も立ちまわったこともない何十人かの無実な通行人までが、たちまち狩り立てられて、もみくちゃにされる、こづきまわされる、ひどい目にあうことになった。そうなると、あとは、面白《おもしろ》半分に窓はこわす、居酒屋は略奪する。ものの二、三時間というものは、庭先にある暑さよけの小亭《しょうてい》は何軒か引き倒す、境の柵《さく》は打ちこわすという荒れ模様で、好戦的精神は、ついでに武器まで手に入れて、気勢は上がるばかりだったが、そのうちに、近衛《このえ》連隊出動という噂《うわさ》が流れた。それを聞くと、次第に群集は散って行き、果たして近衛隊は来たか、来ないか、それはわからないが、たいてい暴徒の動きは、こうに決っている。

ところで、ミスター・クランチャーは、これら最後の競技には加わっていなかった。あとまで墓場に残って、葬儀屋たちと話したり、慰めたりしているのだった。墓場にいると、彼の心は、なんとなくなごむ。近所の居酒屋から、パイプを一本せしめてくると、ゆっくり煙を吹かしながら、柵垣《さくがき》をのぞきこんでは、何か念入りにあたりをながめまわしていた。

「ジェリー」と、これはミスター・クランチャーが、いつもの癖で、われとわが心に呼びかけた言葉だった。「あのクライって野郎は、あの日あそこで見たはずだぞ。若い男で、ピンとした体をしてたっけなあ」

パイプをすい終り、さらに何かしばらく考え込んでいたが、やがてクルリと踵《くびす》を返した。テルソン銀行のしまる前に、例の持場へ帰るためだった。死などについて考えたことが、肝臓にさわったのか、それとも以前から健康全体が悪くなっていたためか、さらにそれとも、名医に一度敬意を表しておいた方がいいとでも考えたものか、そんなことは、この場合あまり重要でないが、とにかく帰り道で、彼は、かかりつけの医者——さる高名の外科医というのに、ちょっと立ち寄った。

　ところで、息子の方のジェリーは、父親の留守中、ちゃんと代りを引受けていた。そして、なんにも仕事はなかったよ、と報告した。銀行はしまり、老行員たちも帰り、いつものように夜番を残すと、クランチャー父子《おやこ》は、そろそろお茶に帰って行った。

「おい、ちゃんと今から言っとくぜ！」家にはいるなり、ミスター・クランチャーは、かみさんに言った。「天下晴れての商売人としてな、もし今夜失敗でもしようもんなら、てっきりおめえのお祈りが邪魔しゃァがったと、そう思うからな。なにも現場など見なくともいい。見たも同然に、思い切りぶちのめしてくれるからな」

　かみさんは、悲しそうに首を振った。

「ほら、なんだ、おれの目の前で、またやってやがるな！」カッとなりながらも、幾分心配そうに言う。

「なんにも言ってやしないじゃないかね」

「なに、そんなら、その考え込むのをよせってんだ。考え込んだりするよりはな、平蹲ってる方が、まだしもよ。邪魔になることは、どっちだって同じだァな。とにかく、そんなことは、きっぱりやめろ、と言ってるんだ」

「やめるわよ」

「へん、やめるわよ、か！」お茶のテーブルにすわりながら、おうむ返しのように言う。「やれやれ、はい、やめるわよ、か！　そこだ！　いいやねえ、やめるわよ、ときやがった！」

意地悪く、ひどく馬鹿念《ばかねん》を押しているようだが、別にはっきりこれといった意味があるのではなかった。ただ誰でもがよくやるように、なんとなく不満な皮肉をぶちまけるために、言っているだけだったのだ。

「てめえのまた、はい、やめるわよ、か！」ミスター・クランチャーは、バター・パンを一口ガブリとやり、一向見えないが、皿《さら》の上の大きなカキといっしょに、まるでゴックリ飲み下すかのような格好をしながら、「ああ、そうだろうよ。まあ、ほんとうってことにしといてやるからな」

「で、おまえさん、今夜もまた出かけるのかい？」彼がもう一口かぶりついたところで、おとなしそうなかみさんが聞く。

「そうさ、出かけるぜ」

「おっとう、おいらもいっしょに行っていいかい？」息子のジェリーが、勢いこんで聞く。

「いや、おめえはだめだ。わしはな——母ちゃんも知ってるが——魚つりに行くんだからな。釣《つ》りだ、釣りだ。魚つりに行くんだからな」

「だって、おっとうのつりざおは、だいぶ錆《さ》びてるぜ、違うかい？」

「どうだっていいよ、そんなこたァ」

「じゃ、おっとう、お魚もって帰ってきてくれるんだね？」

「そうだとも、でなきゃァ、おめえら、明日は食い物もろくにねえじゃねえか」クランチャーは、頭をふりふり、答える。「聞くこたァ、それでもうたくさんだろう、な。おっとうはな、おめえがゆっくり寝てしまってから、出かけるんだからな」

それからあとその晩は、終始ミセス・クランチャーの一挙一動に目をつけている。ブツブツと、絶えず彼女に話しかけ、なんとか彼のために邪魔になるお祈りを、口にさせないためだった。また同じ目的らしい、息子にも言って、しきりに母親に話しかけさせる。とにかく彼女としては、一刻として自分のことを考える暇もない。次々と、あらん限りの小言をぶちまけてこられるのだから、まことにもってたまらない話だった。いかに女房《にょうぼう》を信用しないとはいえ、彼の場合ほど、正しい祈りの効験を信じ込んでいた、信心深い人間の例はちょっとない。いわばちょうど幽霊を信じないという人間が、怪談を聞いてこわがるのも同然だった。

「いいか、おい！」とミスター・クランチャーは言う。「明日は、よけいなまねはよすんだぜ！　正直な商人だ、おれは！　もし明日、大切りの肉が一きれや二きれ出たからって、てめえはいただきません、パンだけで結構でなんて、くだらねえことは言いっこなしだぜ。正直なお商人さまだ、ビールの少しくらい出たからって、えっ、あたしは、やっぱり水でなんて、馬鹿な口をきくんじゃねえ。ローマへ行ったら、ローマに従えだ、え。聞かねえと、てめえにとっちゃ、ちょっとうるせえローマになるぜ。いいか、このおれが、てめえのローマなんだからな」

彼のブツブツ小言はまだ続く――

「食い物や飲み物のことまで、文句つけやがって！　ええ、てめえが平蹲ったり、不人情な仕打ちしゃァがるお蔭で、家の食い物や飲み物で、どれだけ不自由しなきゃならねえか、しれたもんじゃねえ。この餓鬼を見ろ。てめえの子供じゃねえのか？　見ろ、まるで小舞《こまい》みたいに、やせこけてやがる。それでもおふくろかよ？　おふくろの務めってのはな、なにをおいてもまず子供を太らせるこった。それさえ知らねえのか？」

餓鬼のジェリーとしては、まことにいいことを言ってもらったものだった。さっそく母親に、その第一の務めを果たしてくれるよう、頼み込んだ。ほかにはいっさい、してくれても、してくれなくてもよいが、今親父《おやじ》から、いとも優しく、また婉曲《えんきょく》に言ってくれた母親の務めだけは、ぜひともしっかり果たしてくれ、と言うのだった。

こうして一家の夜は過ぎて行ったが、そのうち息子のジェリーは、親父から寝ろと言われ、ついで母親からも同じことを言われて、とうとう命令《いいつけ》に従った。ミスター・クランチャーは、ただ一人パイプをくゆらしながら、宵《よい》の内はなんとか時間をつぶしており、いよいよ遠足に乗り出したのは、もう夜の一時も近いころだった。いわばその草木も眠る丑満《うしみつ》どき近くなると、やおら彼は立ち上がって、ポケットから鍵《かぎ》を取出した。そして錠前戸だなをあけると、何か袋を一つ、それから手ごろのバール（鉄梃《かなてこ》）、綱、鎖等々といった、彼のつり道具を取出した。こうした道具を、うまくみんな身につけると、例によってミセス・クランチャーに別れの捨て台詞《ぜりふ》をひと言、そして明りを消して、出て行った。

ところで、息子のジェリーだが、さっき寝床に入ったとき、着替えるようなふりだけはしたが、これも間もなく、父親の跡を追って家を出た。闇《やみ》にまぎれて部屋を出ると、そのまま階段を降り、中庭を抜け、やがて街へと出て行った。帰る時のことについては、一向に心配していなかった。というのは、この家の間借人はいっぱいで、したがって入口の扉は、一晩じゅうあいていたからである。

父親のいう正直な商売、一度その方法や秘密を確かめてみたいという殊勝な研究心から、彼は、まるで彼自身の両眼と同じように、できるだけぴったり軒先や塀《へい》や戸口づたいに、父親の姿を見失うまいと、跡をつけた。尊敬する父親は、ぐんぐん北へ歩いて行く。そしてしばらく行くと、また一人アイザック・ウォルトン（訳注 十七世紀のイギリス文人。つりの大家で「釣魚大全」の名著がある）の徒が現われて、今度は二人で歩き出した。

三十分ばかりも歩いたろうか、彼らは、またたく街燈《がいとう》のあたりをあとにして、そしてまた、またたきは通り越して、眠ってしまっている夜警たちの目も、うまくくぐり抜け、今はどこか寂しい街道筋に出ていた。と、ここでもまた、新しく釣師が一人加わった——まるで音もなく、もしこの息子のジェリーが迷信屋だったならば、先の二人目の男が、突然パッと二つに別れたかと思ったろうほどだった。

三人も行く。ジェリーも行く。そのうち土手が、街道めがけてのしかかるように続いているところへ来ると、三人ともぴたりと足を止めた。土手の上には、低い煉瓦《れんが》塀《べい》が続き、塀の上には鉄柵がはりめぐらされている。三人の姿は、土手と塀との影にはいった。そして今度は、行き止りの小道を上って行った。そのあたり、道の片側は、ずっと塀になり、塀の高さは十フィート近くもあったろうか。こっそり片隅《かたすみ》にうずくまり、小道の奥をうかがっていた小ジェリーの目に、そのとき映ったものは、雨を含んだ半曇りの月明りの中に、目にも著《し》るく、猿《さる》のように鉄門をよじ登っている父親の姿だった。間もなく彼が越えてしまうと、すぐあと第二、第三の釣師が続いた。みんなヒラリと軽く、内側に降り立った。そしてしばらくは、――じっと耳を澄ませているらしかったが、やがて四つんばいにみんな動き出した。

今度は小ジェリーの番だった。彼も、じっと息を殺して、門のところまで忍び寄った。またしても片隅にうずくまって、中をのぞきこむと、三人の釣師は、何かいっぱいに生い茂った雑草の間を、しきりに分け進んでいる。そして墓地じゅうの墓石が(それは大きな墓場だった)、まるで白衣の幽霊たちのように、それをながめており、教会の塔は、これまた恐るべき巨人の亡霊のように、はるかにながめおろしている。三人は、しばらく這《は》っていたが、そのうちにピタリと止まったかと思うと、その場に立ち上がった。そしていよいよ魚つりにかかった。

つり道具というのは、最初は鋤《すき》だった。そのうち尊敬する父親が、何か大きなコルク抜きとでもいったような道具を、使い出したらしかったが、とにかくどんな道具を使うにせよ、みんな実に懸命にやっている。が、そのうちに教会の時計が無気味に鳴り出すのを聞くと、餓鬼のジェリーは、急にこわくなって、父親そっくりの髪をすっかり逆立てて、あわてて逃げてしまった。

だが、この仕事について、なんとかもっと知りたいというのは、かねてからの強い願いだったもので、それを思うと、逃げながら、また足を止めたばかりでなく、またしても墓場へと引返していた。もう一度門のところからのぞいてみると、三人は、相変らず一心につりをやっている。だが、ただ今度は、魚がもう食いついているらしかった。地面の底の方で、何かネジでも巻くような、また何か泣き声のような軋《きし》む音が続いて、かがみ込んだ三人の男は、まるで重錘《おもし》でもぶら下げたように、懸命に力んでいた。やがてその重錘は、蔽《おお》った土をはねのけて、次第に地上に現われてきた。それがなんであるかは、小ジェリーにも、よくわかっていた。それだけに、いよいよそれが現われて、しかも尊敬する彼の父親が、今やこじあけにかかったのを見ると、彼としては、なにしろ初めて見る光景だけに、すっかり胆《きも》をつぶして、またしても駆け出すと、今度は一マイルばかり、一目散に逃げのびた。

いわばお化け相手の競走であり、一刻も早く決勝点へ飛び込みたい一心だったのだから、もちろん息を入れる必要でもなければ、決して止まったりなどはしなかったろう。彼は、何かあの棺が、背後から追っかけて来ているような気がして、仕方がなかった。棺の狭くなった方を足にして、突っ立ち上がって、ピョンピョン追っかけてくる。そして今にも追いついて来て、すぐわきを並んでピョンピョン走るかと思うと、——おそらくヒョイと彼の腕をつかむに違いない——そんなことを思うと、なんとしても早く、厄介払《やっかいばら》いがしたかった。しかももっと悪いことには、この化けもの、出没自在で、どこにでもいる。お蔭《かげ》で背後の暗やみにおびえていると、今度はまたいきなり暗い路地の奥から、しっぽも翼もない、まるで水腫《すいしゅ》にかかった凧《たこ》みたいな格好なのが、いきなり飛び出して来そうな気がして、あわてて彼は、大通りの方へ駆け出すのだった。また家々の戸口にも隠れているような気がする。恐ろしいその両肩を、ぴったり戸口にくっつけるようにして、まるで何か高笑いでもするように、耳のあたりまで持ち上げているのである。かと思うと、往来の物影にも忍び寄って、わざわざ仰向《あおむ》けに寝っころがっては、彼の足をすくおうとする。しかもその間じゅう、背後からのピョンピョン、そして今にも追いつかれそうな思いのすることは、変りないのだ。わが家の戸口までたどり着くや否《いな》や、半分死んだようになっていたのも、不思議ではなかった。しかも、そうなってさえ、お化けは離れようとしなかった。彼を追って、ドンドンと階段を上り、彼のベッドにもぐり込み、そして彼が眠ると、今度はずっしりと重く、彼の胸の上にのしかかってくるのだった。

日はまだ上らないが、夜が明けたころ、彼は、居間の方に父親の帰っている気配がして、寝苦しいこの眠りから、目をさました。どうやらまずいことがあったらしい。ミセス・クランチャーの耳たぶをつかんで、彼女の後頭部を、ゴツンゴツン、ベッドの頭板にぶつけているところからみても、そう察するよりほか仕方がなかった。

「こうしてやると言っておいたろう」とミスター・クランチャーは言う。「だから、やってやるんだ」

「ジェリー、ジェリーったら！」哀訴するように、細君は叫ぶ。

「てめえは仕事の邪魔しやがるんだ。お蔭で、上がったりはな、おれと、そしておれたち仲間なんだ。てめえはな、亭主《ていしゅ》のおれを立てて、黙って言うことさえ聞いてりゃ、よかったんだ。いってえ、どうしてそれができねえんだ、よ？」

「わたしは、なにもね、よいかみさんになろうっていう、それだけなんだよ」可哀《かわい》そうに、泣きながら、抗議しているのだ。

「へんだ、亭主の仕事の邪魔するってのが、いい女房なのか、よ？　亭主の商売にケチをつけることが、ええ、亭主を立てるってことなんか、よ？　商売も商売、肝心なところで、亭主の言いつけを守らねえってのがな、それが亭主に従うってことなのか、え？」

「でも、ジェリー、おまえさんもね、あのころは、まだそんな恐ろしい商売には、手を出しちゃいなかったよ」

「やい、てめえはな、正直な商人のおかみさんというだけで、たくさんなんだ」ミスター・クランチャーも負けてはいない。「いつから亭主が商売を始めただの、始めないのだのと、そんなこと、ああこう考えるなんてことはな、ちっともいらねえんだ。亭主を立てて、言うことをきくってんなら、亭主の商売なんぞに、いっさい口出ししねえってもんよ。それが信心深え女ってもんか？　てめえが信心深え女なら、おらァ、不信心もんの女房もらうねえ！　てめえって女にはな、人間義務って考えが全然ねえ。あのテイムズの河床に、杭《くい》がねえのと同じだ。だから、おめえもよ、土性骨に杭ぶっこんでやらなきゃならねえんだ、な」

もっともこの口論は、ひどく低声《こごえ》で行なわれていた。そして最後は、この正直な商人先生、泥《どろ》だらけの靴《くつ》をポイと脱ぎ捨てると、そのまま床の上に、長々と寝そべってしまった。錆《さび》だらけの両手を、枕《まくら》代りに頭をのせ、仰向けに寝てしまった父親の姿を、おずおずとのぞき見していた小クランチャーも、こうなるとまた横になって、もう一度眠ってしまった。

朝食には、魚もなければ、ほかにろくなものは出なかった。ミスター・クランチャーは、元気もないくせに、機嫌《きげん》だけは悪かった。絶えずそばに鉄の鍋蓋《なべぶた》を引寄せている。もしミセス・クランチャーが、食前の祈りでもやりだしそうな気配が見えようものなら、たちまち投げつけて、懲《こ》らしめにしてやろう魂胆だったのだ。が、そのうちにいつもの時間になると、彼は、ブラシをかけ、手を洗い、息子をつれて、例の世間表向きの商売の方へ出て行った。

息子のジェリーは、例の腰掛を小わきに、よく晴れたフリート街の雑踏の中を、親父と並んで、チョコチョコ歩いて行く。昨夜、あの暗闇の中をたった一人、無気味なお化けの追跡から逃げ帰った時のジェリーとは、もはやまるで別人だった。夜明けといっしょに、例の悪知恵は、再び息を吹きかえし、昨夜の不安は、闇と共に消えていた――そしてその点では、その晴れた朝、フリート街にもシティー（旧市街）にも、案外何人か同類はいるらしかった。

「ねえ、おっ父」と、歩きながら、小ジェリーが聞く。もちろん、ちゃんと二、三尺の距離はおいて、しかも腰掛まで間に挟《はさ》んでの話だ。「『レザレクション・マン（掘出し屋）』ってなんなの？」

ミスター・クランチャーは、思わず舗道に足を止めた。そして改めて、「そんなこと、おっ父が知るもんか！」

「だって、おっ父なら、なんでも知ってると思ったんだがなあ」子供の方は遠慮がない。

「うむ、そうだなあ」父親は、また歩き出した。そして帽子を軽くヒョイと脱いで、例の忍《しの》び返《がえ》し頭を風になびかせた。「やっぱり商人は商人だろうな」

「じゃ、どんな品物扱うのよ？」これはまた元気よくたたみかけてくる。

「そうだなあ」と、そこでいろいろ考えていたようだったが、「やっぱり、ほら、学問ってやつをするな、その材料ってもんだろうな」

「ねえ、人間の死体じゃないのかい、おっ父？」

「まあ、そういったところだろうなあ」

「じゃ、おっ父、おいらも大きくなったら、『掘出し屋』になりてえもんだなあ！」

ミスター・クランチャーも、やっと安心した。だが、そこはちょっともったいらしく、にわかに父親らしく頭をふると、「だが、まあ、そりゃァな、おめえのこれからの腕次第よ、まあ、うんと腕みがくんだな。だが、いいか、つまらねえよけいなことは、誰《だれ》にも言うんでねえぞ。おめえだって、どんな人間にならねえとも限らん。まんざらできねえとも、今のところ、まだわからねえからな」そう力をつけられて、息子のジェリーは、いそいそと数歩先に立った。テンプル・バー（関門）の陰に、腰掛を置くためだった。あとを追いながら、ミスター・クランチャーはつぶやいた。「おい、正直な商人のジェリーさん、あの小僧でもな、案外思わんめっけものにならねえとも限らねえぞ！　まあ、あのおふくろの罪滅ぼしか、そうなりゃ、とんだ末のお楽しみだぜ！」

第十五章　編　物

このところ、ムシュー・ドファルジュの酒店では、ひどく朝早くから飲む習慣が始まっていた。まだ朝の六時というのに、顔色の悪い連中が、格子窓《こうしまど》からのぞきこむと、中ではもう何人か、酒を前に額をあつめている姿が見られた。もともとこのドファルジュという男、景気のよいときでも、恐ろしく水っぽい酒を売っていたものだが、近ごろ出すのにいたっては、途方もないこれは水酒だった。おまけに、酸味のきた酒、きかかった酒の、飲み手に与える影響というのは、ひどく人の気持をふさぎ込ませるものだった。そんなわけで、ドファルジュの出すぶどう酒からは、およそ元気な馬鹿騒《バカネーリアン》ぎなどは、燃え上がらなかった。いわばまるで暗がりで燃えるおき火のようなのが、そのおりの中にかくれているのだった。

ムシュー・ドファルジュの酒店で、こんな朝っぱらからの酒飲みが始まって、ちょうどこれは三日目だった。始まったのが月曜日、そして今朝は水曜日だった。しかも飲むというよりは、むしろ朝から何か考え込んでいるのである。というのは、ここでは、朝、店の戸の開くころから、たくさんの男が、何かしきりに聞き耳を立てたり、低声《こごえ》にささやき合ったり、コソコソ歩き回ったりしている。そしてそれらの連中と来た日には、たとえ魂を救うためであっても、びた一文払える連中ではなかったのだ。そのくせ彼らは、この店にひどく興味をもっている。まるで店じゅうの酒が全部、自分のものでもあるかのような熱心ぶりだった。席から席へ、あるいは片隅から片隅へと、すべるように動き回り、まるで飢えたもののような格好で、酒というよりは、むしろ話をがつがつ飲み込んでいるのだった。

人ごみはただならぬのに、不思議と主人の姿は見えなかった。といって、誰も捜す様子はない。入ってくるものが誰一人として、捜すでもなければ、聞くでもない。かみさん一人が席にすわり、小銭の入った皿《さら》を前にして、酒の出し入れを指図していたが、それにも誰一人、不思議に思う者はいなかった。ところで、その小銭がまたすっかり磨《す》り減って、ボロボロのポケットからそれらを支払った、いわば小銭みたいな連中と同様、元の刻印も何も、すっかり消えてなくなっているのだった。

もちろん、この一時興味の中断されたような気配、そしてまた人々の放心したような状態は、酒店をのぞいて、すばやく見て取ったスパイたちもいたはずだ。なにしろ彼らは、上は国王の宮殿から、下は罪人の牢獄《ろうごく》まで、上下貴賤《きせん》の区別なく、彼らのうかがわないところはなかったからである。カルタ遊びも興味がうせ、ドミノをやっていた者も、ぼんやり牌《パイ》を積み重ねて遊んでいるありさまだし、飲み手は飲み手で、こぼれた酒でしきりにテーブルに絵を描《か》いている。マダム・ドファルジュまでが、袖《そで》の縫い込み模様を爪楊枝《つまようじ》の先でつっつきながら、どこか遠い物音、そして見えない姿にでも、しきりに目をそばだて、聞き耳を立てている様子だった。

こうして、サン・タントアーヌのこの酒店風景は、午《ひる》ごろまで続いた。ちょうど正午時だった。埃《ほこり》だらけの男が二人、街のつり街燈《がいとう》の下を歩いていた。一人はムシュー・ドファルジュ、そしてもう一人は、青帽をかぶった道路人夫だった。すっかり日焼けし、カラカラに咽《の》喉《ど》を渇《かわ》かして、酒店にはいった。彼らの姿を見ると、サン・タントアーヌの胸にも、一種の炎が点じられた。それは、彼らが近づくにしたがって、燃え広がり、どこの戸口でも窓口でも、見る人たちの顔に、生き生きと炎になって燃え上がった。だが、ついて来たものは一人もいない。そして店へはいってからでも、みんな一斉《いっせい》に彼らのほうを振返りはしたが、さて口を切るものは、一人としてなかった。

「こんちは、みなの衆!」ムシュー・ドファルジュが言った。

たまたまこれが、みんなの舌をゆるめるキッカケになったらしい。一斉に「こんちは!」と答える声が起った。

「いやな天気だなあ」と、首を振り振り、ドファルジュが言った。

それを聞くと、みんなハッと隣の者の顔を見、それから一斉に目を伏せると、そのまま黙ってしまった。そしてただ一人だけが、立ち上がって、外へ出て行ってしまった。

「おい、おまえ」とドファルジュは、おかみさんに呼びかけて、言った。「おれはな、ジャックさんという、この道路工夫さんと、そうだ、二、三十キロは歩いてきたんでな。なに、パリから一日半ばかりの行程《みちのり》のところで、偶然会ってね。いや、いい男だよ、この道路工夫のジャックさんはな。おい、何か飲み物をさしあげろよ!」

また一人、男が立って出て行った。マダム・ドファルジュは、ジャックと呼ばれた道路人夫の前に酒を出した。男は、青い帽子を脱いで、みんなに会釈《えしやく》しながら、酒を飲んだ。彼の仕事着の胸には、安物の黒パンが入っていたが、彼は、ときどきそれをかじりながら、かみさんのいる勘定台のわきで、ムシャムシャ食ったり、飲んだりしていた。また一人が立って、出て行った。

ドファルジュは、自分も一杯グッと飲んだが、道路人夫ほどはやらなかった。彼の場合は、酒など少しも珍味ではなかったからである――そしてむしろ田舎者の相手が、朝食を済ませるまで、じっと立って待っていた。彼は、誰も客の方を見なかったし、客もまた、誰一人彼の方は見なかった。マダム・ドファルジュまでが知らぬ顔で、編物を取上げると、一心に針を動かしだした。

「食事は済んだかね？」適当にころあいを見計らって、ドファルジュが聞く。

「いや、どうも、ありがとうさんで」

「じゃ、行こう！　さっきも言った、あんたの住むアパートだがね、一つ案内するとしよう。とてももってこいの部屋だろうと思うんだがね」

二人は、酒店を出て通りへ出た。通りから、また中庭にはいり、中庭を抜けて、急な階段を上り、上りつめると、屋根裏部屋になっていた――いつかあの白髪《しらが》の男が、低い腰掛にすわり、前かがみになって、せっせと靴を作っていたあの屋根裏部屋だった。

もちろんそこには、もうあの白髪の男はいなかった。だが、代りにいたのは、さっき酒店から、一人々々別に出て行った三人の男たちだった。ところで、この三人と、今は遠い異国にいる白髪の男との間には、ほんのちょっとしたことだが、関係はあった。つまり、いつかこの部屋の壁のすきまから、そっと彼をのぞいていたのは、この三人だったのだ。

ドファルジュは、用心深く扉《とびら》を閉めると、声を殺して話しだした。

「ジャック一号、ジャック二号、ジャック三号！　この人はな、現場の目撃者なんだ。ジャック四号とわしとはな、ちゃんと打合せたうえで会ったんだがね。だから、この人が、みんな詳しく話してくださる。おい、ジャック五号、そろそろやってくれ！」

青帽をわしづかみにした道路人夫は、それで真っ黒に焼けた前額をぬぐいながら、言った。

「どこから始めるかねえ、旦那《だんな》？」

「もちろん、はじめからやるさ」当然といえば、当然の答えだった。

「それじゃね、わしが初めてあの男を見たのはね」と道路人夫は切り出した。「今から言ゃア、ちょうど一年前、去年の夏だったねえ。あいつ、侯爵《こうしゃく》の馬車の下にな、鎖にしっかりぶら下がってたっけ。ほら、こんなふうにな。わしは、ちょうど仕事が終りかけてたころだし、お日さまも沈みかけてた。ところで、侯爵の馬車が、こうゆっくり丘を登ってくるとな、あいつが、しっかり鎖にぶら下がってるじゃねえかね——ほら、こんなふうによ」

道路人夫は、もう一度初めからしまいまで、実演して見せた。今ではおそらく、完全に再演して見せることもできたろう。なにしろこの一年間、村ではいちばん当りはずれのない退屈しのぎであり、また余興としては、なくてならないものだったろうからである。

そのときジャック一号が、言葉をはさんだ。それまでその男を見たことはあるのか、というのだった。

「一度もねえ」と道路人夫は、元どおりスックと体を伸ばしながら答える。

ジャック三号がたたみかける。それなら、あとで、どうしてその男だとわかったか、というのだ。

「そりゃ、ノッポだったからよ」道路人夫は、指で鼻を押えながら、静かに答える。「あの晩、侯爵から、『どんな男だった、それは？』と聞かれた時にもな、わしは言ったね、『まるで幽霊みたいなノッポでごぜえました』ってね」

「小人みてえにチンチクリンだった、とでも言っときゃよかったのになあ」ジャック二号が口を出した。

「だが、そんなことができるもんかね。あのときゃ、あのことが起る前だったしな、別にあの男が、前もって話してくれたわけでもなしな。だが、いいかね！　それでも、わしは、証拠になるようなことは、一言だってしゃべってやしねえからな。侯爵はな、あの水汲《みずく》み場のそばに立ってたわしを見てな、指でさして、『おい、あの奴《やつ》をここへ！』とおっしゃっただがね、ねえ、みなの衆、絶対、わしは、なんにもしゃべらなかったからね」

「そのとおりだ、ジャック」とドファルジュは、口をはさんだ男につぶやくように言った。

「さあ、その先だ！」

「ようしきた！」と道路人夫は、そこでいかにも不思議だというような顔になって、言った。

「ところがだね、そのノッポというのが、行くえ不明になっちゃった。今も捜してるはずだが——そうだ、何月になるかなあ！　九、十、十一、十一カ月かな？」

「そんな数はどうだっていい」とドファルジュ。「うまく隠れたもんだったが、それが運悪く、とうとうめっかっちまってな。さあ、その先だ！」

「ところで、わしはね、また同じその丘で働いてたんだが、その日、これもお日さまが沈みかけてた時分だった。そろそろふもとの村の方へ降りようと思ってな、道具を集めかけてる時だった。ふもとの方は、もう暗くなっていたが、ふと目を上げてみるとだな、兵隊が六人、丘を越えて来るでねえか。見りゃ、その真ん中に、ノッポの男が一人、両手を縛られてよ、——ほら、こんなふうにね——わき腹のところへくくりつけられてるじゃねえかね」

肌身《はだみ》離さぬ例の帽子を使いながら、彼は、両肱《ひじ》を腰のところに縛りつけられ、その綱をまた背中でこぶ結びにされている男の格好を、まねて見せた。

「そこでね、わしは、石置き場のそばに立って、兵隊たちと囚人の通って行くのを見てたいやね（なにしろ人ッ子一人いねえ寂しい道だからね、どんなことだって、見のがすってことはないやね）。で、初め近づいて来た時にはね、ただ兵隊が六人と、それに縛られた男が一人と、それだけのことがわかっただけだがね。もうみんな、大分黒々と見えていた——もっともお日さまの沈む側だけは別でな、そっちは赤々と縁取ったみてえになってたがねえ。今でも覚えてるが、そいつらの影がね、街道とは反対側のくぼみから、その上の丘の方まで、ずっと長く長く伸びてね、まるで大入道の影法師みてえだったっけ。それに、みんなすっかり埃だらけでな、ザク、ザク、ザクと歩いてくるにつれて、土埃の渦《うず》もずっといっしょに動いてくる。ところで、いよいよそばまで来るとだな、なんと、いつかのあのノッポじゃねえか。向こうでも気がついた。やっこさんとすりゃだよ、場所もほとんど同じところよ、いつか初めて会ったあの夕方みてえにさ、もう一度、丘をころがり落ちて逃げられたら、さぞうれしかったこったろうになあ！」

まるで彼は、現場にでも臨んでいるみたいに、説明して聞かせた。今もありありと目の前に浮んでいるのだろう。彼としては、おそらくこんな経験をしたことは、あまりなかったろう。

「もちろん、わしはね、わしの知ってるノッポだなんて素振りは、毛頭兵隊たちに見せなかった。ノッポの方でも、そうだった。わしたちお互いはね、ちゃんと目くばせして、知らせ合った。『さあ、歩け！　早く墓場へ送り込むんだ！』と隊長らしいのが、村の方を指さして言ったね。それで、またどんどん歩き出したわけだが、わしも、あとからついてった。あんまり強くくくられてるもんで、両腕はすっかりはれ上がってるしね。木靴《きぐつ》はまた、ひどく大きくて、不格好な奴よ。おまけに、やっこさん片足が悪いときてる。早く歩けねえもんでね、兵隊たちが、鉄砲で追い立てるんだ——ほら、こんなふうにね！」

これも彼は、銃の台尻《だいじり》で追い立てられる格好をして見せた。

「そんなふうで、まあ、酔っ払いの駆けっこみてえに、丘を駆け降りて行ったんだがね、自然、やっこさんはころぶよ、ね。すると、みんな大声に笑い出しては、引起すんだな。顔は血だらけの上に、それがまた埃まびれよ。だが、手をやろうったって、それもできねえ。それを見て、また奴ら、大笑いするんだな。とうとう村まで来た。村は総出よ。それから奴らは、粉ひき場の前を通って、牢屋の方へ上ってった。みんな村の連中の見てる前で、暗闇《くらやみ》の中を、ギーッと牢屋の門が開くとな、そのままノッポの姿はのまれて行った——ほら、こんなふうにな！」

言いながら、彼は、できるだけいっぱいに口を開くと、続いて、カチッと大きく歯音を立てて閉じた。ここでまた口をあけては、効果が減るとでも思ったものか、そのまま彼は黙ってしまった。見て取って、ドファルジュが促した。「先をやれ、ジャック！」

「さて、村の人たちは帰ってしまうしね」道路人夫は、そっと、声をひそめるようにして、また始める。「ひとしきり水汲み場で、ひそひそ話はあったが、間もなく寝ちまった。そしてあの断崖《だんがい》の上の牢屋の鉄格子の中にいる気の毒な人たちのこと、——そうよ、出されるのは、殺されるときに決ってるんだからね——その気の毒な人たちのことを、夢に見た。ところで、朝になってね、わしは、また道具をかついで、歩き歩き、ちっちゃな黒パンをかじりながらね、途中、牢屋の方を回り道してみた。見ると、いたねえ。あのはるか高い鉄格子の檻《おり》の中によ、血まみれの埃だらけの昨夜のまんま、やっこさん、外を見てたねえ。手の自由はきかねえもんだから、手を振るわけにもいかねえ。わしの方だって、声をかけるわけにはいかねえやね。まるで死人みてえな顔して、わしの方を見てたっけ」

ドファルジュと三人の男たちは、暗然として顔を見合せた。道路人夫の話を聞きながら、彼らの顔は、みんな暗く鬱屈《うっくつ》して、激しい復讐《ふくしゅう》への怒りに燃えていた。みんなこっそりと秘密を守っているようではあったが、同時に権威に満ちた様子でもあった。どこか、自然のまだが、法廷じみた気配さえあった。ジャック一号と二号とは、例の古藁《ふるわら》ぶとんに腰を掛け、片手で顎《あご》をささえて、目はじっと道路人夫を見つめている。ジャック三号、熱心さはもちろん変らないが、これは二人の背後に片膝《ひざ》をつき、手は妙に落ちつきなく、口や鼻のあたり、ピリピリ動く神経をしきりにこすっているらしい。一方ドファルジュは、これら三人と、明るい窓側にすわった話し手との間に入り、代りばんこに双方をながめわたしていた。

「さあ、その先だ、ジャック！」

「そこで、あの男はね、鉄の檻に四、五日間も入れられてた。村の人たちは、よくこっそり見に行ったたね。とにかく、みんな心配してたからなあ。だが、どうせ見るといったってね、はるか下から、あの断崖の牢屋を見上げるだけだァね。夕方になって、みんな昼間の仕事は終り、水汲み場に集まって、話がはずむとね、誰《だれ》も牢屋の方を振り仰いで見るわけよ、ね。以前は、みんな宿駅の方を見たもんだが、今じゃ、一斉に牢屋の方を見る。水汲み場の評定じゃね、たとえ死刑の宣告はあっても、よもや、執行はあるめえと言うもんもいる。子供が殺されたんで、つい気が変になって、やっちまっただけなんだからっていう嘆願書が、たくさんパリの方へ出てるって話だねえ。王さまにまで出されたっていう噂《うわさ》もあるんだが、こいつは、わしにもわからねえ。そんなこともあるかもしんねえが、なんとも言えねえ」

「おい、いいか、ジャック」と一号が、改まった顔をして、言葉をはさんだ。「その嘆願はな、確かに王とお妃《きさき》の手に渡った。おまえは見てまいが、わしたちみんな、二人おそろいで馬車でお通りになる時、ちゃんと王が受取るのを、この目で見たんだ。生命《いのち》がけで馬の前に飛び出してな、嘆願状を差出したのは、ほら、このドファルジュなんだよ」

「まだもう一つある」と、こんどは片膝ついていた三号が言う。彼の指は、相変らず何かを求めて——それは食べ物でもない、飲み物でもない——まるで飢えかわいたもののように、しきりに例の敏感な神経のあたりを撫《な》でまわしている。「そこでだ、あの騎兵、歩兵の近衛《このえ》の野郎どもがね、その訴人を押《お》っとり囲んだかと思うとな、袋だたきにしやがった。この話聞いたかね？」

「聞いてるだよ、旦那」

「じゃ、先をやれ！」ドファルジュが、またしても促す。

「そうかと思うとね、また一方では、水汲み場でコソコソ話をする奴もいる。なに、こんな所まで引っ立てられて来たからには、すぐとお仕置きは決ってる。今にきっとお仕置きだろうよ、ってね。それから、こんなことも言ってるだよ、ねえ。つまり、あの男はお殿さまを殺したってわけだが、お殿さまと言や、借地人たちの——いや、農奴ってわけかね——そんなことは、どうだっていいが、——とにかく、その親ってもんだからね。そうなると、親殺しってことで、お仕置きになるかもしれねえって、そう言うんだよ。やっぱり水汲み場でだが、こんなことを言ってた爺《じい》さんもいたっけ。つまりね、あの男の右手はね、短刀一本持たされて、われとわが目の前で焼き切られちまうし、腕や胸や脚にはね、うんと傷をつけて、その中へ煮え湯、とけた鉛、熱い松やに、蠟《ろう》、硫黄っていったようなものを、流し込んでよ、いちばんおしまいは、きっと四頭の荒馬で八つ裂きになるんだろう、ってな。爺さんの話じゃ、なんでもルイ十五世の時分にね、やっぱり王さまの生命《いのち》をねらった男が、そのとおりやられたってことだな。さあ、嘘《うそ》かほんとうか、わしは知らん。学者じゃねえからね」

「じゃ、もう一度、よく聞け、ジャック！」と、例の何か飢えかわくように、ソワソワ手を動かしている男が叫んだ。「その犯人はな、ダミアンというのだ（訳注 ロベール・フランソワ・ダミアン。一七五七年一月、ヴェルサイユでルイ十五世を刺そうとして、果たさず、このとおりの刑にあった）。そしてそれはな、白昼、このパリの街中でやられたんだよ。見物に集まった連中は、たいへんなものだったが、中でもいちばん目についたのはな、とりわけ上流の貴婦人たちっていうのがよ、いちばん熱心で、おしまいまで見てたというんだねえ――それはね、夜までかかったんだが、その時分には、男の脚は二本とも、それから腕も一本、ちぎりとられていたんだが、それでもまだ息はしてた！　そうだ、あれのあったのは――ええと、おまえ、幾つだ？」

「三十五で」どう見ても六十とは見えたが、道路人夫は、そう答えた。

「じゃ、おまえは、もう十以上にはなってたな。見ようと思えば、見られたわけよ」

「もうわかった、わかった！」ドファルジュが、もうたまらないといったように、こわい顔をして言った。「悪魔め、万歳！　か。さあ、先をやれ！」

「まあ、そんなふうで、噂の筋はいろいろとあるだがね、とにかく話は、そのことばかりで持ち切りでさ。あの水汲み場の泉までが、調子合せて噴いてやがる。ところが、とうとう日曜の晩だったねえ。村の者は寝静まっていたが、ほら、あの牢屋《ろうや》から兵隊が一隊ゾロゾロと降りてきてな、狭い往来の敷石で、やつらの鉄砲がガチャガチャ鳴り出した。それから人夫が穴を掘る、大工がカンカン金鎚《かなづち》でやる。兵隊たちは、笑う、歌う。夜が明けてみるとな、あの水汲み場のそばに、そうだ、四十フィートもあるかと思う絞首台《こうしゅだい》が、いつの間にか押っ立っててな、とうとう水もよごされちまった」

道路人夫は、低い天井を、ながめたというよりは、それを突き抜いて、はるか空の一角に、その絞首台を指さしてでもいるかのようだった。

「仕事なんか手につくもんか。みんな集まってきてさ。牛ひいて行くものさえいねえもんだから、牛までいっしょにながめてたっけ。お昼ごろだったかな、太鼓がドンドン鳴り出した。兵隊たちはね、夜の間に牢屋へ連れに行ったもんだろうな。見りゃ、ノッポは兵隊の列の真ん中にいるじゃねえか。前の時と同じように、両手は縛られて、口にはさるグツワがはまってる——それも、ひもで思い切り締め上げたもんでね、まるで笑ってでもいるような顔に見えたっけ」言いながら、彼は、二本のおや指で、口もとから耳のところまで、ギュッと締め上げて、その格好をしてみせた。「絞首台の天辺《てっぺん》にはね、例の短刀をさ、刃を上にして、切《きっ》尖《さき》は天に向けて、突き刺してあった。そこで、まあ、あの男は、四十フィート高い木の上につるされたわけだがね——あとは、そのままほったらかしにしやがって、お蔭《かげ》で水はよごれ放題よ」

その時の光景を思い出していたのだろう、彼の顔には、またひとしきり汗が流れた。それを例の青帽でツルリとぬぐうのだが、その間、三人の男はお互い顔を見合せた。

「いや、もう恐ろしいこっだった。だってね、旦那、女子供に、どうして水が汲めますかってんだ！　そんな死骸《しがい》がブラブラ下がってる下で、だれが世間話などできますかってんだ、ね！　ブラブラしてる下でって、言ったっけねえ？　それどころじゃねえ、あの月曜日の夕方、わしがあの村を出てきた折なんざね、またしてもお日さまは沈みかけてた。丘の上から振返って見るとね、その長い影法師が、教会を越え、粉ひき場を越え、牢屋を越えてさ――まるで大地を越して、空とくっついてるあたりまでも伸びてるような気がしたもんねえ！」

例の何か飢えかかわいたような男が、三人を見やりながら、自分の指をかんでいた。指までが、かわきに軽く震えているように見えた。

「話ってのは、それだけだがね、旦那。わしはね、言われたとおり、日暮れに発《た》ってね、それから歩いたねえ。その晩も、それから次の日も半日ほど、そいで、これも言われてたとおり、このドファルジュさんと落ち合ったわけよ。それからはね、いっしょに馬に乗ったり、歩いたり、あと昨日が半日、それから昨夜一晩と、やっと着いて、今こうして旦那方にお目にかかってるというわけだァね、な！」

暗澹《あんたん》とした沈黙がちょっと続いたが、やがてジャック一号が言った。「よし！　言いつけどおり、よくやったぜ！　じゃ、ちょっと扉《とびら》の外で待っててくれないか？」

「よがすとも」と道路人夫は答えた。ドファルジュは、彼を階段の上がりばなへ連れて行き、そこへ掛けさせておいて、また部屋へ戻《もど》った。

三人の男は、もう立ち上がっていた。そして彼が戻ってくると、たちまちみんなで額を集めた。

「おい、どうする、ジャック？」第一号がきいた。「記録にするか？」

「そうだ、『殺し』といこう」ドファルジュが答える。

「賛成！」例のかわいたような顔の男が叫ぶ。

「ついでに、あの城も一家も、もろともか？」と第一号。

「そうさ、城も一家も」と、またしてもドファルジュ。「みな殺しだ」

「賛成！」まるでうちょうてんといった興奮ぶりで、飢えた男が叫ぶ。そしてまた別の指をかみだした。

「だがな、おい、大丈夫か？」と第二号がドファルジュに確かめる。「こんなふうに記録はこさえとくんだが、あとで厄介《やっかい》なことは起らないかなあ？　そりゃ、安全と言や、絶対に安全よ。だって、おれたち以外、誰一人読めっこねえんだからな。だけどだな、問題は、おれたち自身いつでも読めるってもんかねえ？――いや、むしろお宅の奥さんが、といった方がいいかもしれねえけどな」

「なに、ジャック」と、ドファルジュが急に胸を張って言う。「相手は家《うち》の奥方だな、頭の中だけでもいい、いったん記録したからにはな、一言だって、――いや、半言だって忘れるもんじゃァねえ。それを、わざわざ編み針でよ、しかもちゃんと自分の符牒《ふちょう》で編み込んでるんだぜ、お太陽《てんとう》さまよりもはっきりしてるはずよ。まあ、あいつを信用してもらうんだな。あいつの編み込んだ記録からな、名まえ一つでも、罪科一つでも消すなんてことはな、まず金輪際《こんりんざい》できなかろうぜ。それよりかはな、意気地なしの臆病者《おくびょうもの》が、自分で自分の生命《いのち》を吹ッ消す方が、よっぽど造作ねえ話よ」

信じる、よろしい、というようなつぶやきが起った。そして飢えたような顔の男が聞いた。「じゃ、あの田舎者はすぐ送り返すか？　それもいいとは思うがね、ただあの男、どうも単純で、少しあぶなくはないかな？」

「いや、あいつはなんにも知らねえんだ」ドファルジュが答える。「せいぜいあの同じ高さの首つり台につるし上げられる程度のことしか、知らないんだよ。あの男のことは、おれが引受ける。おれの手に任せておいてくれ、ね。ちゃんとおれが世話して、うまく軌道に乗せてやるからな。あいつはね、お偉がたの世界が見たいって言ってるんだ——王だの、妃《きさき》だの、宮廷の連中だのってのがな。だから、この日曜日、一つ見せてやろうかと思ってるんだ」

「なんだって？」例の飢えたような男が、大きく目を見張って、叫んだ。「そりゃ、いいのかい、王だの貴族だのってのが見たいって言うのは？」

「なに、ジャック」とドファルジュ。「猫《ねこ》にな、牛乳をほしがらせようと思えば、まず牛乳を見せるに限るんだな。同じように、犬にな、将来獲物をとらせようと思えばね、まず生のままの餌食《えじき》を見せてやるに限るんだなあ」

話はそれきりになった。そして道路人夫は、もうすでに階段の上のところでウトウト眠り始めていた。藁ぶとんのベッドにでも入って、少し休んでは、と言ってやったが、もはや勧められるまでもなく、すぐとそのまま寝てしまった。

こうした山出しの田舎者を泊めるところなら、なにもドファルジュの酒店以下のひどい場所だって、パリには幾らでもあったはずだ。それだけに、ここでの起居は、彼が絶えず妙におびえていたらしい、マダム・ドファルジュへの気兼ねさえ別にして考えれば、彼にとっては、まことに快い、またもの珍しい毎日だったに違いない。だが、なにしろ問題はかみさんである。一日じゅう勘定台にすわっていて、彼の存在などは、目に見えて意識的に無視してかかっている。そして彼がそこにいることなど、何か裏で進行している事態などとは、全然無関係であることを、強《し》いてまで強調して見せようというような態度、これにはなんとも気味が悪く、彼は、視線が彼女の上に落ちるごとに、木靴《きぐつ》の中までガタガタ身が震えた。事実、この次彼女がどんな態度に出るか、全く予測もつかないような不安に駆られるのだった。たとえば、ここでもし彼女が、あのデコデコと飾り立てた頭の中で、自分はこの男が人を殺す現場を見た、そしてあとその犠牲者から、身ぐるみはぎとったというような、突拍子もない妄想《もうそう》を考えつくとすれば、おそらくこの女のこと、最後までその芝居をやりぬくに決っていると、そんな気までしたからである。

だから、日曜日になって、いよいよヴェルサイユへ行くということになっても、彼女もいっしょだということを聞くと、彼の心は、あまり浮き立たなかった（口では、もちろんうれしいとは言ったが）。おまけに、もう一つ、なんとなく不安だったのは、その途中ずっと、乗合馬車の中でまで、相変らず彼女が編物を続けていること、そしてまた午後になって、いよいよ両陛下の馬車を待つ群集の中にあってさえも、まだ彼女がそれをよさないことであった。

「ずいぶんご精が出ますな」と、すぐ隣の男が彼女に言った。

「ええ」とマダム・ドファルジュは答える。「いろいろ忙しいもんですからね」

「何をおこしらえになるんです？」

「そりゃ、まあ、いろんなものですけど」

「たとえば？」

「そうねえ、たとえば屍衣《きようかたびら》でしょうか」彼女は、ケロリとして答えた。

男は、あわてたように大急ぎで、少し遠のいた。道路人夫は例の青帽を動かして、しきりに風を入れていた。何かひどく苦しい、息づまるような気持がしていたからである。だが、もし両陛下の姿が、彼にとっておあつらえ向きの気つけ薬だったとすれば、彼はまこと幸運だった。というのは、間もなく大きな顔をした国王と、目もあざやかな美人の王妃とが、綺《き》羅星《らぼし》のようないわゆるあの「牡牛《おうし》の目」ども（訳注「牡牛の目」（ウイユ・ド・ブフ）とは、もともとヴェルサイユ宮大接見室の次の間についている有名な明り窓のこと。それから転じて、この部屋に出入りする貴族たちをいう）――輝くばかりに談笑する貴婦人や貴族たちの群れに供奉されながら、黄金の馬車をうたせて、姿を現わしたからだった。目もくらむばかりの宝石、絹帛《けんぱく》、粉《ふん》黛《たい》、美粧、男も女も、艶冶《えんや》たる中にも、一抹《いちまつ》の倨傲《きよごう》を忘れず、美貌《びぼう》の底にも冷たい蔑視《べつし》を露骨に見せる盛大な景観を目《ま》のあたり見て、もはや道路人夫は、われにもなく陶酔の感激に浸り切り、ただ夢中で、国王万歳！　王妃万歳！　そしてまた何もかも万歳！　を叫び続けているのだった。国じゅうにみなぎるジャックの声など、まるで耳にしたこともないかのようにだ。あとまだ花壇があった、中庭があった、段庭が、噴泉が、緑堤があった。そしてまたしても王だ、王妃だ、「牡牛の目」どもの綺羅星だ！　万歳！　万歳！　とうとう彼は、感きわまって泣きだしてしまった。そんな光景は、三時間ばかりも続いたであろうか、その間彼は、同じような市民たちといっしょに、叫び、泣き、そして感激に興奮していた。しかも一方ドファルジュは、その間も終始、彼の襟頸《えりくび》をつかんで、いまにも彼がその熱狂の対象に飛びかかって行って、八つ裂きにでもしはすまいかというのを、必死になって制してでもいるかのような格好だった。

「おい、うめえぞ！」やがて興奮の情景が終ると、ドファルジュは、彼の背中を、まるで親分のように、軽くたたいてやりながら、言った。「いい男だよ、おめえは！」

道路人夫も、やっとわれに返った。そして今の興奮状態は、われながらまずくはなかったかといったふうに、ちょっと心配そうな顔をして見せた。だが、失敗どころではなかった。

「おめえさんのような人間こそ、おれたち、待ってたんだ」ドファルジュが、耳もとでささやくように言った。「ああいうふうにやるとな、あの馬鹿者《ばかもの》でも、いつまでもあんなことが続くような気になる。そうなれば、いよいよ増長しやがってな、それだけ死期を早めることになるという計算さ」

「へえッ！　なるほどねえ」と道路人夫は、いかにも感心したように答えた。

「あいつらは、なんにも知らねえんだ。おめえなんぞの生命《いのち》など、虫ケラほどにも考えないでな。おめえさんやおめえさんの仲間たちの生命などは、飼い犬や飼い馬の息の根をとめるよりも、はるかに簡単な気持で、チョン切っちまうんだよ、ね。だが、そこでやっと思い知るはずなんだ、おめえさんの生命が、どういう意味のもんだかってことをな。まあ、もうしばらくだまくらかしておくさ。だまされすぎなんてことはねえんだからな」

マダム・ドファルジュは、ひどく横柄《おうへい》に、相手を見下すようにしながら、大きくうなずいて言った。

「おまえさんという人はね、なんでもお祭り騒ぎみたいにさえなれば、大声でどなったり、涙を流したりするんだろう。ねえ！　そうじゃないこと？」

「そうでがすよ、奥さん。いまのところはね」

「うんとこさお人形を見せてね、それをみんなぶちこわして、メチャメチャにしてごらん、その方が得なんだから、なんておだてられりゃ、きっといちばん高い、いちばん立派な奴《やつ》に、いちばんに手を出すんだろうよ、ね、おまえさんという男は？」

「そうでがすよ、全く」

「そうねえ。それからまたね、もう飛べなくなった鳥をたくさん見せて、勝手に羽根をむしっていいなんてけしかけりゃ、これまたいちばんきれいな羽根をしたやつから、いちばんに始めるんだろうねえ。そうじゃない？」

「そのとおりでがすよ」

「それじゃね、おまえさんは、今日お人形も鳥も見たわけよ」マダム・ドファルジュは、その人形と鳥とが最後に姿を見せたあたりを、サッと指さして言った。「さ、これでもう家へお帰り！」

第十六章　編物は続く

ドファルジュ夫妻が、むつまじげな足取りで、サン・タントアーヌの奥へと家路をたどっていた時、他方、闇《やみ》の中を、土埃《つちぼこり》をあびながら、長い長い並木道を、ゆっくり、あの今は石の下に眠る侯爵《こうしやく》閣下の城館の方向へと、足を運んでいる青帽の一点があった。城館も、今はもうひっそりと、木立のそよぎに耳を澄ましているだけ。あの数々の石彫の顔も、ひどく手持無沙汰《ぶさた》げに、木々や噴泉のささやきに耳を傾けている。ときどきは村の着たきりすずめどもが、食料の薬草や、薪《まき》にする枯れ枝などをとりに、あの大きな石造の前庭や、段庭の石階のすぐそばまでも紛れ込んでくることがあるが、そんな時、その飢え切った空想にも、ふとこんな気がするのだった、あの石彫の顔の表情が変った、と。村には、こんな噂《うわさ》が流れていた――もちろんそれは、村人たちの生命と同様、ほんのあるかなきかのものにはすぎなかったが――つまり、あの晩、例の短刀が侯爵を刺したとき、顔の表情は、突如としておごりのそれから、怒りと苦痛のそれに変った。そしてまたそれは、あの犯人の男が、四十フィート高い泉の上にダラリとつり上げられたとき、再び変った。復讐《ふくしゅう》をなしとげたものの残忍な相に変り、おそらくそれは永久に続くだろう、というのだった。またあの暗殺が行なわれた寝室の大きな窓の上に差出た、これも石の顔には、ちょうど鼻のところに二つのくぼみが、はっきり見られた。誰《だれ》の目にもひと目でわかったが、しかもそれは、今までには見られなかったものであった。ときどきまれに、オンボロ姿の百姓どもが二人三人、群れの中からそっと出て来て、大急ぎでこの石になった侯爵閣下を仰ぎにくるが、それもほんの一分間ほど、骨と皮の指で指さしているかと思うと、たちまちみんなコソコソと、まるで運よく餌《えさ》にでもありついた野兎《のうさぎ》のように、あわててまた苔《こけ》や葉蔭《はかげ》に逃げ込んでしまうのだった。

城館も、埴生《はにゅう》の宿も、石彫の顔も、ダラリと下がった死骸《しがい》も、石の床の血痕《けっこん》も、きれいな泉の水も、——ひろびろとひろがる農地も、——フランスのこの州全体——いや、フランス全土そのものが——いわば細い髪の毛ほどのかすかな一線になって、夜空の下に横たわっていた。いや、むしろ世界いったいが、その偉大なるもの、卑小なるもののいっさいをこめて、またたく星の下に横たわっていたのである。だが、単なる人間の知識でさえが、ただ一条《ひとすじ》の光の中に、あらゆる組成の色彩を分析して見ることができる以上、さらにより霊妙な英知の働きが、こうした地上のかすかな輝きの中に、そこに生きるあらゆる人間の思想、行為、そしてまた悪徳や美徳のいっさいを、見事に読みとるのは当然であろう。

ドファルジュ夫妻は、星空の下を、乗合馬車に乗って、そのコースの当然通るパリの市門まで来た。城門の衛所の前で、いつものように止められ、いつものように角燈《かくとう》を下げた衛兵が出てきて、これまた型どおりの審問を繰返した。ドファルジュは車を降りた。衛兵の中に一、二人、また警官にも一人、知合いの男がいたからだ。とりわけ警官の方とは、よほど親しいと見えて、なつかしげに抱擁し合った。

やがてサン・タントアーヌが、再びその暗い翼の下に、ドファルジュ夫妻を包み込み、最後にその境界近くで馬車を降りた彼らが、またしても黒い泥《どろ》と芥《あくた》の街々を歩きかけたとき、マダム・ドファルジュが亭主《ていしゅ》に話しかけた。

「ねえ、おまえさん、あのおまわりのジャック、なんて言ったんだねえ？」

「なに、今夜はほとんど情報なしだってよ。もっとも知ってる限りは言ってくれたんだがな。なんでもこの辺に、またもう一人スパイを入れたらしいな。いや、もっといるかもしれないんだが、そこまではあいつにもわからんらしい。だが、今の一人だけは知ってるそうだ」

「ふん、そうなの！」マダム・ドファルジュは、ひどく事務的な冷静な表情で、軽く眉《まゆ》をあげた。「じゃ、また記録にとっとく必要があるね。なんて名まえ？」

「イギリス人だそうだ」

「じゃ、なおさらいいじゃないのよ。で、名まえは？」

「バルサードというんだ」ドファルジュはフランス語流の発音で、バーサッドをこう言ったのだが、ただとくに注意して正確に聞いてきたので、綴《つづ》りの方は、一字の間違いなく伝えることができた。

「バルサードねえ」マダム・ドファルジュは軽く復唱した。そして「わかった。で、洗礼名は？」

「ジョン」

「じゃ、ジョン・バルサードねえ」彼女は、一度口の中でひとり言みたいに言ってみてから、もう一度復唱するように、繰返した。「わかったけど、風采《ふうさい》、格好は？　わかってるの？」

「年齢は四十くらい。背の高さは、五フィート九インチ前後。髪は黒く、顔色も浅黒い。総じていって、いい男らしいな。黒い目、こけた頰《ほお》、面長《おもなが》で、血色は悪いそうだ。鷲鼻《わしばな》だが、鼻筋はゆがんで、ひどく左頰の方へ曲っているという。お蔭で、見るからに陰険そうな顔らしいな」

「ほんとに、まあ、ずいぶん細かいわねえ！」マダム・ドファルジュは、笑いながら言う。「さっそく明日は、記録にとっといてやるわよ」

二人は、もうしまっている（なにしろもう夜中だった）店へ入って行った。が、マダム・ドファルジュは、すぐと自分の机にすわると、まず留守中にはいっていた小銭を勘定し、品物を調べ、それから帳簿の記入を点検する、ついでに自分の書く分も記入する。さらに給仕を呼んで、あらゆる点から彼の言い分を聞きただし、そこで初めてお休みを言ってやるのだった。そのあとさらに彼女は、もう一度銭入れ皿《ざら》の売上げをハンカチにあけ、それを今度は、夜中の用心のために、幾つもの結び目に分けて、数珠《じゅず》つなぎのようにして、包んでしまった。その間じゅう、ドファルジュは、パイプを口に、歩き回りながら、口出しどころか、ほとほと感心したような顔でながめている。事実、この男は、商売と家事の方では、一生このとおりの格好で歩き回っているのだった。

暑い晩だった。すっかり閉め切った上に、不潔な環境に囲まれた店の中は、ひどい悪臭でいっぱいだった。ムシュー・ドファルジュの嗅覚《きゅうかく》は、決して鋭い方ではなかったが、それにしても店のぶどう酒は、いつになく強いかおりを放ち、またラムやブランディやウイキョウ酒のにおいも、おさおさそれに負けなかった。彼は、吸い切ったパイプを下に置くと、それらにおいの入り混じった奴を、プーッと一つ勢いよく吹きとばした。

「疲れてるのよ」まだあの売上げ金をハンカチでくくりながら、マダム・ドファルジュは、チラと目をあげて言った。「別になんでもない、いつものとおりのにおいよ」

「そうだ、少しくたびれてるのかな」彼も相槌《あいづち》を打って答えた。

「それに少し元気もないようだわねえ」マダム・ドファルジュの目は、異様なまでに売上げ金の勘定に注がれていたが、それでも、ときどきはチラリと夫の方を見て、言うのだった。

「ほんとに、男の人ってのはねえ!」

「だがな、おまえ!」

「だがな、おまえ、だかしらないけれど」大きくうなずきながら、彼女は言う。「ねえ、あんた、今夜は、大分しょげてるよねえ」

「まあ、そりゃそうだがな」と彼は、まるで何か絞り出しでもするかのように、唸《うな》った。

「それにしても、時間がかかりすぎるよ」

「そりゃ、かかるわよ」と細君は言う。「いつだってそうじゃないのよ、ね。敵討《かたきう》ちだの復讐ってもんは、時間がかかるもんなのよ。あたりまえなのよ、それが」

「だって、雷で一発ガンとやってみろ、アッという間だぜ」

「でもね、あの雷が落ちるまでふくれ上がって行くのに、どれだけかかるか、考えてみたことあるの？」細君は冷静なものだった。

なるほど、それも一理あるかな、と言わんばかりに、ドファルジュは顔をあげる。

「地震だってね、町一つ飲み込むのは、アッという間だろう、ね。でも、その地震が起るまでに、どれほど時間がかかるか、考えてみたことあるの、ね？」

「そりゃ、ずいぶんかかろうなあ」

「ところがね、いったん、機が熟したとなると、パッとくるのよ。そしてそうなれば、邪魔になるものは、何もかも木《こ》っ端微塵《ぱみじん》なのよ。だから、それまでは、まあ、すべて準備なのねえ、目に見えないし、なんにも聞えないけどね。そう考えれば、心も休まるんじゃない？そう思っとくのよ」

言いながら、彼女は、まるで敵の首でも絞めるように、目を輝かせながら、また一つハンカチをギュッと結んだ。

「つまりね、あんた」と彼女は、大きく右手を伸ばして、力をこめて言う。「道中が長くかかるのよ。でもね、もうちゃんと動き出しちゃいるのよ。近づいているのよ。動き出したからには、あと戻《もど》りすることは絶対にないし、止まることもないんだからね。そういう間も、近づいてるのよ。まわりを見回してごらんよ、みんなのあの暮し、みんなのあの顔をねえ！それから、あの百姓たちの不満、怒りはどう？　じりじりと、恐ろしい勢いで盛り上がってるわよ。こんな世の中が続くはずないじゃないの。おかしいわねえ、あんたって人も！」

「おまえは偉いよ」彼は、軽く頭をたれ、両手を背後に組んで、細君の前に立っていた。おとなしい、まるで教義問答を教わっている生徒のようだった。「そりゃ、おまえの言うとおりだろう。だがね、それにしちゃ長すぎらあね。うっかりすると、――そうなんだ、な、うっかりするとな――おれたちの生きてる間には、来ねえかもしれねえからな」

「そりゃ、そうかもしれないだろうけどね。それがどうしたっていうのよ?」細君は、またもう一人、敵でも捕えたかのように、ギュッと一つ締める。

「そりゃ、そうだがな」と彼は、半ばこぼすように、また半ばあやまるように、ピクリと肩をすくめる。「それじゃ、おれたち、勝利の日は見られねえじゃないか」

「だけど、それを助けたことになるわよ」細君は、伸ばした手を強く振って言う。「わたしたちのすることがね、むだになるなんてことは、絶対にないのよ。わたしはね、絶対勝利の日は見られると思ってるのよ。でもね、もし仮にそうでないとしてもよ、――いいえ、むしろ見られない方が確実だとしてもよ、わたしはね、もしあの暴君貴族の首でも見りゃ、黙ってるもんか、こうよ――」

言いながら、彼女は、歯を食いしばって、もう一つ恐ろしい力で結び目を作った。

「わかった、わかった!」まるで卑怯者《ひきょうもの》だとでも言われたかのように、ドファルジュは、心持赤くなって、抗弁した。「なに、おれだってよ、どんなことだってやるぜ」

「そりゃ、そうよ! でもね、それがあんたの欠点なのよ、ときどき犠牲を目のあたり見たり、勝利の機会をちらつかせてもらわなけりゃ、元気が出ないっていうのがね。そんなものなしにだって、勇気を出さなきゃだめなのよ。時節が来たらね、パッと虎《とら》と悪魔を放してやるのよ。でも、それまではね、虎も悪魔も、じっと鎖につないだまま、待ってるのよ、ね——決して外へは見せないでね、——それでいて、用意はいつでもちゃんとしとくのよ」

マダム・ドファルジュは、この励ましの結論に、いちだん力を入れたつもりか、数珠つなぎになった売上げ金の束を、まるで脳味噌《のうみそ》でもたたき出すかのように、ドンと一つカウンターの上にたたきつけた。それから、ずっしりと重いハンカチ包みを、静かに小わきにかいこむと、さあ、もう寝る時間だと言った。

翌日の正午も、このすばらしい女は、いつものように酒店の勘定台にすわり、せっせと編物の手を動かしていた。彼女のそばには、バラの花が一輪置かれていた。彼女は、ときどきチラとその方へも目をやるが、といっていつもの余念ないその様子は、少しも変るではない。店には、飲んでいる者、いない者、立っている者、すわった者、ちらほらまばらに客がいた。ひどく暑い日だった。細君の近くには、小さなコップが幾つか並べてあり、中には何か粘液らしいものが入っていたが、その底には、あのおせっかいな冒険好きの探究を、こんなところまで伸ばしてきた蠅《はえ》どもが、死骸になって積っている。だが、彼らの死も、同じく遊弋《ゆうよく》に出ているほかの蠅どもには、一向に感じられないらしい。冷然と(まるで自分たちは、象か何か、とにかくそれほど違った生類みたいな気持で)ながめやるだけで、そのくせ最後は同じ運命の手に落ちて行くのだった。それにしても、なんという無関心さだろう、考えてみるとおかしかった——いずれこの暑い夏の日、あの宮廷の連中ののんきぶりもまた、このとおりなのだろう。

　誰か戸口を入って来る者があって、その影がマダム・ドファルジュの上に落ちた。瞬間彼女は、初めての客だな、と直感した。編物を置くと、相手の方を見るよりも前に、まず例のバラの花を頭被《おお》いにさした。

　奇妙な光景が起った。彼女がバラの花を取上げたかと見るや、客たちは、プツリと話をやめて、次々と店を出かけた。

「こんにちは、マダム」と新来の客が声をかけた。

「ああ、こんにちは」

「いらっしゃいまし」

　そこまでは声に出して言ったが、あとは、再び編物を取上げながら、心の中でつぶやいた。

「ほほう！　いらっしゃいましだ！　年のころ四十前後、身丈《みたけ》五フィート九インチくらい、黒い髪、総じていい男、浅黒い顔色、黒目、こけた面長顔、顔色悪く、鷲鼻、もっとも鼻筋通らず、左頬の方へ奇妙に曲り、そのため見るからに陰険な顔つきか！　そうだ、みんな、いらっしゃいまし！　か」

「マダム、コニャックの古いところを、小さいので一杯ね、それからお冷やを一杯」

マダム・ドファルジュは、慇懃《いんぎん》に注文に応じた。

「すばらしいコニャックだ、マダム！」

　こんなお世辞をもらったのは、初めてだった。なにしろ酒の素性をよく知っていたので、マダム・ドファルジュも、そんな手は食わなかった。だが、そこはさりげなく、お酒の方で喜びましょうよ、と答えながら、再び編物にかかった。客は、しばらく彼女の指先を見ていたが、やがて店の中をひとながめすると、

「たいへんお上手だね、マダム」

「慣れてますからね」

「それに、模様がまたきれいだ！」

「そうですかねえ、あなたご覧になって？」男の顔を見て、彼女は、ニッコリ笑った。

「そうですとも。失礼だが、なんにお使いになるんです？」

「なに、ほんの気晴らしですよ」言いながら、目はまだ微笑を浮べて、男の顔を見つめている。その間も、指先の方は、いよいよ軽く動いていた。

「じゃ、別に使いもんじゃないんで？」

「いえ、そりゃ、事と次第によってはねえ。いつか役に立つ日がないとは限りませんわよ。もしそんなことにでもなれば――そりゃ、あなた」と、ここで大きく一つ息をつくと、急に何か近寄りがたいような媚態《びたい》に、頭をうなずかせながら、「使いますともねえ！」

なんとも異様な光景だった。第一、マダム・ドファルジュのかぶりものにさしたバラの花というのは、およそこのサン・タントアーヌの趣味とはそぐわないものだった。またその間、二人の男が別々に入ってきて、いずれも酒を注文しかけたが、この妙な彼女の頭を見ると、にわかにちょっとためらって、何か友達でも捜すような格好をしたが、いないと見ると、そ

のまま二人とも出て行ってしまった。またこの客が入って来たとき、居合せた客たちも、今は一人としていなかった。いつの間にか、みんな出て行ってしまっていた。スパイは、ずいぶん目を皿のようにして見回していたが、何一つかぎつけるものはなかった。みんな尾羽打枯らした貧乏人が、ただあてもなく、漫然と出て行ってしまったという格好で、まことに自然、なんの見とがめる筋も見当らなかった。

「ジョン」と彼女は、針を動かしながら、念のために編物を確かめてみた。そしてもう一度相手の男をながめた。「せいぜいゆっくりいるがいいや。そのうちに、『バルサード』もちゃんと編み込んでやるからね」

「ご亭主はいるんだね、マダム?」

「いますよ」

「子どもさんは?」

「いませんのよ」

「不景気のようだねえ、ご商売は?」

「不景気も不景気、どん底ですわよ。なにしろみんな貧乏なもんでね」

「そうだ、不幸な、気の毒な人たちばかりだねえ！　おまけに、あんたも言うとおり、ひどい圧政を受けてねえ」

「わたしじゃない、あなたの言うとおりでしょう」と彼女は、はね返すように、言い直しをしておいてから、また彼の名まえにもう一つ、減点の一項目をつけ加えて、編み込んだ。

「こいつは失礼。確かに、わしの方が言ったんだっけ。だが、あんただって、当然そう思ってるんだろう？　むろんね」

「わたしが思うかって？」と彼女は、声を高めて、言い返した。「わたしにしろ、主人《うち》の人にしろね、この店をやっていくだけで、手いっぱいなのよ。考える暇なんかあるもんか。わたしたち、ここの人間の考えてることはね、どうして生きて行くかって、ただそれだけなのよ。それだけが、わたしたちの考えること。朝から晩まで、もうそのことでいっぱいなのさ。ほかのことで頭を使うなんて、そんなことができるもんかね。わたしが、他人《ひと》さまのことを考えるだって？　とんでもない」

何かうまい材料でもあれば、どんな切れはしのような情報でもかぎつけんものと、わざわざ来ていたスパイだが、これにはちょっと閉口した様子。だが、さすがにそんな気配は、その陰険な顔つきに、微塵も出しては見せなかった。それどころか、彼女の勘定台に片肱《ひじ》をつくと、ときどきコニャックをチビリチビリやりながら、ご機嫌《きげん》取りの世間話にお茶を濁しているのだった。

「そういえば、マダム、あれもひどい話だったねえ、あのギャスパールのお仕置きよ。可哀《かわい》そうに、あのギャスパールもなあ！」大きく同情の吐息をついて見せた。

「だってね、お客さん」相変らず彼女は、平静なものだった。そして軽く、「あんなことに短刀を使ったんじゃないの、罰を受けるのはあたりまえだわよ。それに、あの人だってね、あんなぜいたくの報いは、ちゃんと前から知ってたろうよ、ね。それを払っただけのことじゃないの」

「だが、わしは思うんだよ」と彼の猫《ねこ》なで声は、そこでまたいちだんとヒソヒソ話の口調になって、あのいやらしい顔の筋肉の一つ一つに、さも傷つけられた革命的情熱といったようなものまで見せたかと思うと、「ねえ、あの可哀そうな男のことについちゃ、この辺では、ずいぶん同情の声、憤慨の声もあることだろうねえ? まあ、ここだけの話だけどね」

「そうかねえ」ひどく気のないような答えだ。

「——あら、主人《うち》の人が帰ってきたわよ」

主人がはいって来ると、スパイは、ちょっと帽子のつばに手をやって会釈《えしやく》しながら、いかにも愛想よげに声をかけた。「よう、こんにちは、ジャック!」ドファルジュは、ぴたりと立ち止まって、相手を見た。

「こんにちは、ジャック!」スパイは、もう一度言い直した。もっとも、じっと見つめられているだけに、あまりあの打解けた、そして愛想笑いまではしにくいらしかった。

「旦那《だんな》は、何か思い違いしてらっしゃるんじゃないかねえ? 第一、人違いじゃござんせんか。そんなの、あっしの名まえじゃねえ。あっしはね、エルネスト・ドファルジュってんで」

「なに、どっちだっていいさ」相手は、気軽に、だが、明らかにあわてながら、ごまかした。

「とにかく、こんにちは!」

「ああ、こんにちは！」ひどくそっけない応答だった。

「今もわしは、おかみさんと話してたんだがね、つまり、こんなことを話しかけてたのさ、ね。なんでも噂《うわさ》によると――まあ、もちろん、あたりまえのことだろうがね――あの可哀そうなギャスパールの最期《さいご》について、このサン・タントアーヌじゃ、ひどく同情と憤慨の声があがってるってことじゃないの？」

「そんな話は、誰《だれ》からも聞かないね」ドファルジュは、首を横に振って答えた。「なんにも知らないねえ、あっしは」

そう言い捨てて、彼は小さな勘定台の奥へ入った。細君の椅子《いす》の背板に片手をかけ、台越しに正面の相手をにらんで立っていたが、夫婦二人とも、できることなら、大喜びでただの一発、その場で仕留めてやりたいような相手だった。

だが、相手もさるもの、こうしたことは慣れっこと見え、そしらぬ顔をそのままに、まずコニャックをぐいと飲み干して、一口水を口にすると、またお代りを注文した。マダム・ドファルジュは、言われるままについでやると、あとはまた編物に返り、かたがた何か鼻唄《はなうた》を歌いだした。

「旦那は、なかなかよくこの辺のことをご存じのようだねえ。うっかりすると、あっし以上だ」ドファルジュが言った。

「どうして、どうして。もっとも、もっとよく知りたいとは思うがね。とにかくここの気の毒な人たちには、ほんとに心から同情しているもんでね」

「ほッほう！」とドファルジュが、思わず声に出す。

「そこでね、ドファルジュ君、あんたと話したんで思い出したんだが、実はあんたの名まえに関連してね、わしは、実に面白《おもしろ》い思い出があるんだ」

「なるほどねえ！」もっとも態度は、相変らずひどく冷淡だった。

「そうなんだよ。というのはね、あのドクトル・マネットが釈放された時にね、身もと引受けをしたのは、昔使われていたというあんただろう？　あんたが引取ったというわけだ。どうだね、わかったろう？　その辺の事情、ちゃんとわしが知ってるってことは」

「確かに、そのとおりだねえ」とドファルジュは言った。だが、そういえば、細君が、鼻唄まじりに編物を続けながら、ふと何気なく彼の肱をつっついたような気がした。相手になるのはいいが、あまりおしゃべりはしないようにとの合図らしかった。

「あのお嬢さんは、あんたのとこへ来たんだろう。それからお嬢さんが、ドクトルを引取って行ったのも、あんたのところからだったねえ。あの小ざっぱりした茶色の服を着た旦那といっしょにね——なんと言ったっけかなあ？——あのちっちゃな仮髪《かずら》をつけた旦那——そう、ロリーとか言ったっけ——テルソン銀行のな——で、イギリスへ連れてったんだろう、ね？」

「確かに、そのとおりだがね」

「まあ、実に面白い思い出なんだがね！　つまり、わしは、イギリスでね、あのドクトルもお嬢さんも、知ってるんだよ」

「へえー？」とドファルジュがとぼける。

「ところで、このごろはあんまり消息もないのかねえ？」

「ありませんねえ」

「そうなんですのよ」と、とうとうマダム・ドファルジュが、編物と鼻唄から顔を上げて、割ってはいった。「その後、さっぱりわかりませんのでねえ。無事お着きになったというお便りはいただいたし、その後も一度か二度かは、お便りをいただきましたが、それからってものは、あの方はあの方で、なんとかやってらっしゃるんでしょうし、——あたしたちも、あたしたちで、暮しに追われてるって始末で、——お互いさっぱり消息が絶えてしまいましてねえ」

「全く、そりゃそうだろうねえ」とスパイは言った。「ところがね、今度あのお嬢さんが結婚なさるんだよ、ね」

「結婚なさるんですって？」再び細君が答える。「きれいなお嬢さんでしたからねえ。もうとっくに結婚なすってらしても、不思議じゃないんですものねえ。とにかく、あなた方、イギリスの方ってのは、みんな冷たいんですわねえ」

「ほう！　わしがイギリス人だってこと、おわかりなんだね？」

「そりゃ、もうお言葉でわかりますわよ。お言葉のなまりで、どこの国の方かくらいのことはねえ」

図星といっていい身もと鑑定は、あんまりうれしいことではないらしかった。だが、そこはうまくごまかして、笑いに紛らしてしまった。コニャックをすっかり飲み干すと、改めて、「そう、まあ、そんなわけでね、お嬢さんは結婚なさることになったんだがね。ところが、その相手というのがね、イギリス人じゃない。お嬢さんと同じ、フランス生れの男なんだねえ。そういえば、さっきギャスパールの話が出たが、――ああ、あいつも可哀そうに！　実にひどい目にあったもんだが、ところで、それが奇妙な縁でね、お嬢さんの結婚相手というのが、そのギャスパールが大空高くつるし上げられることになった、あの原因の侯爵《こうしゃく》の甥《おい》、つまり当主の侯爵ってわけなんですよ。今じゃイギリスで、ひっそり暮しておられる。もちろん侯爵なんてもんじゃなくてね。名まえはチャールズ・ダーニーってことになってるんだが、つまり、母方の姓がドルネエっていうところからねえ」

マダム・ドファルジュに与えた影響は、相変らず編物を続けていた。だが、このニュースがドファルジュには、一見して明らかだった。小さな勘定台の奥で、火打石を打って、パイプに火をつけようとするのだが、なんとしてもうまくいかない。手が言うことをきかないのだ。仮にもこれを見落したら、いや、それを見て取って心に留めなかったら、これはもうスパイなどする資格はあるまい。

どれほどの意味があるか、それはわからないが、とにかくこれだけのしっぽはつかんだ。あとはネタになりそうな客もいっこうに入って来ないので、ミスター・バーサッドは酒代を払って、店を出た。ただその出る前に、彼は、いとも馬鹿丁寧《ばかていねい》に、いずれ楽しみにしてまた来るから、と言い捨てて行った。彼がサン・タントアーヌの巷《ちまた》に出て行ってしまったあとも、ドファルジュ夫婦は、すぐまた引返して来るのではないかという気がして、しばらくはそのまま、じっと動かずにいた。

「お嬢さんのあの話だがね」とドファルジュは、細君の椅子の背板に手をかけて、パイプをくゆらせながら、見おろすように小声で言った。「ほんとうだろうかねえ?」

「あんな奴《やつ》の言うことだから、まあ嘘《うそ》だろうねえ」と細君は、かすかに眉《まゆ》を上げて言う。

「もっとも、ほんとうかもしれないよ」

「だが、もしそうだとしたらだな――」ドファルジュは、そこまで言いかけて、なぜかやめた。

「もしそうだったら?」

「――つまりな、あのことがよ、おれたち目の黒いうちに起ってな、勝ったなんてことになればだよ――やっぱりお嬢さんのためにゃ、ご主人は、なんとかフランスへ戻《もど》って来られん方がいいな」

「なに、ご主人の運命は運命だわよ」マダム・ドファルジュは、相変らず少しも騒がない。

「行くべき所へ行くよりほかないんだし、最期もまあ決ってるとおりになるだけのことよ、ね。あたしに言えるのは、ただそれだけのことだわ」

「だが、それにしても、奇妙なめぐり合せってもんだなあ――そうじゃねえか、とにかくね」まるで自分の言い分を、女房《にょうぼう》に承認してもらいたさに、口説《くど》いてでもいるかのような格好だった。「おれたち、あの先生、それからお嬢さまには、これだけ同情申上げているんだのになあ、そのままお嬢さまのご主人の名が、こともあろうに、今おまえの手でリストに入れられようとはなあ。しかも、今行ったあの罰当りの犬めの名まえと並んでよ、ね」

「なに、あの一件が起ってごらんよ、もっともっと奇妙なことが、幾らだって起るわよ。二人とも、ちゃんとここに名まえは編み込んであるからね。もちろん、それぞれちゃんとした謂《いわ》れがあってのことなんだけどね。ただそれだけのことなのよ」

それだけ言ってしまうと、彼女は、編物を巻き納めて、次には頭に巻いていたハンカチから例のバラの花を抜き取った。いやな飾りもののなくなったのを、サン・タントアーヌは、本能的に感じ取ったとでもいうのか、それともそれをじっとうかがっていたものか、とにかくしばらくすると、また人々は勇気を出して、ブラブラ入って来るようになり、間もなく酒店は、いつものとおりの様子に返った。

日が暮れると、とりわけ一年でもこの季節は、サン・タントアーヌじゅうが、まるでおもちゃ箱をひっくりかえしたようになり、人々は、こぞって戸口に出たり、窓台にすわったり、さては汚ない通りや路地の一角に集まって、涼をとるのだったが、そうなると、いつもマダム・ドファルジュは、例の編物を手に、ここかしこ、人の群れから群れへと回り歩くことにしていた。いわば一種の布教師だった――そして彼女のような女は、幾らでもいた――ただし、この種の布教師だけは、二度とこの世に生れて来てもらいたくない布教師でもあった。女という女が編物をした。作っているのは、くだらないものばかりだった。だが、こうした機械的仕事というものは、ある意味では飲み食いの代用物でもあった。顎《あご》や消化器官の代りに、両手が動いているのだった。もしこの骨ばった指先がじっとしているとすれば、逆に胃の腑《ふ》の中こそ、もっともっと苦しい飢餓にうずいているのに違いなかった。
ところが、指が動けば、目も動く、そして頭もまた働くのだった。マダム・ドファルジュが、群れから群れへと歩き回るにつれて、彼女が言葉をかわしては別れて行く女たちの間では、指も、目も、頭も、それら三つが、いよいよ素早く、そしてまた激しく動きだすのだった。

ムシュー・ドファルジュは、パイプをくゆらしながら、戸口に立ち、感にたえたような顔をして、彼女の後ろ姿を見送っていた。「いや、どうもすばらしい女だ。なんという強い女、あっぱれな女、実に驚くべきすばらしい女だ！」

やがて夜の闇《やみ》が迫ってきた。教会の鐘が響き、宮殿の中庭で鳴らす軍隊の太鼓の音までが、遠く聞えてきた。だが、女たちは、相変らずせっせと編物を続けている。そしてやがて彼女たちの姿が、夜の闇に包まれてしまった。そしてもう一つ別の暗黒もまた、誤りない足取りで、一歩々々近づいていた。その時こそは、今あのフランスじゅうの高い尖塔《せんとう》の頂から、楽しげに鳴り響いている教会の鐘が、すべて鋳《い》つぶされて、とどろく大砲になる時であろうし、そしてまたあの軍鼓が、その晩こそは権力と豊饒《ほうじょう》、自由と生命との絶対無敵の声として、哀れなある男の声を掻《か》き消すために打鳴らされるのだ（訳注 ルイ十六世は断頭台の上から見物の市民群に何か呼びかけようとしたが、立会いの革命党員は、太鼓を乱打してその声を消した）。依然として編物を続けている女たちの周囲にもまた、いろんな事態が迫りつつあった。そして彼女たち自身もまた、やがて建てられる日が来るはずのある建造物（訳注 ギロチンのこと）に向って、ひしひしと押寄せかけていた。そうだ、やがて彼女たちは、その下にすわって、相変らず編み針を動かしながら、落ちてくる首を数えることになるのだった。

ディケンズ
山西英一訳
大いなる遺産（上・下）
莫大な遺産の相続人になったことで運命が変転する少年ピップを主人公に、イギリスの庶民の喜び悲しみをユーモアいっぱいに描く。

ディケンズ
村岡花子訳
クリスマス・カロル
貧しいけれど心の暖かい人々、孤独で寂しい自分の未来……亡霊たちに見せられた光景が、ケチで冷酷なスクルージの心を変えさせた。

ディケンズ
中野好夫訳
デイヴィッド・コパフィールド（一～四）
逆境にあっても人間への信頼を失わず、作家として大成したデイヴィッドと彼をめぐる精彩にみちた人間群像！　英文豪の自伝的長編。

ロレンス
伊藤整訳
チャタレイ夫人の恋人
森番のメラーズによって情熱的な性を知ったクリフォド卿夫人――現代の愛の不信を描いて、「チャタレイ裁判」で話題を呼んだ作品。

岩倉具栄訳
ロレンス短篇集
フロイトの精神分析学の影響を受け、人間のエゴを乗り越えるために性の問題を重視したロレンスの短編から「プロシャ士官」等７編。

ワイルド
福田恆存訳
ドリアン・グレイの肖像
快楽主義者ヘンリー卿の感化で背徳の生活にふける美青年ドリアン。彼の重ねる罪悪はすべて肖像に現われ次第に醜く変っていく……。

シェイクスピア
中野好夫訳

ロミオとジュリエット

仇敵同士の家に生れたロミオとジュリエット。その運命的な出会いと、永遠の愛を誓いあったのも束の間に迎えた不幸な結末。恋愛悲劇。

シェイクスピア
福田恆存訳

オセロー

イアーゴーの奸計によって、嫉妬のあまり妻を殺した武将オセローの残酷な宿命を、鋭い警句に富むせりふで描く四大悲劇中の傑作。

シェイクスピア
福田恆存訳

ハムレット

シェイクスピア悲劇の最高傑作。父王の亡霊からその死の真相を聞いたハムレットが、深い懐疑に囚われながら遂に復讐をとげる物語。

シェイクスピア
福田恆存訳

ヴェニスの商人

胸の肉一ポンドを担保に、高利貸しシャイロックから友人のための借金をしたアントニオ。美しい水の都にくりひろげられる名作喜劇。

シェイクスピア
福田恆存訳

リア王

純真な末娘より、二人の姉娘の甘言を信じ、すべての権力と財産を引渡したリア王は、やがて裏切られ嵐の荒野へと放逐される……。

シェイクスピア
福田恆存訳

マクベス

三人の魔女の奇妙な予言と妻の教唆によってダンカン王を殺し即位したマクベスの非業の死！　緊迫感にみちたシェイクスピア悲劇。

スティーヴンソン
田中西二郎訳
ジーキル博士とハイド氏
高潔な紳士ジーキルと醜悪な小男ハイド。人間の心に潜む善と悪の闘いを描き、二重人格の代名詞として今なお名高い怪奇小説の傑作。

スティーヴンソン
佐々木直次郎
稲沢秀夫訳
宝島
一枚の地図を頼りに、宝が埋められている島をめざして船出したジム少年。シルヴァー率いる海賊との激戦など息もつかせぬ冒険物語。

スウィフト
中野好夫訳
ガリヴァ旅行記
船員ガリヴァの漂流記に仮託して、当時のイギリス社会の事件や風俗を批判しながら、人間性一般への痛烈な諷刺を展開させた傑作。

デフォー
吉田健一訳
ロビンソン漂流記
ひとりで無人島に流れついた船乗りロビンソン・クルーソー――孤独と闘いながら、神を信じ困難に耐えて生き抜く姿を描く冒険小説。

J・バリー
本多顕彰訳
ピーター・パン
生れて七日目に窓から飛び出して公園に帰ってきたピーター・パンは、大人にならない不思議な子供……幻想と夢がいっぱいの物語。

ヒルトン
菊池重三郎訳
チップス先生さようなら
霧深い夕暮れ、暖炉の前に坐ったチップス先生の胸に去来するのはブルックフィールド中学での六十余年にわたる楽しい思い出……。

C・ドイル
延原謙訳

シャーロック・ホームズの冒険

ロンドンにまき起る奇怪な事件を追う名探偵シャーロック・ホームズの推理が冴える第一短編集。「赤髪組合」「唇の捩れた男」等、10編。

C・ドイル
延原謙訳

シャーロック・ホームズの帰還

読者の強い要望に応えて、作者の巧妙なトリックにより死の淵から生還したホームズ。帰還後初の事件「空家の冒険」など、10編収録。

C・ドイル
延原謙訳

シャーロック・ホームズの思い出

探偵を生涯の仕事と決める機縁となった「グロリア・スコット号」の事件。宿敵モリアティ教授との決死の対決「最後の事件」等、10短編。

C・ドイル
延原謙訳

シャーロック・ホームズの事件簿

知的な風貌の裏側に恐るべき残忍さを秘めたグルーナ男爵との対決を描く「高名の依頼人」など、難事件に挑み続けるホームズの傑作集。

C・ドイル
延原謙訳

緋色の研究

名探偵とワトスンの最初の出会いののち、空家でアメリカ人の死体が発見され、続いて第二の殺人事件が……。ホームズ初登場の長編。

C・ドイル
延原謙訳

四つの署名

インド王族の宝石箱の秘密を知る少佐が殺害され、胸に〝四つの署名〟が残されていた。犯人は誰か？　テームズ河に展開される大捕物。

A・クリスティ
中村能三訳

アクロイド殺人事件

財産家アクロイド氏が刺殺された書斎から消えた一通の手紙——完全に擬装された犯罪を名探偵ポワロの非凡な推理力が解き明かす。

A・クリスティ
蕗沢忠枝訳

オリエント急行殺人事件

厳寒のヨーロッパを走るオリエント急行は大雪のため立往生し、深夜、大富豪が刺殺された。だが12人の乗客には全てアリバイが……。

A・クリスティ
中村能三訳

ABC殺人事件

ABCという差出人名の挑戦状を受取ったポワロは、犯行現場も被害者もアルファベット順に起る、奇妙な連続殺人事件を追う……。

A・クリスティ
能島武文訳

スタイルズ荘の怪事件

ヘイスティングズが静養していたスタイルズ荘の所有者が殺された。名探偵ポワロの推理は真相を突きとめるか？　著者のデビュー作。

A・クリスティ
中村妙子訳

ブルートレイン殺人事件

リヴィエラ行き特急ブルートレインで、億万長者の娘が惨殺された。運命のルビーにまつわる奇怪な殺人に取組んだポアロの推理は？

A・クリスティ
中村妙子訳

三幕殺人事件

海辺の館に集まった12人の客のうち、恨みをかうはずもない牧師が殺された。そして第二、第三の不可解な殺人が。ポアロ探偵登場。

J・アーチャー
永井淳訳
ケインとアベル（上・下）
私生児のホテル王と名門出の大銀行家。典型的なふたりのアメリカ人の、皮肉な出会いと成功とを通して描く〈小説アメリカ現代史〉。

J・アーチャー
永井淳訳
ロスノフスキ家の娘（上・下）
ホテル王の一人娘は、父の敵の息子と結婚して家を出るが、やがてホテルを引継ぎ、米国初の女性大統領を目指して政界に進出する。

J・アーチャー
永井淳訳
めざせダウニング街10番地
イギリス首相の椅子をめざし、熱い闘いを続ける三人の同期生議員たち。そして一九九一年、新国王チャールズが選んだ人物は――。

J・アーチャー
永井淳訳
ロシア皇帝の密約
ロシアが米国に売却したベーリング海沿いの領土には、買戻しの条項があった。期限切れ寸前の条約書の在処をめぐる熾烈な戦い。

J・アーチャー
永井淳訳
十二の意外な結末
愛人を殴った男が翌日謝りに行ってみると、家の前に救急車が……。予想外な結末が待ち受ける「完全殺人」など、創意に満ちた12編。

J・アーチャー
永井淳訳
無罪と無実の間
不治の病に苦しむ妻に劇薬を手渡したのは、果して故意だったのか？かばいあう夫婦の姿を描いて感動を呼んでいる舞台を再現する。

A・シリトー
丸谷才一
河野一郎 訳
長距離走者の孤独
優勝を目前にしながら走ることをやめ、感化院長らの期待にみごとに反抗を示した非行少年の孤独と怒りを描く表題作等8編を収録。

A・シリトー
永川玲二 訳
土曜の夜と日曜の朝
あらゆる権威を嫌って、酒と女と喧嘩に明け暮れる若い工員アーサー。その奔放な青春をユニークな文体で描いた著者のデビュー作。

ゴールディング
平井正穂 訳
蠅の王
ノーベル文学賞受賞
戦火をさけてイギリスから疎開する少年たちの飛行機が南の孤島に不時着した。少年漂流物語の形をとって人間の根源をつく未来小説。

上田和夫 訳
シェリー詩集
十九世紀イギリスロマン派の精髄、屈指の抒情詩人シェリーは、社会の不正と圧制を敵とし、純潔な魂で愛と自由とを謳いつづけた。

阿部知二 訳
バイロン詩集
不世出の詩聖と仰がれながら、戦禍のなかで波瀾に満ちた生涯を閉じたバイロン――ロマン主義の絢爛たる世界に君臨した名作を収録。

デュ・モーリア
大久保康雄 訳
レベッカ（上・下）
英国の名家に後妻として迎えられた〝わたし〟を待ち受けていた先妻レベッカの霊気――古城に恐怖と戦慄の漂うミステリー・ロマン。

新潮文庫最新刊

原田康子著
サビタの記憶・廃園
少女、娘、人妻。それぞれに変わりゆく女たちの妖しく揺れる一瞬の時を、瑞々しい筆致で切り取った、8編のラブ・ストーリー。

藤本ひとみ著
王女アストライア
―テーヌ・フォレーヌ 恋と戦いの物語―
恐ろしい呪いにより人間界に落された王女アストライア、若きマケドニアの将アレク、そして美貌の勇士達が織りなす恋と戦いの物語。

小沢昭一
宮腰太郎著
旅は青空 小沢昭一的こころ
金毘羅詣でで思わぬ光景に恵まれる旅や、ヌードモデル嬢と出かけるカメラ供養旅など、大好評の文庫オリジナル・シリーズ第5作。

宮脇俊三著
ローカルバスの終点へ
分校さえ廃校になるほどの過疎の村、水墨画と見紛うような深山幽谷、熊の出没する秘境。23のバスの終点を訪ねた風情満点の日本紀行。

週刊朝日風俗
リサーチ特別局編著
デキゴトロジー vol.3
―ホントだからやんなっちゃうの巻―
本書よりも面白い話を知っている方体験された方、編集部にご一報を。哄笑とペーソスの面白実話一二五話。大好評シリーズ第三弾。

V・T・バグリオーシ
W・スティディエム
北條元子訳
ララバイ・アンド・グッドナイト（上・下）
夫の無理解と暴力に耐え切れず家を出たエミリー。彼女を待つ苛酷な試練の数々を、華やかな'20年代のニューヨーク風俗を背景に描く。

Title: A TALE OF TWO CITIES (vol. I)
Author: Charles Dickens

二《に》都《と》物《もの》語《がたり》(上)

新潮文庫　テ－3－3

昭和四十二年一月三十日 発行
平成 三 年二月十五日 四十六刷改版
平成 三 年九月二十日 四十七刷

訳者 中《なか》野《の》好《よし》夫《お》
発行者 佐藤亮一
発行所 株式会社 新潮社
郵便番号 一六二
東京都新宿区矢来町七一
電話 業務部(〇三)三二六六―五一一一
編集部(〇三)三二六六―五四四〇
振替 東京四―八〇八番

価格はカバーに表示してあります。

乱丁・落丁本は、ご面倒ですが小社通信係宛ご送付ください。送料小社負担にてお取替えいたします。

印刷・二光印刷株式会社　製本・株式会社植木製本所

ISBN4-10-203003-4 C0197